# 비뢰도

飛雷刀

# 비뢰도 9

검류혼 新무협 판타지 소설

2판 1쇄 찍은 날 § 2005년 12월 9일
2판 2쇄 펴낸 날 § 2009년 10월 22일

지은이 § 검류혼
펴낸이 § 서경석

편집장 § 문혜영

펴낸곳 § 도서출판 청어람
등록번호 § 제1081-1-89호
등록일자 § 1999. 5. 31
어람번호 § 제2-0770호

주소 § 경기도 부천시 원미구 심곡2동 163-2 서경B/D 3F (우) 420-822
전화 § 032-656-4452 팩스 § 032-656-4453
http://www.chungeoram.com
E-mail § eoram99@chollian.net

ISBN 89-5831-864-3 04810
ISBN 89-5831-855-4 (세트)

飛雷刀

## FANTASTIC ORIENTAL HEROES

### 검류혼 장편 신무협 판타지 소설

9

**옹고집 대 왕고집**

도서출판

주위를 살펴보면 잘못된 신념을 절대의 신명으로 여기고

눈먼 장님처럼 주위를 둘러보지 않고

폭주하는 사람이 의외로 많음을 알 수 있다.

그런 사람들이 보통 이런 실수를 자주 저지른다.

물론 주위에는 대단한 민폐가 아닐 수 없다.

이런 사람들의 공통적인 특징은 판단 기능이 상실되어 있어

절제와 삽질을 구분 못한다는 점이다.

그들은 자신이 지금 제 무덤 파고 있는 줄을 꿈에도 모르고 있는 것이다.

지금 이 순간에도 말이다.

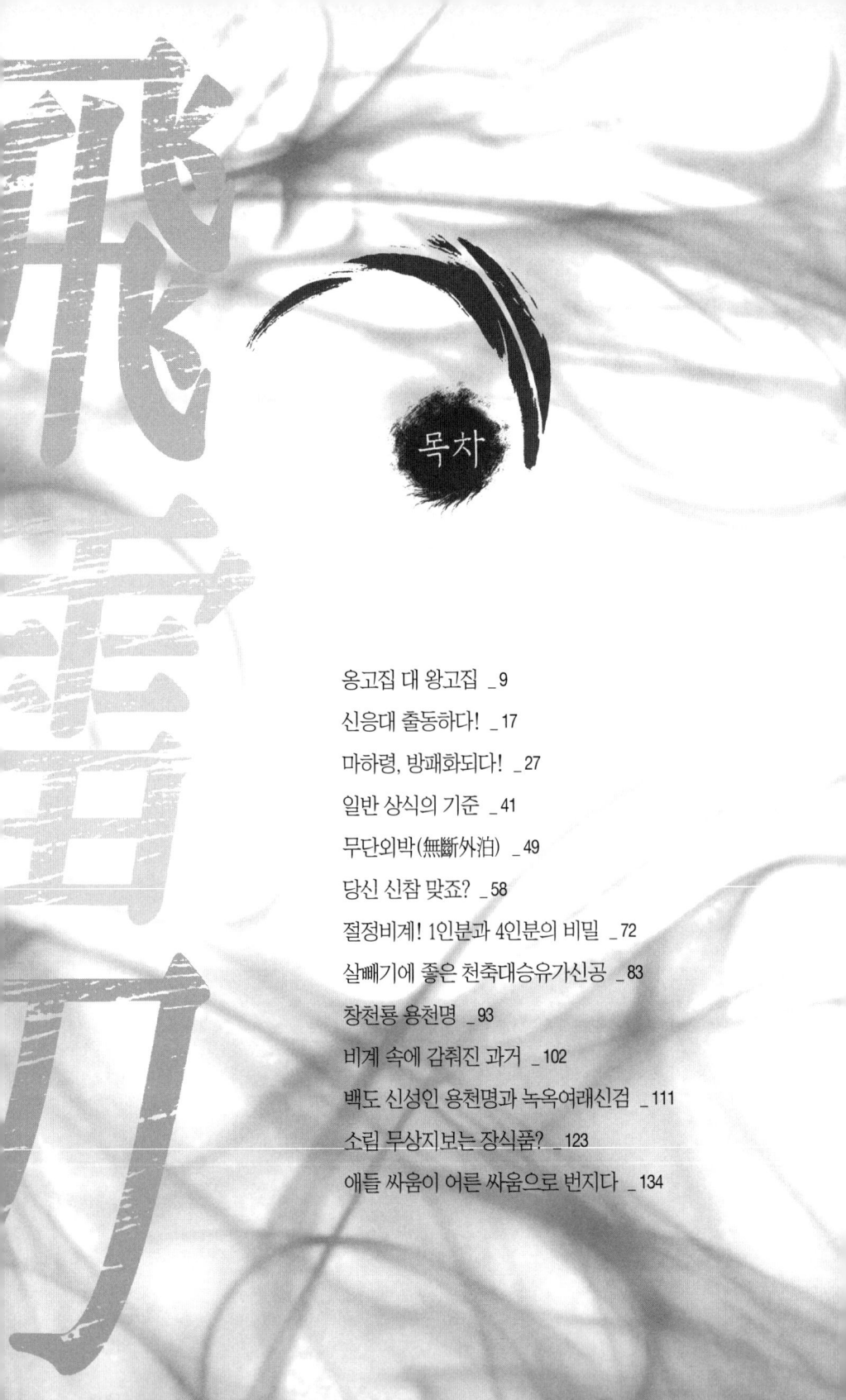

목차

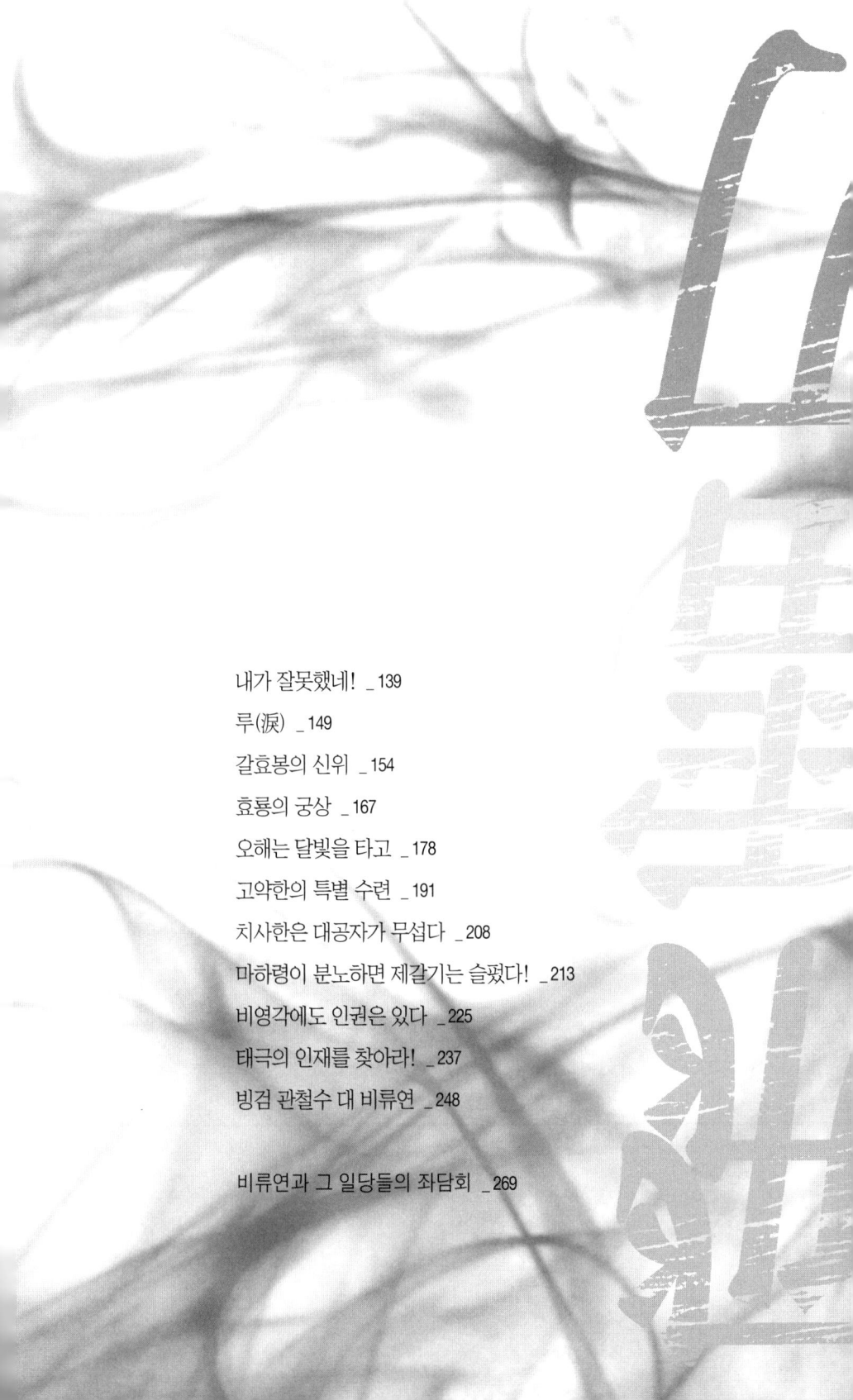

# 옹고집 대 왕고집

"부·탁·합·니·다! 놓·아·주·세·요!"
'이 자가 지금 무슨 말을 하는 거지?
자신의 눈앞에서 알짱거리는 남자가
요구하는 바는 무척이나 명확했다.

    이 자는 지금 하늘처럼 떠받들어지며 천금(千金)으로 커 온 자신에게 스스로의 자발적인 사과를 강압적으로 요구하고 있는 것이다.

    사과(謝過)란 무엇인가?

    사과의 사전적 의미는 상대에게 자기 잘못에 대해, 또는 자기 잘못을 인정하거나 뉘우치고 미안하게 생각함을 밝히는 것이지만, 사과의 기능은 이 짧은 몇 줄의 말로 모두 표현될 정도로 작지 않다.

    사과란 일종의 의사소통 수단 중 하나라 할 수 있다. 그리고 그것이 가진 기능은 매우 특수하면서도 다양하다. 왜냐하면 그것은 상대와의 단절된 대화를 잇게 해주고, 끊어졌던 관계를 회복시켜 주는 특수한 기능을 보유하고 있기 때문이다. 그러나 때때로 돼먹지도 않은 자존심이란 것이 이 유용하면서도 편리한 의사전달 수단인 사과의 행위를 전면적으로 방해하기도 한다.

주위를 살펴보면 잘못된 신념을 절대의 신명으로 여기고 눈먼 장님처럼 주위를 둘러보지 않고 폭주하는 사람이 의외로 많음을 알 수 있다. 그런 사람들이 보통 이런 실수를 자주 저지른다. 물론 주위에는 대단한 민폐가 아닐 수 없다. 이런 사람의 공통적인 특징은 판단 기능이 상실되어 있어 절제와 삽질을 구분 못한다는 점이다. 그들은 자신이 지금 제 무덤 파고 있는 줄을 꿈에도 모르고 있는 것이다. 지금 이 순간에도 말이다.

이런 경우 십(十)이면 십, 백(百)이면 백, 사태는 나쁜 방향으로 확장될 뿐 좋은 결과가 나오는 경우는 전무하다. 하늘의 변덕을 제외하고는 말이다.

그러나 그렇다고 해서 사과를 원망하지는 말라. 만일 누군가의 잘못된 신념과 옹고집으로 사태를 잘못된 방향으로 이끌어 가게 되더라도 그것은 도구를 잘못 쓴 바보 같은 멍청이를 겸업하는 얼간이 탓이지, 사과의 탓은 아니기 때문이다.

이러니저러니 해도 사과가 사회를 원활하고 좀더 부드럽게 만드는 유용한 수단 중 하나라는 사실에는 변함이 없고, 또한 원만하고 조화로운 사회를 만들기 위해서는 반드시 필수불가결한 수단이기도 하다.

만일 사과가 없다면 세상은 대립과 싸움과 논쟁이 꼬리에 꼬리를 물고 끊지지 않았을 것이다. 대립이 대립을 낳고 싸움이 싸움을 낳는 무한 반복의 악순환이 나타날지도 모른다. 그런 사회는 지금보다 더욱더 삭막하고 기분 나쁜 세상일 것이다.

그런데도 불구하고 장황하게 늘어놓은 이 모든 것(사과의 훌륭하고 유용한 측면)을 감안한다 하더라도 사과란 그녀에게 있어서 있을 수 없는 행위였다. 이것은 이미 그녀에게 옳고 그름의 문제가 아니었다. 자신이 실수했으니 자신이 사과해야 한다는 이 단순 명쾌한 정의가 그녀에게는 통하지 않았다.

'미친놈!'

그녀가 해줄 수 있는 반응의 전부였다.

'한 조직의 장(長)을 맡고 있는 내가 저런 하찮은 것에 사과 따위 할 성싶으냐! 절대로 할 수 없어! 게다가 내가 도대체 무엇을 잘못했기에 사과를 해야 하지? 오히려 사과해야 할 쪽은 저놈이 아닌가! 미천한 것이 감히 군웅회의 회주인 본녀에게 대들다니! 그게 어디 가당키나 한 일인가!!!'

마하령은 만약 자신이 실수로 인해 잘못을 저질렀다 하더라도 사과하지 않았을 것이다. 그것이 그녀가 사는 방식이었다. 주위에 민폐를 잔뜩 끼치는 사고방식이 아닐 수 없었다. 그래서인지 그녀의 고집은 꺾일 기미가 보이지 않았다.

그녀의 현재 심정으로 볼 때 사과란 불가능했다. 오히려 그녀의 적의(敵意)가 살기가 되어 최대치를 향해 급상승 중이었다. 그녀는 현재 조직의 장이라는 유용한 자기 합리화의 수단을 최대한 가동하고 있는 중이었다.

그녀의 도도한 자존심과 허영심과 자의식 과잉은 사과보다는 세상이 두 쪽 나는 편을 더 선호하는 모양이었다.

'이런 천한 놈 따위에게 내가 고개를 숙일까 보냐!'

그녀의 본심이 이러하니 평화로운 분위기가 연출될 리 만무했다. 손과 손목이 연결되어 있는 두 사람 사이의 분위기는 점점 더 삭막해지고 암울해질 수밖에 없었다. 주위에서 지켜보는 이들은 두 사람 사이에서 번져 나와 주위를 가득 메우는 긴장감과 답답함과 압박감에 숨이 막힐 정도였다.

'무… 무서워……'

인(人)의 장벽을 친 채 사태를 예의 주시하고 있는 구정회 회원들이 느낀 공통된 감정이었다. 앞으로 사태가 어느 쪽으로 번질지 벌써부터 두려워지기 시작했다. 우연찮게 옆에 있었다는 이유만으로 튀어 오르는 불똥에 맞는 것은 일절 사양이었다.

'그런데 저 놈은 도대체 어떻게 생겨먹은 놈인 거야?'

그들의 의문투성이 시선은 마하령의 개인 선호 따위는 나와는 터럭만큼의 관계도 없다는 자세를 유지하고 있는 비류연을 향해 있었다.

씨익!

비류연은 지금 마하령의 독기 어린 시선을 산뜻한 미소로 받아넘기고 있었다.

"이… 이런……"

자신의 무형지기(無形之氣)가 바다로 흘러들어간 강물처럼 아무런 반응이 없자 마하령은 당혹스러웠다.

무형지기란 절정고수들만이 내뿜을 수 있는 무형의 힘으로서 육체가 아닌 단련된 마음과 축적된 내공에서부터 뿜어져 나오는 보이지 않는 힘이다. 일종의 극대화된 살기라 보면 무방할 것이다.

그녀 정도 되는 고수가 발출하는 무형지기는 실제의 무공과 거의 동일한 위력으로 상대의 심리에 충격을 가할 수 있다. 일반적인 무인들이라면 벌써 뱀과 조우한 개구리처럼 '파르르' 떨어야 정상인 것이다. 그런데 눈앞의 재수 없는 남자는 살기 가득한 자신의 무형지기를 흔적도 없이 흘려 버리며 태연자약하게 서 있는 것이다. 마하령으로서는 복장이 뒤집히는 일이 아닐 수 없었다.

'역시 단순한 놈팽이는 아니야! 그러나… 그래도… 절대로…! 사과 따위 할까 보냐!'

그녀의 내심은 한 치의 흔들림도 없이 단호하고 명확했다. 죽으면 죽었지, 사과는 할 수 없는 모양이었다. 사과가 그렇게 하기 힘든 일인지 의문이 들 정도였다.

그러나 옹고집이라면 비류연도 만만치 않았다. 게다가 그는 원하는 결과를 위해서라면 다소의 기괴하고 난폭한 방법도 서슴지 않고 검토해 보는 성격이었다. 비류연은 원래 수단과 방법을 따지는 데 있어 남들보다 지나칠 정도로 융통성이 뛰어난 인간이었다.

폭넓은 융통성을 적극적으로 발휘해서라도 비류연은 이 도도와 오만의 극치를 달리는 옹고집쟁이 아가씨에게서 사과를 받아낼 요량인 모양이었다.

이토록 두 사람의 생각이 극단적으로 다르니 마찰은 불가피했고, 대치 상태는 자연 길어질 수밖에 없었다.


"……."
"……."

시선과 시선이 부딪치며 찬란한 불꽃을 일으켰다.

비류연과 마하령, 두 사람 모두 굳게 입을 다물고 있었지만 그렇다고 대화가 없는 것은 아니었다. 그 어떤 논쟁이나 언쟁보다도 치열한 무언의 대화가 그 둘 사이에서 강렬한 불꽃을 일으키고 있는 중이었다. 이 화재는 쉽사리 진압될 성질의 것이 아니었다(때문에 모두들 골치를 썩이고 있는 것이다).

마하령의 서릿발 같은 시선은 비류연의 눈앞을 가로막고 있는 머리카락의 장벽을 뚫기 위해 전력을 다하고 있었다. 현재 방어의 입장에 놓여 있는 비류연은 어디서 개가 짖고 있나 하는 태도로 일관하며 꿈쩍도 하지 않았다.

두 사람의 분위기에 휩쓸려 주위도 점점 긴장이 고조되기 시작했다. 아니, 이미 도를 지나친 긴장감에 질식사 환자가 곧 발생할 것만 같은 분위기였다.

천무학관 관도 세력의 반을 장악하고 있는 군웅회의 높으신 회주님과 전적(戰績)이라고는 우연에 행운을 거듭한 끝에 운 좋게 삼성무제에 우승했다는 평을 듣고 있는 일개 관도와의 싸움이었다(사실 삼성무제에 우승했다는 것 하나만으로도 대단한 것이었다).

신분으로 보거나 실력으로 보거나 애초에 싸움이 될 수 없는 상대건만, 경악스럽게도 불가능할 줄 알았던 싸움이 지금 실현되어 주위를 아연실색하게 만들고 있었다. 이 싸움이 일방적이지 않다는 의외의 사실에 모두들 경악을 금치 못하고 있는 것이다.

꿀꺽!

마른침을 삼키며 이 둘(고집 센 한 남자와 굽힐 줄 모르는 한 여자)의 대치를 지켜보는 이들의 가슴은 가뭄에 빠짝 마른 논처럼 타들어 가고 있었다.

'미치겠군!'

그 속 타는 사람 중 하나이자 이 돌발 사태에 적극적으로 개입되어 있는 백무영의 머릿속은 엉클어진 실타래처럼 복잡했다.

'상식적으로 어떻게 하면 이런 일이 벌어질 수 있는 거지? 보통 이런 일은 어지간해서는 일어나지 않는다구.'

작금의 사태는 그의 머리와 그 속에 내재된 지식과 상식으로는 도저히 계산이 불가능한 것이었다.

그러나 억지로라도 결론은 필요했다. 그 자신과 주위의 사람들이 납득할 만한 결론! 그러나 아무리 대가리를 굴려 봐도 그 방법이 도저히 생각나지 않는 것이다. 자꾸만 자부하고 있던 자신의 두뇌에 회의가 들기 시작했다.

그의 시선이 한 남자를 향했다.

'어째서 또 저 남자란 말인가? 어째서!'

그의 암담한 시야 속으로 비류연의 모습이 선명하게 들어왔다.

'도대체 저 남자가 미친놈이라는 결론 이외에 그 어떤 것이 다른 이를 납득시킬 수 있겠는가? 그날 그것을 본 나로서도 아직 꿈인지 집단 환각인지 구분이 안 가는 이 판국에……'

철각비마대 앞을 혈혈단신으로 가로막은 그 말도 안 되는 신위(神威)를 곁에서 두 눈 똑똑히 뜨고 지켜봤다는 사실이 백무영은 아직도 실감나지 않았다. 그는 자신을 무척이나 상식적인 사람이라고 생각하고 평소 자신만만해 하고 있었기 때문이다.

'이러다 잘못하면 내가 미친놈 취급받겠지?'

백무영은 머리카락을 모조리 쥐어뜯고 싶은 충동을 가까스로 억눌러야 했다. 그런다고 다른 뾰족한 수가 생기는 것이 아니었기 때문이다.

'그날 이후 저 자가 무슨 짓을 벌이든 간에 절대 놀라지 않겠다고 다짐했었는데……'

채 석 달도 못 가서 산산이 깨져 버린 허무한 결심이었다.

'이제는 지켜보는 수밖에 없는 것인가?'

예상보다 수십 배는 커져 버린 돌발 상황에 머리 비상하기로 유명한 백무영도 손쓸 도리가 없었다. 멈추려면 비류연의 손이 귀하신 천금의 양 뺨을 인정사정없이 왕복 여행하기 전에 손을 썼어야 했다. 그러나 그가 달려온 것은 이미 그 일이 터지고 난 후였다. 지금은 늦은 감이 없잖아 있었다.

이미 마하령의 하늘같이 높고 도도한 자존심을 건드린 이상 잘못 끼어들면 천무학관 양대 세력의 충돌로까지 비화될 수 있는 일대 사건이었다.

"젠장!"

이제는 손놓고 세상의 흐름에 운명을 맡기는 수밖에 없었다. 지금 백무영이 마음속 깊이 느끼고 있는 그것은 말로는 형용할 수 없는 이상한 감정이었다.

# 신응대 출동하다!

발 없는 말이 천리를 간다는 말이 있다.
이런 소란스러움은 자연 주위의 이목을 끌게 마련,
사람이 모여드는 것은 순식간이었다.

호기심이 동한 무수히 많은 사람들이 소란의 중심을 향해 원인을 찾고자 모여들기 시작했다. 이런 대사건이 주위의 이목을 끌지 않을 리가 없었다.

몰려드는 사람이 너무 많아지자 이제는 구정회의 통제가 불가능할 정도였다. 사람으로 쌓은 둑은 인파의 홍수에 휩쓸려 붕괴 일보 직전이었다. 사건의 내용이 크면 그만큼 파장도 큰 법이다. 그 사람들 중에는 은설란과 그녀의 호위를 맡고 있는 모용휘와 나예린도 포함되어 있었다.

"자자! 더 이상 들어가면 안 됩니다. 돌아가 주세요!"

구정회 무사 한 명이 몰려드는 인파를 몸으로 막으며 소리쳤다.

"조금만 비켜 봐요! 우리도 알 건 압시다."

군중은 막무가내였다. 본래 하지 말라면 더 하고 싶은 게 인간의 기본 심리이다. 그러나 그렇다고 길을 허용할 수는 없었다.

"별거 아니니 이만 흩어져 주세요! 정말 별일 없습니다."

"웃기지 마쇼! 별거 없는데 이런 소동이 벌어진단 말이오? 거짓말을 하려거든 좀더 깔끔하고 완벽하게 해보쇼!"

"옳소! 옳소!"

밀고 밀리는 몸싸움의 연속이었다.

그러나 이런 소동의 와중에도 구정회의 무사들은 인파의 홍수에 맞서 용케 버텨내고 있었다. 몰려드는 군중과 이를 저지하려는 구정회 무사들 간의 밀고 당기는 싸움이 계속되었다. 원래는 군웅회의 무사들이 맡아 처리해야 할 일이었다. 자연 불평이 터져 나올 수밖에 없었다.

"젠장! 우리가 왜 이런 고생을 대신해야 하는 거지?"

괜히 군웅회 무사들에게 원망이 쏠렸다. 장벽의 붕괴는 시간 문제 같았다. 모두들 '이대로 그냥 확 보내 버려?'라는 생각을 품고 있을 때였다.

"벽을 쌓아라!"

또렷이 울려 퍼지는 누군가의 명령과 함께 한 무리의 무사들이 혼란의 극을 이루고 있는 그 중심을 향해 일사분란하게 달려들었다.

"신응대(神鷹隊)다!"

몰려든 군웅 중 한 사람이 외쳤다.

"군웅회주의 직속 친위대!!!"

몰려든 군중 속에서 술렁임이 일어났다.

신응대는 군웅회주의 직속 친위대로 보통 때는 대외적으로 모습을 드러내는 일이 거의 없는 집단이었다. 보통 때는 얼굴 한 번 제대로 보기 힘든 그들이 지금 발벗고 나선 것이다.

술렁임은 점점 더 커져 가고 있었다. 신응대까지 투입된 걸 보니 이번 일이 보통 심상치 않은 게 틀림없다는 확신이 들었기 때문이다. 그러나 이중으로 쳐진 신응대의 철벽진을 뚫고 사건의 현장으로 들어갈 자신은 서지 않았다.

곧 지키는 자와 쳐들어가려는 자가 서서히 갈리기 시작했다. 약간 거친 수단도 사양치 않겠다는 태도로 신응대 대원들은 손과 발을 휘둘렀다. 물론 직접적인 타격은 없었지만 사람을 떼어 놓는 데는 효과 만점이었다.

"우우우! 너무 하잖아! 폭력 반대!"

"옳소! 우리에게도 알 권리가 있다!"

"도대체 무슨 일이 벌어졌는지 양 회는 공개하라!"

여기저기서 사람들의 불만이 봇물처럼 터져 나왔다. 그러나 신응대는 묵묵히 자신들의 일을 수행할 뿐이었다.

그러나 이들 신응대로서도 속수무책인 사람이 있었다.

구정회와 군웅회의 이중으로 된 인의 장막을 어떠한 제지도 받지 않고 통과할 수 있는 사람, 그녀는 바로 은설란이었다.

은설란은 조사관의 자격을 가지고 있었으므로 이들의 제지를 받지 않을 수 있었다. 통례에 의해 그녀에게는 어떠한 제재나 제약도 가해져서는 안 되기 때문이다. 그녀는 이곳 천무학관에서도 치외법권적인 존재로, 어떤 권위도 통하지 않는 이질적인 존재였다.

그녀는 모든 것을 그 눈으로 보고 판단할 의무가 있었다. 따라서 그에 따른 권리가 붙는 것은 당연했다.

"들어가도 되겠죠?"

은설란이 생긋 웃으며 물었다.

"드… 들어가십시오!"

인상을 일그러뜨리면서도 신응대주(神鷹隊主) 폭풍도(暴風刀) 하윤명은 은설란과 그녀의 호위인 두 사람의 통과를 허가할 수밖에 없었다. 철의 장벽에 순간 약간의 틈새가 나타났고, 그 틈새는 세 명을 안으로 들여보내고는 순식간에 닫히고 말았다.

몰려든 군중의 정면을 쏘아보며 신응대주 하윤명이 마주 섰다.

"또 들어가고 싶은 분 계십니까?"

날카로운 시선으로 주위를 빙 둘러보는 하윤명의 목소리는 차가웠다.

"만일 또 들어가고 싶은 분이 계시면 이 하모의 도가 성심성의껏 상대해 드리겠소이다."

들어가고 싶으면 자기랑 한 판 맞장 떠야 한다는 의미심장한 말이었다.

그의 말이 끝남과 동시에 장내가 고요해졌다. 술렁임도 순식간에 가라앉았다.

삼성무제 도성전에서 공동 우승한 폭풍도 하윤명의 표류도법(飄流刀法)을 맛보고 싶은 변태적인 미각의 소유자는 이곳에 천만 다행스럽게도 없었다.

"다들 분위기가 장난이 아니네요!"

두 겹으로 된 사람의 장벽을 뚫고 지나온 은설란의 감상이었다. 인의 장벽을 지날 때 그녀는 주위로부터 단 한 방울의 호의도 느끼지 못했었다.

"저런 일이 일어났으니 분위기가 좋을 리 없죠."

나예린이 말했다. 곧 사건의 중심이 그녀의 눈에 들어왔다. 그녀의 눈동자가 순간 미미하게 흔들렸다.

'마하령……'

'…언니……'

그리고…….

'비류연!'

왜 이런 소란통의 한복판에 비류연과 마하령이 존재한단 말인가? 이해가 가지 않았다.

'저 둘은 지금까지 어떠한 인연도 없었을 터…….'

둘은 어울리래야 어울릴 수 없는 사이였다. 당연히 여태껏 얼굴 한 번 마주쳐 보지 못했을 터였다. 자신도 마하령과 마지막으로 만난 뒤로 몇 년이나 흐른 후였던 것이다.

'그런데 왜?'

나예린의 의혹은 더욱더 깊어만 갔다.

"지금 무슨 일이 벌어지고 있는 거죠? 저 여인이 어떤 여인이길래 주위 사람들이 이렇게 동요하는 것일까요?"

은설란은 무척이나 이 상황이 궁금했다. 아무래도 사건의 전말을 알기 위해서는 해설이 필요한 듯했다.

"그렇습니다. 저 여인은 도대체 누굽니까? 혹시 나 소저께서는 알고 계십니까?"

모용휘도 궁금한지 나예린에게 정중하게 물었다.

"아주 어처구니없는 일이 일어나고 있지요. 저의 이해력으로서도 납득할 수 없는 일이로군요."

나예린의 말은 진실이었다.

"왜요? 뭐가 잘못됐나요?"

"일단 상식적으로는 있을 수 없는 일이죠."

"어째서요?"

천진난만한 얼굴을 가장한 은설란이 물었다.

"천무학관 관도의 반을, 아니 거의 전부를 적으로 돌리는 행위가 정상적인 행위라고 보기는 힘들죠."

"저 여인의 위치가 그렇게 대단한가요?"

새삼스러운 눈으로 은설란이 마하령을 다시 바라보았다. 물론 범상치 않은 기도의 소유자이기는 했다. 문제는 그 범상치 않은 기도의 소유자가 인상을 가득 쓴 채 비류연에게 맥을 못 추고 있다는 사실이었다.

"그렇다고 할 수 있죠. 누가 뭐래도 그녀는 팔대세가 및 군소방파 출신 관도들의 결집체인 군웅팔가회의 총 회주에 천무학관주 철권 마진가의 금지옥엽이니까요."

나예린의 설명에 은설란의 눈이 크게 떠졌다. 알고 봤더니 굉장한 거물이었던 것이다.

"오호! 과연, 그런 배경이 있었군요."

그렇다면 주위의 이런 험악한 반응도 납득할 만했다.

"그런데 그런 높고 귀하신 분과 대치하고 있는 분은 어디서 많이 본 분이네요. 그렇죠?"

"……"

은설란의 천진스런 물음에 나예린과 모용휘 모두 입을 다물었다. 물론 그들이 그를 못 알아볼 리는 없었다. 다만 대답하고 싶지 않을 뿐이었다.

"그런데 저기 저 험상궂게 인상 쓰고 계시는 분은……?"

은설란의 섬섬옥수가 한 곳을 가리켰다. 그곳에는 얼굴을 귀신처럼 일그러뜨린 채 씨근덕거리며 살기와 투기를 맹렬히 뿜어내고 있는 한 명의 도객과 그를 보조하는 무인들이 있었다. 나예린도 안면이 있는 얼굴이었다.

"하북팽가의 고수 광풍맹호도(狂風猛虎刀) 팽혁성 소협이군요. 분명 제가 알기로는 회주 호위대의 임무를 맡고 있는 것으로 알고 있습니다."

나예린의 간단한 설명이었다.

"어머! 그렇다면 오늘 드디어 그 유명한 하북팽가 가전도법인 오호단문도(五虎斷門刀)를 견식할 수 있겠군요!"

은설란이 손뼉을 치며 순수한 마음으로 기뻐했다.

"네? 지금 뭐라고……?"

은설란이 보여준 의외의 반응에 놀란 나예린이 조심스럽게 물었다.

"어머? 제가 무슨 실수라도 했나요?"

너무나 태평스럽고 상황에 어울리지 않는 천진난만하고 호기심 가득 찬 말에 나예린은 순간 당황할 수밖에 없었다. 아무래도 그녀는 자신의 호위 중 한 명인 비류연에 대해 어떤 근심걱정도 하지 않는 모양이었다.

'물론 소속이 다르고, 몸담고 있는 깃발이 다르긴 하지만 전혀 생명에 관심이 없는 것일까? 그렇지 않다면……'

날카롭게 빛나는 나예린의 시선이 여전히 미소 가득한 은설란을 향했다. 그녀의 용안이 현묘한 빛을 내며 빛나기 시작했다.

"은 소저께서는 저 비 소협이 전혀 걱정되지 않으시나 보죠?"

"어머! 나 소저께서는 저기 저 비 공자의 신변이 무척이나 걱정되시나 보네요!"

"제… 제가 언제 그런 말을… 절대 그런 의미가 아닙니다. 곡해하지 말아 주세요."

은설란의 반문은 솔직히 나예린을 당혹의 소용돌이 속에 빠뜨렸다. 일단 나예린은 그녀의 질문을 더할 나위 없이 강력하게 부정했다.

"어머! 강한 부정은 가장 강하고 명확한 긍정이라는 말이 있지요. 혹시 그런 말 알아요?"

은설란은 이미 자신만의 결론을 내놓고 있는 모양이었다. 나예린으로서는 그 결론이 별로 마음에 들지 않았지만 말이다.

"전 절대 저런 가볍고 막무가내인 남자를 걱정하고 있지 않습니다. 저런 남자를 걱정해 준다는 것은 무척 손해 보는 일이니까요."

약간 격앙된 목소리로 나예린이 말했다.

'내가 왜 이렇게 동요하고 있는 거지? 나의 마음은 이미 얼어붙어 있을 텐데?

최근 그녀의 얼음처럼 차가운 마음에 자주 동요가 일어나고 있었다. 그때마다 항상 비류연이란 남자가 연관되어 있었다. 그 점이 나예린으로서는 불만이었다.

"후후!"

은설란은 그런 나예린의 반응을 바라보며 살짝 미소를 띠었다.

"……?"

왜 저렇게 즐겁고 재미있어 죽겠다는 얼굴로 웃고 있는 것일까? 나예린은 은설란의 반응이 이해가 가지 않았다.

"정말 많은 걸 알고 계시네요. 좋겠어요, 비 공자는! 이런 달빛과 별빛을 모아 짠 듯한 천하제일 미녀의 관심을 받을 수 있다니 말이에요!"

은설란이 활짝 웃으며 연신 고개를 끄덕였다. 다 알았으니 말 안 해도 된다는 뜻이 듬뿍 담긴 그런 모습이었다. 나예린은 점점 더 당황스러웠다.

'내가 저 남자를 걱정한다고?'

나예린은 이내 세차게 고개를 저었다.

'그건 절대로 있을 수 없어! 절대로!'

그녀는 마음속으로 단호하게 외쳤다. 그러나 그녀의 눈길은 지금 비류연을 향해 고정되어 있었다.

아무리 부정해도 그의 존재가 그녀 안에서 점점 커져 가고 있다는 사실만은 어떤 변명도 통하지 않는 사실이었다.

뭇 남성들의 선망이라 할 수 있는 초절정 미녀 두 명의 관심을 동시에 받는 호사를 누리고 있는 비류연은 여전히 귀하신 몸과 말없는 줄다리기를 계속하며 주위를 있는 대로 긴장시키고 있었다.

# 마하령, 방패화되다!
## - 수난시대

인내심이 이미 한계에 다다른 사나이.
광풍맹호도(狂風猛虎刀) 팽혁성!
그의 거도에는 지금 살기가 끓어 넘쳐흐르고 있었다.

    참을 인(忍)자 세 개면 살인도 면한다고 했던가? 인내심의 장점을 잘 표현한 속담이지만 지금 그는 별로 살인을 면하고 싶지 않은, 분노의 폭발 상태였다.

    "네 이놈! 이런 쳐죽일 놈! 처참하게 찢겨 죽고 싶지 않으면 당장 그 손 놓지 못하겠느냐?"

    "웬 놈이세요?"

    비류연이 정중하게 물었다.

    "아참! 아까 무식하게 개 칼질 하던 그놈이셨군요."

    이제야 옆에 있는 걸 겨우 눈치 챘다는 그런 말투였다.

    "이… 이놈이!"

    팽혁성의 얼굴이 붉으락푸르락 변화무상한 색조 변화를 보였다.

살아오면서 이렇게 무시당해 보긴 처음이었다.

"방해하지 말아 줄래요?"

조용한 목소리로 비류연이 경고했다. 어조는 조용했지만 그 안에 담긴 힘은 심상치 않았다. 그의 말투 저변에 흐르는 분위기를 읽지 못한다면 아마 팽혁성, 오늘 낭패를 면치 못할 것이다.

"이… 이놈! 닥쳐라! 찢어진 입이라고 잘도 나불대는구나. 다시 한 번 경고한다. 그리고 더 이상의 경고는 없다. 당장 그 불경한 손을 놓지 못하겠느냐!!!"

팽혁성이 안면을 붉으락푸르락 한 채 사시나무 떨듯 떨리는 손으로 상하좌우로 삿대질을 해댔다. 한 호흡에 일도양단하고 싶은 마음이 굴뚝같았지만, 회주가 인질로 잡혀 있는지라(순식간에 인질범으로 전락한 비류연으로서는 억울할 따름이었다) 감히 경거망동할 수 없었던 것이다.

"불경한 손이라니요? 그게 도대체 누구 손이죠? 혹시 다짜고짜 상대에게 뺨따귀를 때리려던 이 손을 말하는 건가요?"

비류연은 자신이 잡고 있는, 표독한 들고양이 같은 표정을 짓고 있는 마하령의 섬섬옥수를 살짝 흔들어 보였다. 그녀의 저항은 무소용이었다.

"크아아아아! 이런 찢어 죽일 놈!"

이때 이미 팽혁성의 인내심은 한 가뭄의 우물처럼 밑바닥을 훤히 드러내고 있었다. 그는 원래 힘으로 부딪치는 육체파지, 머리로 승부하는 두뇌파가 아니었다. 이성적 판단 따윈 기분에 따라 개한테 줘버리는 경우가 비일비재했다.

아직까지 칼을 뽑지 않고 이를 악물고 참아낸 오늘의 인내심에는 상을 주어야 마땅했다.

[달려드시오!]

팽가의 귀에 전음(傳音)으로 목소리가 들려왔다. 군웅회에서는 천기룡 단목기 다음으로 머리 좋기로 유명한 제갈세가의 제갈유였다. 그는 신응대의 부대주라는 신분도 가지고 있었다.

[정말 괜찮겠소?]

아무래도 무슨 사술을 당했는지 꼼짝도 못하는 회주의 안위가 걱정되었다.

[걱정 마시오. 설마하니 군웅회주에게 해코지를 할 만큼 간이 배 밖으로 나온 놈이 있으리라고는 생각하지 않소. 저 자의 팔을 노리시오. 그러면 회주를 놓지 않고는 못 배길 것이오.]

[그렇군! 과연!]

팽혁성의 부리부리한 안광이 득의양양하게 빛나기 시작했다. 회주만 안전하다면 거칠 게 없었다.

"으아아아압! 맹호출림(猛虎出林)!"

슈캉!

사나운 맹호가 숲을 뛰쳐나가듯 팽가의 오호단문도가 폭발적인 기세와 더불어 출수되었다.

그러나 곧 제갈유도 팽혁성도, 그리고 백무영도 비류연을 너무 평범한 일반적 잣대로 재고 있었음을 반성해야만 했다.


비류연의 행동에는 일말의 망설임도 없었다.

"헉!"

"컥!"

"헥!"

"꺄악!"

사람들의 눈이 새총 맞은 비둘기마냥 동그랗게 부릅떠졌다.

주변에서 헛바람 들린 경악성이 터져 나온 이유는 간단했다. 바로 비류연이 사납게 폭풍 치는 오호단문도의 '맹호출림'이라는 초식 앞에다 마하령을 들이밀었기 때문이다.

팽혁성의 도초는 정확히 비류연의 팔을 노리고 있었다. 그러면 비류연이 제풀에 놀라 팔을 뺄 줄 알았던 것이다. 그러나 그의 생각은 비류연을 너무 무시한 처사였다. 비류연이 손을 놔줄 것이라는 그의 소박한 바람은 너무나 안일한 생각이었다.

비류연이 손을 뒤로 빼기는 했다. 그렇지 않으면 그 자리를 망설이지 않고 팽가의 도가 훑고 지나갈 것이기 때문이었다. 그러나 뒤로 빠지는 그의 손에는 여전히 마하령의 손이 잡혀 있었다. 당연히 팽혁성의 도가 향하는 정면에 마하령의 몸이 노출될 수밖에 없었다.

"악!"

"허걱!"

"꾸엑!"

팽혁성이 순간 기성을 토했다. 돼지 멱따는 소리 저리 가라는 괴상망측한 소리였다.

그는 기겁하며 자신이 휘두른 거도의 방향을 급작스럽게 틀기 위해 자신의 온몸을 내던져야 했다.

쿠콰콰콰콰!

팽혁성은 전력을 다해 도초의 경로를 틀었다. 죽으면 죽었지, 회주 살인자라는 오명을 뒤집어쓰고 싶지는 않았다. 그랬다가는 남은 인생이 너무 비참해질 터였다.

쉬엑!

그의 칼끝이 마하령의 코앞에서 급격히 방향을 틀었다. 팽혁성이 죽음을 각오하고 전력을 다해 몸을 던진 쾌거였다. 조금이라도 늦었다면 그녀의 코는 내일부터 반 치 정도 낮아졌을 것이다. 그렇다면 무척이나 성공적인 성형수술이 되었을 것이다.

카가가가각!

팽혁성의 도가 애꿎은 대지를 거칠게 가르고 지나갔다. 남아 있던 도의 여력을 주체하지 못했기 때문이다. 아마 칼끝이 너덜너덜해졌을 것이다.

오갈 곳 없는 도에 실린 여력이 그의 몸으로 되돌아와 그의 내부를 진탕시켰다.

울컥!

무리한 초식 운용 덕분에 아무래도 가벼운 내상을 입은 것 같았다. 갑작스런 돌발 사태 앞에서 급박하게 도의 간격과 진로, 그리고 힘을 조절하기란 그에게는 아직 벅찬 일이었다.

그래도 팽가의 이런 노력 덕분에 다행히도 마하령은 무사할 수 있었다. 그러나 그녀의 얼굴은 시체처럼 창백하게 변해 있었다.

뻐끔뻐끔!

그녀의 파랗게 질린 입술은 붕어처럼 입이 벌어졌다 닫혔다를 반복하고 있었지만 말은 새어 나오지 않았다.

갑작스럽게 칼받이용 방패 취급을 당하며 살벌하게 날아오는 칼날에 이렇게 던져지다니……. 태어나서 아직까지 한 번도 이런 비참한 취급을 받아 본 역사가 없었던 그녀였다. 때문에 지금 그녀는 극심한 정신적 공황에 빠져 있었다.

"허억… 허억… 허억……."

팽혁성은 가쁘게 숨을 몰아 내쉬고 있었다. 아직도 가슴이 벌렁, 벌렁거렸다.

"제… 제갈유! 이 거짓말쟁이! 말이 다르잖아!"

모든 원망의 화살이 자신만만하게 자신에게 조언하던 제갈유에게로 향했다.

경악으로 부릅떠진 수십 개의 눈이 아무 일도 없었다는 듯 태연자약하게 서 있는 비류연에게로 향했다.

"비 공자는 짓궂은 사람이로군요!"

"……."

은설란의 말에 나예린은 고개를 갸우뚱했다. 저게 과연 짓궂다, 정도로 간단하게 표현될 일이란 말인가? 나예린은 섣불리 대답하기가 망설여졌다.

비류연이 보여준 돌발 행동이 몰고 온 여파는 놀라운 것이었다. 모두들 눈을 휘둥그렇게 뜨고 입을 쩌억 벌렸다. 그 입은 한동안 닫힐 생각을 안 할 모양이었다.

"헉헉헉! 네… 네놈은 진정 미친놈이었단 말이냐?"

격하게 숨을 헐떡이며 팽가는 가까스로 말을 내뱉을 수 있었다. 아직도 뒤집혀진 기혈이 안정을 못 찾는 것 같았다. 무리하게 도의 궤적을 바꾸었기 때문에 얻은 쓰라린 대가였다. 그의 입가로 한 줄기 피가 흘러나왔다.

"아무리 헛소리가 개인의 자유라 해도 무슨 망발인지요? 전 당신보다는 훨씬 제정신입니다."

"헛소리! 이… 이놈이… 이런 찢어 죽일 놈이……."

설마설마 했는데 진짜로 마하령을 방패로 이용하다니! 직접 목도하지 않고는 그 누구도 믿지 못할 사실이었다.

팽혁성은 하마터면 울화통이 터져 살해당할 뻔했다. 가만히 있어도 이가 빠드득 갈렸다. 치아가 모두 마모될 정도로 강력한 힘이었다. 악이 받쳤다.

"이게 무슨 돼먹지 못한 짓이냐? 여성을 방패로 삼다니? 네놈은 강호의 도의(道義)도 모르는 놈이었더냐?"

팽혁성이 버럭 고함을 치며 미친 듯이 화를 터트렸다. 방금 자신의 칼이 마하령의 몸에 지워지지 않는 상처를 남길 뻔했던 것이다. 지금 그의 얼굴은 혼백이나 제대로 붙어 있는지 의심스러울 정도로 새파랗게 질려 있었다. 아직도 손의 떨림이 가시지 않고 있었다.

"어차피 안 맞게 할 거잖아요. 부하를 믿고, 자신의 성별을 믿고 함부로 날뛰지 말라는 교훈이죠. 남녀는 평등한 거 아닌가요? 그리고……."

아직 비류연의 말은 끝나지 않았다. 그는 여전히 할 말이 남아 있는 모양이었다.

"부하의 실수는 윗사람이 책임지는 게 당연하잖아요!"

의연할 정도로 너무나 당당한 태도!

이때 팽혁성이 할 수 있었던 일은 고작 멍한 표정으로 멍하니 서 있는 것뿐이었다.


'저 천하에 두려울 것 없는 것처럼 행동하던 구정회주 마하령을 방패로 쓰다니! 이 남자! 과연 제정신인가?

우선 그것부터 궁금해지는 백무영이었다. 저걸로 이제 군웅회와 비류연은 세불양립이 되었다. 아니, 세불양립은 마하령의 뺨이 발갛게 달아올랐을 때부터였고, 이제부터는 불공대천의 원수 쪽이 더 정확한 표현일 듯했다. 양쪽 모두 조용히 물러설 사람들이 아니었다.

'저 자존심 드센 소저가 가만히 있을 리 없겠지! 그렇다면 우리 구정회는 앞으로 어떻게 할 것인가? 비류연을 적으로 돌릴 것인가, 아니면 비류연을 감싸고 돌 것인가?

적의 적은 아군이라지만 지금 비류연의 행동은 너무 지나친 감이 있었다.

'저렇게까지 일을 성대하게 벌이면 문제가 되는데……'

군웅회랑 일을 벌여 그들의 자존심에 상처를 입히는 건 좋지만 너무 현 조직에 반항하면 구정회로서도 그의 손을 들어줄 수 없었다. 게다가 비류연은 구정회와도 전혀 문제가 없는 게 아니었다. 이미 꽤 심각한 문제들을 일으킨 바가 있었다.

'이제 어떻게 한다?

비류연의 진면목 중 그 일부나마 엿본 백무영으로서는 고민이 될 수밖에 없었다. 분명 그때 보았던 그것이 환상도 거짓도 아니라면 좀 더 신중하게 생각해 볼 필요가 있을 듯했다. 지금 그가 할 수 있는 일은 고작 사태의 추이를 지켜보는 것뿐이었다.

'젠장! 만 권의 서적도 저 인간 앞에서는 무력할 뿐이로구나!'

형산파의 행보를 좌지우지한다는 형산 제일기재인 자신이 어쩌다 이 지경이 되었는지…….

한숨만이 푹푹 내쉬어져 나왔다.

"너… 본녀가 누군지 진정으로 알고 이러는 것이냐? 이런 짓까지 벌이고도 무사할 성싶냐?"

잠시 비류연의 방패 대용품 노릇을 했던 마하령의 목소리에는 지금 깊디깊은 분노가 일렁이고 있었다. 아직 그녀의 얼굴에는 핏기가 채 돌아오지 않고 있었다. 아무래도 심리적 타격이 상당한 모양이었다.

"몰라요."

비류연이 서슴없이 대답했다. 알면서도 모른 척 시치미를 뗐다.

"그리고 별로 알고 싶지도 않아요!"

"…뭐?"

이런 황당한 대답을 듣게 될 줄은 솔직히 마하령으로서도 의외였다.

'만일 몸이 움직이기만 한다면… 이따위 녀석 단칼에 베어 버릴 텐데…….'

아직도 마하령의 몸은 비류연의 속박에서 풀려나오지 못하고 있었다. 그것이 그녀로서는 분하고 원통할 따름이었다.

"뭐 그렇게 자신을 알아주길 원한다면 지금부터 선심 써서 기억해 줄 수도 있어요. 어때요? 기억해 줄까요?"

비류연이 능글맞은 미소를 지으며 물었다.

"뭐, 지금부터 천천히 알아도 늦지 않죠."

비류연의 반응은 태연 그 자체였다.

"누… 누가 너 따위에게 기억당하고 싶다고 했느냐!"

분노로 벌게진 얼굴로 마하령이 빽 소리쳤다. 그녀로서는 황당하기 그지없는 일이었다. 지금껏 그 누구도 자신 앞에서 감히 이런 식으로 말하는 이가 없었다. 다들 목숨이 아까웠을 테니깐…….

'이미 늦지 않았을까…….'

두 사람의 미묘한 대치를 지켜보는 주위 사람들의 공통된 의견이었지만, 속내였기 때문에 비류연의 귀에는 들어오지 않았다.

"너의 무지를 믿고 이 같은 터무니없는 짓을 저질렀단 말이냐? 옛말에 무식하면 용감하다더니 너 같은 자를 두고 한 말이로구나."

그녀의 말 한마디 한마디에는 강철로 된 가시가 잔뜩 박혀 있었다. 비류연은 꼭 한 번 그녀의 혀를 전체적으로 구경해 보고 싶었다. 그리고 어느 부분에 가시가 돋아나 있는지 꼭 확인해 보고 싶었던 것이다.

"입이 험한 소저로군요. 그리고 소저의 정체를 알아 봤자 뭐가 달라지죠?"

"많이 달라지지. 우선 너는 나에게 무릎을 꿇고 이마를 바닥에 찧으며 백배 사죄하게 될 것이다."

자신만만한 목소리로 마하령이 말했다. 그녀에게는 그것이 당연한 일상이었다. 그러나 마하령의 일상이 비류연에게는 코웃음거리밖에는 되지 못했다.

"하! 꿈도 야무지시네요. 사실이 어떻든, 그리고 당신의 신분이 무엇이든지 간에 변하는 건 아무것도 없어요. 당신이 설혹 황제의 딸이라 해도 당신이 나에게 사과하고 부탁해야 한다는 사실에는 변함이 없다는 겁니다. 아시겠어요?"

비류연의 말은 단호하기 그지없었다. 그의 의지에는 조금의 흔들림도 존재하지 않았다.

'이놈은 지금 진심이다!'

바로 지척에서 비류연의 말을 또박또박 새겨들은 마하령은 그 사실을 절실히 느낄 수 있었다. 그러나 여전히 그 광오함과 오만함과 자신감의 원천은 그녀로서도 알 수가 없었다.

"어? 이제는 공격 안 해요?"

비류연의 갑작스런 질문은 팽혁성을 향한 것이었다. 순간 팽혁성은 멍한 표정을 짓는 것 이외에는 아무것도 할 수가 없었다.

"에이… 시시하군요. 좀더 방패의 효용성을 시험해 보고 싶었는데 말이죠."

여기서 말하는 방패란 물론 마하령 본인을 가리키는 것이었다.

"닥쳐라! 이놈!"

팽혁성이 대갈성을 터뜨렸다. 그러나 차마 두 번 칼을 휘두를 수는 없었다. 방금 전 같은 끔찍한 악몽은 두 번 다시 사양이기 때문이다.

"나의 이름을 걸고 맹세한다. 네놈! 이름이 무엇이냐?"

그녀의 눈이 분노로 이글거렸다. 한 번도 아니고 두 번씩이나 방패 취급을 당하는데 좋아할 사람이 없었다.

"비류연이라고 하죠."

이름을 감출 만큼 그는 허약하지 않았다. 그리고 그는 항상 자신이 벌인 일에 대해 책임질 자세가 되어 있었다.

"기억하마! 비류연! 반드시… 기필코… 네놈에게 이 세상에서 가장 끔찍한 지옥을 경험하게 해주마."

그녀의 혀가 증오의 불길로 활활 타올랐다. 듣는 이의 모골을 송연 케 하는 말이었다.

"할 수 있다면……."

되받아치는 비류연의 말은 자신감으로 가득 차 있었다. 세상이 무너져도 자신만은 멀쩡할 것이라는 그런 얼토당토않은 자신감이었다. 그러고는 얄밉게 한마디 더 덧붙였다.

"해보시죠, 뚱땡이 소저!"

그녀의 몸이 부들부들 떨렸다. 꽉 다문 아랫입술에서는 피가 배어 나오고 있었다.

"이… 이… 이……."

너무나 흥분한 나머지 차마 뒷말을 잇지 못하는 마하령이었다. 그 녀의 복장은 이미 수십 차례 뒤집어질 대로 뒤집어져 있었다. 속에서 화기가 치솟아 오르고 있었다.

"네 이놈! 앞으로 절대 두 다리 뻗고 잘 수 없게 만들어 주마!"

마하령의 엄포!

그러나 비류연의 반응은 무덤덤했다.

절레절레!

비류연이 고개를 좌우로 흔들었다.

"혹시 내 부인이라도 되고 싶은 거예요?"

"뭐… 뭐라고? 무슨 헛소리냐?"

발갛게 달아오른 얼굴로 마하령이 소리쳤다.

"그럴 생각 없으면 남이야 다리를 뻗고 자든 움츠리고 자든 안짱다리를 하고 자든 남의 잠자리까지 일일이 시시콜콜 신경 쓰지 말아요! 그리고 아직도 협박이 유용한 수단이라 생각하는 모양이죠? 제가 그렇게 만만하게 보였던 모양이군요. 이를 어쩐다, 어떤 경로를 통해 제가 공갈이나 협박 같은 시시한 것에 넘어갈 거라고 생각하셨는지 모르지만, 오판을 해도 단단히 하셨군요!"

자신이 남을 공갈 협박하는 일은 있어도 공갈이나 협박당하는 일은 결코 없는 비류연이었다. 그것은 자신의 명예를 걸고 장담할 수 있었다.

"정말 사납고 신경질적이고 표독스럽기 짝이 없는 암고양이로군요!"

게다가 버릇도 없었다!

군웅회주 마하령에 대한 비류연의 신랄한 평가였다.

나예린과의 불법 무단 입맞춤 사건으로 인해 뭇 남성의 공적이 되다시피 한 비류연이었다. 그에게 있어서 사람 하나 둘, 아니 열이나 스물 정도의 원한쯤은 코웃음 치며 넘길 수 있는 미미한 수준의 것이었다.

　그러니 거기에 여자 한 명분의 원한과 증오가 보태졌다 해도, 그것이 비록 열댓 명분의 원한을 혼자 몸으로 뿜어내는 존재라 해도 그는 별다른 상관이 없는 모양이었다.

# 일반 상식의 기준

"그런데요……."

두 사람 사이의 정겨운(?) 티격태격을 지켜보던 은설란이 입을 열었다.

"네?"

"누가 뚱뚱하다는 거죠?"

의아함을 느낀 은설란이 나예린에게 물었다. 나예린이 마하령을 오래전부터 알고 있다는 인상을 받았기 때문이었다.

"글쎄요? 저기 마하령 회주를 가리키는 게 아닐까요?"

사실 마하령은 나예린으로서도 안면이 있었다. 사실 천무학관주의 딸과 무림맹주의 딸 사이에 교분이 없다는 게 더 이상한 일일 것이다.

커서는 서먹서먹해지기는 했지만 어릴 때는 언니, 동생 하던 사이였다. 그러나 두 사람 사이가 정이 쌓일 정도로 그리 썩 좋지는 않았다. 뭐가 불만인지 마하령은 항상 자신을 못마땅하게 여겼다. 아무래도 일종의 열등감을 느낀 모양이었다. 당시 통통했던 그녀로서는 자신과 비교된다는 것이 무척이나 괴로운 일이었던 모양이다.

'언제나 불만과 동경과 증오가 뒤섞인 묘한 눈빛으로 나를 바라봤었지!'

하지만 본격적인 무공 수련을 위해 사문에 들어간 이후로는 얼굴을 본 적이 없었다.

'어릴 때라… 확실히 어릴 땐 지금보다 훨씬 더 통통했었지.'

그러나 그것은 벌써 10년도 더 넘은 과거의 일이었다. 어릴 때 뚱뚱했다 해서 커서도 뚱뚱하란 법은 이 세상 그 어디에도 없는 법칙이었다.

"어머? 제 눈에 이상이 생겼나 봐요!"

느닷없이 은설란이 호들갑스럽게 수선을 떨었다.

"무슨 일이시죠?"

"제 눈엔 지금 저 소저가 전혀 뚱뚱하게 안 보이거든요. 그럼 저도 뚱땡이인가 보죠. 이제 어떡해! 흑흑흑!"

은설란이 일부러 울상을 지으며 통곡했다.

"……."

나예린은 아무런 말도 하지 않은 채 침묵으로 일관했다. 어이가 없었다. 또 당했다는 느낌이었다. 그리고 지금 그녀의 관심사는 은설란의 거짓 울음이 아니었다.

'과거에… 10년도 더 전에 비 공자와 하령 언니가 만난 적이 있었단 말인가? 그렇지 않고서야 어떻게 지금의 하령 언니에게 뚱땡이란 말을 할 수 있는가?'

아무리 생각해 봐도 해답이 보이지 않았다. 물론 비류연은 불과 사흘 전까지만 해도 마하령을 만나본 적이 없었다.

아직 사태는 아무런 진전도 찾아볼 수 없는 답보 상태였다. 은설란은 이 사태가 무척이나 흥미로운지 조금도 관심을 늦추지 않고 있었다.

"저 분은 무척이나 바보군요."

"그렇죠. 정말 손쓸 도리가 없을 정도로 바보예요."

나예린도 적극적으로 동의했다. 아마 모용휘도 이견이 없는 듯했다. 간만에 모두의 의견이 하나로 통일되는 순간이었다.

그녀들의 말대로 비류연은 바보였다.

원래 보통 사람은 가문 좋고, 출신 좋고, 지위 높고, 학력 높은 사람을 상대하게 되면 성심성의껏 척추 뼈가 어그러지도록 허리를 깊숙이 숙여야만 한다. 당연히 그래야만 되는 거 아닌가? 왜냐하면 모든 사람들이 당연하다는 듯 그 일을 하기 때문이다. 주위를 둘러보면 쉽게 볼 수 있으니 이해를 하기 쉬울 것이다.

그런 부류의 사람들은 하나둘이 아니다. 자신보다 높은 지위, 돈, 권력, 명예를 가진 사람을 향해 간도 쓸개로 서슴없이 빼줄 수 있을 것 같은 투철한 장기이식 희망자들 말이다. 그들의 희생정신은 정말 눈 뜨고 보기 힘들 정도로 눈물겹고 감동적이다.

높은 지위를 가진 사람을 만나면 당연하다는 듯이 사람들은 조건반사적으로 그렇게 행동한다. 두 손을 모으고 허리를 숙이며 전심전력으로 비굴한 미소를 지어 보인다. 물론 지문이 지워질 정도로 열심히 손바닥을 비비는 것도 좋은 효과를 기대할 수 있다.

원래 이 빌어먹을 세상은 그렇게 엿같이 만들어졌다. 대부분의 사람들 또한 그 규칙에 맞춰 행동하고 있다. 그런데 희대의 반항아를 자처하는 문제아 비류연은 천인공노하게도 그런 것이 싫은 모양이었다.

그래서 비류연은 자신보다 지위가 높고 권력이 강한 사람 앞에서 절대로 굽실거리는 법이 없었다. 오히려 완전히 무시했다. 그는 그 사람의 배경 때문에 자신의 신념을 굽히고 싶은 생각이 전혀 없는 모양이었다.

그래서 그는 아무런 망설임 없이 마하령의 뺨을 후려갈길 수 있었던 것이다. 그는 자신의 마음이 바라지 않는 방향으로 몸을 움직이고 싶은 생각이 추호도 없었다. 그러니 역시 고금 최강의 바보라 아니할 수 없었다.

자신의 신념대로 일을 추진한다는 것은 그만큼 많은 대가를 감수해야 한다. 그것은 언제나 어느 시대든 결코 평탄한 길이 아니기 때문이다. 그런데도 비류연은 지금 그 길을 걸어가려 하고 있었다.

사람들이 경악하는 이유 또한 같은 맥락이었다. 이들은 비류연이 서슴없이 세상의 고정된 관례를 깨고 마음 내키는 대로 행동했기 때문에 이처럼 경악하고 분노하는 것이다. 자신들이 할 수 없는 일을 서슴없이 상습적으로 저지르니 얼마나 울화가 치밀겠는가!

앞으로도 그들은 비류연을 이해할 수 없을 것이다. 물론 그들은 이해하고 싶어하지도 않는다. 사고의 기반이 전혀 다르기 때문이다.

그래서 사람들은 번번이 비류연에 대한 평가를 제대로 내린 적이 한 번도 없다. 일반 상식의 잣대로 비류연을 재려고 하니 번번이 실패하고 마는 것이다. 그의 그릇을 측정하려면 보통의 것이 아닌 아주 특별한 잣대가 필요하다. 그 혼자만을 위한 맞춤 잣대, 그렇지 않으면 골백번을 반복해도 한결같은 답이 나올 리 없었다.

자신들이 가진 기존의 잣대가 통하지 않는 상대!

그래서 그들은 절대로, 하늘이 두 쪽 나는 한이 있더라도 비류연의 존재를 인정할 수 없었다.

학연, 지연, 혈연, 배경에 아랑곳하지 않고 거기서 파생되는 권위와 권력과 위력을 싸그리 무시하다니 이 얼마나 어리석고 파렴치한 행동인가! 사상 최강의 바보라 불리는 데 한 점 부끄럼이 없는 비류만이 할 수 있는 행동이었다.

비류연은 자신의 행동에 대해 어떤 후회도 하지 않았다. 그는 항상 자신의 행동과 안전에 대해서는 책임을 지는 성격이었다. 그는 어떤 과격한 반격에도 대항할 만반의 준비를 갖추고 있었다. 그것은 그가 그렇게 할 수 있는 것을 배웠기 때문이 아니라, 그가 여태껏 그렇게 살아왔기 때문이다.

이제 그만 끝내면 안 되나? 대치가 길어도 너무 길었다. 슬슬 마무리를 지었으면 하는 것이 주위를 둘러싼 사람들의 솔직한 바람이었다. 언제까지 소모적인 고집 싸움을 계속할 작정이란 말인가?

'과연 저 두 사람의 대치가 끝나긴 끝나는 건가?

아직까지 어느 한쪽도 양보할 기미가 보이지 않았다. 이미 두 사람은 기호지세(騎虎之勢)였다. 질풍처럼 달려가는 호랑이 등 위에서 뛰어내리기엔 이미 때늦은 감이 있었다.

그래서 그런지 반 시진이 넘어가는데도 여전히 긴장감 넘치는 두 사람의 대립은 끝날 기미를 보이지 않고 있었다. 이쯤 되면 이제 지켜보는 이도 지루해질 때였다. 그러나 지루함을 느낄 수 없는 것은 두 사람 사이에서 흘러나오는 기묘한 긴장감 때문이었다.

비류연은 여전히 입가에 미소를 지우지 않고 있었다. 하지만 더럽게 인상을 쓰고 있을 때보다도 더한 긴장감이 주위를 꽁꽁 옭아매고 있었다.

입가의 미소는 거둬들이지 않았지만 비류연의 손은 여전히 매의 발톱처럼 마하령의 손목을 잡은 채 놓아줄 생각을 전혀 하지 않고 있었다. 자신의 예고대로 '부탁합니다. 놓아 주세요'를 말하기 전에는 절대로 놓아줄 수 없다는 강경한 태도였다.

"이제 그만 고집부리는 게 어때요? 옹고집쟁이 아가씨?"

비류연이 마하령의 의향을 물었다. 그러나 그런 것에 대답할 마하령이 아니었다.

"……"

"왜 말씀이 없으시죠? 몸은 함부로 움직이지 못해도 입을 움직이는 데는 아무런 불편함이 없을 텐데 말이죠?"

"누가 네놈에게 굴복할 성싶으냐?"

빠드득!

그녀의 이가 심한 마찰음을 내며 갈렸다.

"누가 굴복하라고 했나요? 전 단순한 사과를 원했을 뿐이에요. 사람이면 누구나 다 하는 거예요. 특히 먼저 잘못한 사람들이 많이 하죠."

"나한텐 같은 의미다."

어찌 이리 말이 안 통할 수 있단 말인가!

다시 한 번 협상은 결렬되고 말았다. 어떤 협상이든 결렬되면 결렬

될수록 감정의 골은 깊어지게 마련이다.

'누가 그따위 말을 해줄까 보냐!'

그녀의 눈에서 의지의 불꽃이 강렬한 빛을 발했다.

그런 말을 해주기에 마하령의 자존심은 너무나 높고 지위 또한 녹록한 것이 아니었다.

보통 때 같았으면 이미 일신상의 무공을 발휘하여 손쉽게 상대의 금나수(擒拿手)에서 빠져나왔을 것이다. 그러나 이번만은 그것이 불가능했다. 마치 보이지 않는 실에 온몸이 꽁꽁 묶인 것처럼 본신 진력을 발휘할 수가 없었다. 듣도 보도 못한 무명의 애송이에게 순간의 방심으로 순식간에 제압당했다는 사실이 믿겨지지가 않았다. 이 일련의 사실이 그녀의 자존심에 가한 타격은 치명적일 정도로 엄청났다.

10년 공부가 도로아미타불이 된 듯한 느낌이 바로 이런 것일까. 10년 동안 한결같은 마음으로 무공에 정진해 하나의 경지에 들어섰다, 자부했건만 산을 허물고 땅을 가를 줄 알았던 자신의 무공이 산을 내려와 처음 마주친 개미 한 마리도 못 죽인다는 사실을 알게 된 무인의 한없는 절망이 바로 지금 그녀의 상태를 가장 잘 나타내 주는 예였다.

'내가 지난 5백 일 동안 세상과 벽을 쌓고 수련에 전념한 이유가 도대체 무엇이었단 말인가. 고작 이런 애송이에게 이렇게 끔찍한 수모를 받고자 그 고생을 사서 했단 말인가? 아니면 내가 지금 꿈이라도 꾸고 있단 말인가?'

그러나 아직도 채 아픔이 가시지 않은 육체보다는 정신에 더 치명적인 타격을 입힌 얼얼한 뺨이 그녀에게 현실을 매섭게 인식시켜 주고 있었다.

모든 범용 수단이 봉쇄된 느낌이었다. 망망대해에 무참히 던져진 표류공주(漂流空舟) 같다고나 할까. 아무것도 할 수 없다는 사실이 이렇게까지 무력감을 줄 거라곤 그녀로서 상상도 못한 일이었다.

'내가 이런 무력감을 겪게 될 줄이야……'

더 이상의 대치는 자신의 얼굴에 먹칠을 하는 것밖에 되지 않았다.

'역시 사과하는 수밖에 없단 말인가… 그렇지 않다면… 금기(禁忌)를 깰 것인가.'

그녀는 아랫입술을 잘근 깨물었다. 이대로 있든 사과하고 손을 놓게 만들든, 그 어느 쪽이든 그녀의 자존심은 심각한 타격을 입는다.

양자택일은 어느 쪽이든 본인에게 어느 정도의 희생을 요구하게 마련이다. 이때 당사자의 선택 기준은 바로 최소한의 희생이다. 물론 그 어느 쪽도 쉬운 결정은 아니었다.

'그날 일만 없었어도……'

'그 비밀만 들키지 않았어도……'

악연이라 한다면 가장 지독한 악연이었다.

두 사람이 처음 만난 사흘 전 밤!

그날 밤 비류연은 그녀에게 두 번 다시 생각하고 싶지 않은 끔찍한 밤을 선사해 주었다.

지금 생각해 보면 그 주루가 모든 사건의 시발점이었다.

# 무단외박(無斷外泊)
## - 운명의 장난

달이 기울며 밤이 깊어 간다.
천무학관 관도 기숙사인 검혼관의 취침 시각은 지난 지 이미 오래였다.
새나라의 어린이는 일찍 자고 일찍 일어나는 법!

 

오늘도 보람찬 하루를 마치고 관도들 모두 취침 상태에 들어갔다.

잠이란 시한부 가사 상태인 숙면을 통해 활기찬 내일을 보낼 힘을 축적하는 고귀한 행동이지만, 이 고귀한 행동을 내팽개친 채 눈을 말똥말똥 뜨고 있는 한 남자가 있었다.

밤이 깊어 가고 별은 그 빛을 더해 가지만 이 인간 비류연은 잠들 생각이 없는 모양이었다.

'음! 달이 참 밝군.'

창가를 통해 바라보는 달이 무척이나 밝고 포근해 보였다. 은은한 월광이 밤의 장막을 드리우고 있었다.

"자애로운 달과 보석 같은 별! 이 둘과 낭만을 견줄 것은 역시 그것밖에는 없지!"

만일 그것이 없다면 이는 달과 별과 이 아름다운 밤을 모욕하는 무례가 될 것이 틀림없었다. 필요한 것과 행해야 할 일은 이미 정해져 있었다.

"무단외박(無斷外泊)! 그리고 음주가무(飮酒歌舞)!"

비류연의 눈이 번쩍, 음흉하게 빛났다. 피곤은커녕 힘이 남아돌아 주체를 하지 못하는 모양이었다. 그런데 문제는 그 남아도는 힘을 자아 발전이나 무림 평화에 투자할 생각이 전혀 없다는 점이었다.

"심야의 그림자가 나를 부른다. 밤의 어둠은 나의 이성을 가리고 은은한 월광이 나를 유혹하는구나."

무단(無斷)이란 법에 저촉되는 행위를 저지르는 용기(勇氣)를 뜻한다. 그리고 뒤에 외박(外泊)이란 말이 붙으면 이것은 가증스럽게도 기숙사라 불리는 답답하고 지루한 우리와 같은 감옥을 빠져나갈 수 있는 영명한 지혜와 진취적인 행동력을 뜻한다.

무단외박은 젊은 그 나이 또래 남자 관도의 낭만이라 할 수 있었다. 딱딱한 규범에서 탈피하여 개인의 의지로 자유를 찾아 나서는 숭고한 행위가 바로 무단외박인 것이다. 불법, 규칙 위반도 포장하기 나름인 것이다.

지금 이 시각 비류연은 달과 별과 바람과 구름의 힘을 빌려 그 용기 있는 계획을 실행에 옮기려 하는 것이다. 세간에는 알려져 있지 않지만, 극비리에 떠도는 정보에 의하면 그 용기와 지혜의 우수한 조합물이 실행된 적이 한두 번이 아니라고 한다. 그리고 여태껏 단 한 번의 실수도 없는 완전범죄였다고 한다.

완전범죄가 아니면 저지르지 않는다!

그것은 비류연의 투철한 신념 중 하나였다.

기숙사 생도들에게 피도 눈물도 없는 도깨비로 불리는 규칙과 기강의 화신 철혈무정검 강하윤도 아직 잠자리에 들지 않고 있었다. 관도들의 취침 시간과 사감의 취침 시간은 엄연히 달랐다. 불이 꺼진 이후에도 기숙사 전체를 돌며 잘못된 것이 없나 살펴야 하기 때문에 강하윤의 취침 시각은 자연 관도들보다 늦을 수밖에 없었다.

게다가 오늘 강하윤은 숙직이 있는 날이라 숙직실에 동료 사감인 청성파의 정호유와 함께 자리하고 있었다.

"요즘 그 조사관이 온 후 학관이 좀 소란스러워진 것 같습니다. 그렇지 않습니까?"

"허허허, 그래도 확실히 미인이더군요. 그렇지 않소이까? 보면 볼수록 미끈한 엉덩이하며……"

"정 노사!"

정호유의 농짓거리에 강하윤이 약간 언성을 높였다.

꼭 그렇게 나이 헛먹은 것을 티내고 싶은 것인가?

청성속가 출신인 정호유는 유들유들한 면이 강한 자라 강하윤 자신하고는 궁합이 맞지 않는 사람이었다. 그러나 어쨌든 오늘 당직은 이 사람과 함께 서야 하기 때문에 별수 없이 흰소리나 하면서 시간을 때워야 했다.

침묵으로 지새는 당직보다 더 긴 당직은 없다. 당직(當直), 숙직(宿

直), 근무(勤務)란 자기 자신과의 싸움이며, 자신의 내면에 내재된 심리 시계와의 싸움이기 때문이다.

특히 자신과의 싸움에 약한 사람이 정호유였다. 때문에 그는 입을 놀리는 것을 절대 멈출 수가 없었다. 자신이 혀를 멈추는 그 순간 자기 내면의 시계도 함께 멈춘다는 것을 그는 경험을 통해 잘 알고 있었다. 그러나 지루함을 상대로 한 전투의 전우로서 강하윤은 썩 좋은 동료라 할 수 없었다. 때문에 정호유의 입은 평소보다 두 배는 더 많이 움직여야 했다.

"심심하군요. 이럴 때 사고치는 애라도 한 명 나왔으면 좋겠습니다 그려! 예를 들어 무단외박 같은 거 말입니다."

정호유는 웃고 있었다. 진심으로 그렇게 생각하고 있는 건지도 몰랐다. 지루함과 싸우는 것보다는 그런 사건과 싸우는 편이 훨씬 더 시간이 잘 가기 때문이다. 여전히 긴장감이라고는 찾아볼 수 없는 사람이었다.

"숙직은 장난이 아닙니다. 정 사감! 그리고 우리 학관에 그런 막돼먹은 짓을 할 사람은 아무도 없습니다. 항상 규칙을 준수하는 아이들 뿐입니다."

"그래도 혹시 모르지 않습니까?"

"없다니까 그러시네요. 없다면 없는 겁니다."

철혈사감 강하윤의 어조는 여전히 단호했다.

"허허허! 저도 압니다. 그래도 혹시라도 나올지 모르는 천에 하나의 가능성을 생각해 말씀드린 것뿐입니다. 가벼운 농담이죠. 설마 우리의 날카롭고 영민한 이목을 피해 그런 간 큰 짓을 벌일 관도가 있으리라고는 생각하지 않습니다. 우리도 천리지청술을 장난으로 펼치고 있는 게 아니니까요. 그러니까 가벼운 농담이죠. 정말 철 사감은 말이 안 통하는 분이군요. 허허허허!'

정호유가 점잖게 웃었다.

보통 강하윤은 같은 동료 노사들에게도 철(鐵) 사감으로 통하고 있었다.

강하윤의 말대로 이들은 두 손 놓고 농담 따먹기만 하며 밤을 지새우는 게 아니었다. 그들의 귀와 감각은 항상 사방을 향해 열려 있어 그들은 가만히 앉아서도 주위의 모든 움직임을 살펴볼 수 있었다.

만일 무단외박이라는 청운의 꿈을 품은 이가 있다면, 이들 절정고수 두 명의 이목을 뚫고 나가야만 한다. 목숨을 걸 자신이 있는 이들이라면 도전할 가치는 충분했다. 그러나 최근 들어 도전하는 자도 거의 없고 성공하는 자도 드문 게 이 일이었다.

물론 모든 일이 그러하듯 예외는 있었다.

이 둘이 한가로이 이런 이야기를 두런두런 나누고 있을 때, 비류연은 이미 그들의 감각 청취 범위를 벗어난 이후였다.

이 두 사람이 자랑하던 천리지청술도 비류연의 기척을 잡아내는 데는 실패한 모양이었다.


무단외박을 결행하기 위해서는 우선 1각 정도의 준비운동과 호흡 가다듬기가 필요하다. 이때 속으로는 '절대 성공'을 빌며 각오를 다지는 것이다. 만일 사감의 눈에 걸릴 경우 치명적인 감점 요인이 되므로 절대 들켜서는 안 된다.

우선 가장 중요한 것은 은밀성과 신속성이다. 그리고 평상시 사감들의 움직임은 알아두는 게 결행하는 데 편하다.

물론 결행할 때에는 호흡 하나 밖으로 새어 나와서는 안 된다. 은밀성 다음으로는 과감성이다. 일의 진행 도중 마음이 흐트러지는 일이 있어서도 안 된다. 마음의 흐트러짐은 곧 신체의 흐트러짐으로 나타날 수 있기 때문이다. 사소한 실수도 이곳에서는 즉각 실패로 이어질 염려가 있으니 각별한 주의가 필요하다.

그리고 모든 일에는 마무리가 중요하다. 즉 다음날 확실히 제 시간에 복귀해 수업에 늦는 일이 없도록 해야 한다. 괜한 꼬투리를 노사들에게 남겨 주어서는 안 된다.

그만큼 절정고수의 이목을 피해 무단외박을 감행하는 것은 어려운 일이었고 장애와 난관도 많았다. 그러나 비류연은 백향관마저도 들락날락한 몸! 이 정도쯤은 누워 떡먹기였다.


천무학관의 철통같은 경비는 거의 완벽에 가깝다. 최소한 근무 시간에 조는 사람은 없으니깐 말이다.

그러나 적은 인원으로 드넓은 천무학관 전체를 경비한다는 것은 애당초 불가능한 일이었다.

성벽 위로도 정기적으로 보초병이 순찰을 다니지만, 인원이 적은 만큼 순찰 시간이 길어지기 때문에 틈은 나타나게 마련이다. 때문에 그 허술한 틈새를 사방팔방에 거미줄처럼 배치해 놓은 기관장치로 보충하고 있었다. 취침 시각이 지나면 죽음의 함정이 천무학관 전체에 펼쳐지는 것이다. 그것이 이곳 천무학관을 완벽한 철벽의 성채로 만드는 데 가장 결정적인 역할을 맡고 있었다.

그러나 비류연에게는 이 모든 것들이 무용지물이었다. 비류연은 애써서 땀 흘려 기관장치들을 만들고 어떻게 하면 매순간 가장 치명적인 타격을 줄 수 있을까 배치에 힘쓴 장인들의 노고를 한순간에 물거품으로 만들어 버렸다.

비류연은 단 다섯 번의 도약으로 모든 장애물을 뛰어넘어 여섯 번째 도약으로 최종 장애물인 여덟 장 높이의 성벽을 유유히 뛰어넘을 수 있었다. 경험이란 참으로 무시할 수 없는 것이어서 이 짓도 많이 하다 보니 늘어서 행하는 데 아무런 거침이 없었다. 초반의 긴장감 따위는 이제 참새 눈곱만큼도 느낄 수 없었다.

벽호공(壁虎功:일명 도마뱀 신공이라고도 불리는 것으로, 아무런 받침 없는 벽을 타고 넘을 수 있는 무공의 일종)을 사용할 것도 없었다.

이날 밤하늘에 떠 있는 달과 별은 천무학관의 성벽을 아무런 제지 없이 월담하는 비류연의 유유자적한 모습을 발견할 수 있었지만 누구에게도 고자질하지는 않았다.


"여긴 언제 봐도 휘영청 밝군! 좋아! 좋아! 지상의 별들이 술에 취해 나를 반기는구나!"

휘영청 밝은 것은 달만이 아니었다. 대로를 중심으로 펼쳐져 있는 주가(酒街)에서 내건 갖가지 초롱불들이 형형색색으로 빛나는 모습은 대지에 내려온 별무리를 연상시켰다. 게다가 이 지상의 별들은 사람들에게 술까지 제공할 수 있으니 일석이조라 할 수 있었다.

"그러고 보니 저번엔 염도랑 함께 왔었지……."

저번에 정기적으로 행해진 밤 외출을 빙자한 무단외박은 염도도 공범이었다. 역시 무사부인 염도랑 함께 있으니 여러모로 편리한 점이 많았다. 술값도 굳고 발각될 위험도 없고……

'오늘도 같이 왔으면 좋았을 것을… 그런 식으로 거절하다니……'

그 점이 못내 아쉬운 비류연이었다.

"바쁩니다. 아주 바빠요. 요즘은 제 몸이 두 개였으면 좋겠다는 생각에 하루에 몇 번씩 칼을 드는지 모릅니다. 반으로 가르면 혹시나 몸이 두 개가 되지 않을까 해서요. 내가 지금 이토록 과다한 업무에 시달리는 것도 모두가 다 밉살스런 사부 당신 때문이라구요."

"아니 왜요? 갑자기 생사람은 왜?"

어리둥절해진 비류연이 반문했다. 이렇게까지 인신공격을 당하면 억울한 게 당연지사였다.

"사부가 나한테 주작단 하룻강아지들을 떠넘기지만 않았어도 이런 과중한 업무에 시달릴 일은 없었을 겁니다."

"……?"

힐끔 어깨너머로 살펴본 그의 책상에는 서류가 한 무더기나 쌓여 있었다. 보고만 있어도 현기증이 일 정도로 많은 양이었다.

"때문에 오늘은 상대해 줄 수 없군요. 내일까지 주작단 녀석들에 대한 종합적인 보고서를 제출해야 하니까요. 이 녀석들 내일 두고 보자. 감히 이 몸을 이토록 힘들게 만들어?"

빠드득! 빠드득!

자신에게 이런 과중한 서류 업무를 부과한 원흉들에 대한 적개심이 그의 전신에서 폭출되었다. 가장 근원적인 원흉에게는 화풀이를 할 수 없으니, 두 번째 원흉들에게로 그 화살이 집중되었다.

아무래도 주작단의 내일은 암울할 것 같은 예감이 드는 비류연이었다. 물론 그 암울함의 근본적 원인이 자신이라는 점은 간과해 버리고 말이다.

"그래도 아쉽긴 아쉽군!"

역시 항상 곁에 있던 물주가 잠시 자리를 비웠더니 옆구리가 허전했다.

"오늘은 철저히 혼자서 놀아 볼까!"

열심히 일하는 나이 든 제자를 대신해서 젊은 사부가 한껏 놀아 주기로 작정했다.

# 당신 신참 맞죠?

천무학관 검혼관의 불은 대부분이 꺼졌지만
남창 중심에 위치한 번화가는 여전히 휘영청 밝은 빛을 내며
불야성을 이루고 있었다.

　밤에 색주가(色酒街)의 불이 꺼진다는 것은, 여름에 털옷 입겠다는
것과 마찬가지 이야기였다.

　비류연의 발걸음이 향한 곳은 남창 최대 주루 중 하나인 순풍루(順
風樓)였다. 순풍루는 일 년 열두 달 무휴를 자랑하는 곳으로 항상 열
두 시진 전일(全日) 영업과 최상의 손님 접대로 사람들의 발길이 끊
이지 않는 곳이었다.

　이곳은 층이 높아질수록 점점 더 호화로워진다는 특징이 있었다.
즉 최상층으로 올라갈수록 최고의 대접을 받을 수 있는 것이다.

　"이봐! 멈춰!"

　비류연이 막 하급(下級)에서 중급(中級)으로 바뀌는 3층으로 올라
가려는 순간, 거칠고 날카로운 쉿소리 같은 목소리가 비류연의 발길

을 멈춰 세웠다.

총 6층으로 이루어진 이곳은 각각 두 개 층씩 상(上), 중(中), 하(下) 급으로 분류되어 손님을 받고 있었다.

"저요?"

비류연이 손가락으로 자신을 가리켰다.

"그래 너!"

거한은 여전히 삿대질을 유지한 채 고개를 끄덕였다. 거만하기 짝이 없는 태도였다.

비류연의 눈초리가 살짝 치켜 올라갔다. 감히 자신의 행보를 방해한 이는 우락부락하게 생긴 위력 과시용 호위꾼이었다. 물론 그의 울퉁불퉁한 근육은 일반인들에겐 위협적으로 보일지 모르지만 무림인이 보기에는 그저 무겁기만 하고 쓸 데는 없는 장식품일 뿐이었다.

덩치가 거만한 목소리로 말했다.

"꼬마야! 여긴 너 같은 어린애가 올 곳이 못 된다. 여기는 다른 싸구려 주루와는 차원이 다른 역사와 전통과 품격을 자랑하는 남창 제일루 순풍루다. 혼찌검 나기 전에 썩 물러가라!"

'남창 제일루? 다른 곳에서도 분명 자신들이 남창 제일루라고 주장했는데?'

아무래도 남창 제일루는 단수가 아닌 모양이었다. 그러나 지금 문제는 그게 아니었다. 그것은 명백히 자신을 무시하는 말투였다. 물론 그런 말을 들었다 해서 순순히 물러날 비류연이 아니었다. 오늘 거한은 상대를 잘못 골랐다.

약간 기분이 상한 얼굴로 비류연이 되물었다.

"왜 안 된다는 거죠?"

살짝 말려 올라가는 입꼬리, 보통 일반적으로 그를 아는 사람은 이 때 본능적으로 몸을 사리며 집중 경계 태세에 들어간다.

"흥! 그런 말 하기 전에 네 몰골이나 살펴봐라!"

치렁치렁한 앞머리에 가장 평범하면서도 싸구려 냄새가 풀풀 나는 낡은 흑의 무복, 몸 어디를 찾아봐도 병장기 같은 건 보이지 않았다. 무림인은커녕 거지로도 안 보이는 게 천만다행이었다.

"왜요? 멋있기만 한데? 무슨 문제가 있다는 거죠?"

아무래도 비류연의 시각은 일반인들이 바라보는 시각과는 현저히 다른 모양이었다.

"꼬마가 오늘 매를 버는구나."

그러는 당사자는 죽음을 열정적으로 불러들이고 있는 중이었다. 염라대왕이 민간시찰 나온 줄 꿈에도 모르고 말이다.

우락부락하게 생긴 호위꾼 왕정이 주제도 모르고 자신의 목숨을 가지고 장난치는 것도 무리가 아니었다. 비류연의 어디를 훑어봐도 천무학관의 관도 같은 모습은 보이지 않았다. 특히 왕정처럼 천무학 관 사람들에 대해 미묘한 환상을 지니고 있는 이들에게 이런 현상은 더욱 심했다. 그들이 지닌 환상이 실제 존재하는 천무학관 관도들을 더욱 미화시키고 포장하고 있었다.

"당신 신참이죠? 심부름은 안 하고 이런 데서 죽치고 있어도 되는 건가요?"

"헉! 어… 어떻게……."

왕정의 눈이 동그랗게 떠졌다. 순간 가슴이 뜨끔했던 것이다. 사실 그는 순풍루 호위꾼들 중에서 가장 막내였다.

"뭐 그런 거야 상식이죠."

별 대수롭지도 않다는 듯한 말투였다.

아마 이 정도 인물이면 호위 무사 심부름꾼 정도 될 것이다. 지금은 한창 바쁠 때라 고양이 손이라도 빌리고 싶어 빌린 것이리라.

"꼬마 놈이 말이 짧구나."

솥뚜껑만한 그의 손이 하늘로 치켜 올려졌다. 이제는 내려치는 일만 남았다.

그러나 간발의 차로 왕정은 목숨을 구함 받을 수 있었다. 손을 내려치려는 찰나, 순풍루의 총관인 조명발이 비호처럼 달려왔던 것이다. 목이 찢어져라 비명을 토하며…….

"잠까아아아안! 기다려어어어!"

이 처절하면서도 필사적인 목소리의 목표는 바로 사신(死神)의 개작두 위에 목을 올려 놓은 왕정을 향한 것이었다.

흠칫!

갑작스런 고용주의 저지에 후려갈기려던 그의 손이 허공 중에 우뚝 멈추어 섰다. 그와 함께 사신의 칼질도 그 움직임을 멈추었다. 사신의 사망신고도(死亡申告刀)가 우뚝 멈춰선 곳은 그의 목덜미 바로 위였다.


"초… 총관님! 이놈이 도대체 어떤 놈이길래?"

왕정은 무의식중에 비류연을 향해 손가락질하며 조 총관에게 물었다. 순간 조 총관의 얼굴이 하얗게 탈색되며 사색이 되었다. 세 치 혀는 만악의 근원이라 했던가?

"무… 무슨 짓이냐! 이… 이분은……."

총관 조명발이 각혈하는 심정으로 주의를 주려 했으나 이미 때는 늦었다. 비류연의 시선이 그 손가락 끝에 고정되어 있었기 때문이다.

"참 버릇없는 손가락이네요."

비류연이 덥석 그 버르장머리 없는 검지를 잡았다.

"어어어?"

왕정의 눈이 휘둥그레졌다. 자신이 지금 꿈을 꾸고 있나 의심스러울 지경이었다. 왜냐하면 자신의 발이 지금 바닥에 닿아 있지 않기 때문이다. 공중으로 한 치 정도 붕 떠 있는 상태였다. 그것을 가능케 해주는 원인은 현재로서는 단 하나밖에 없었다. 그것은 바로 자신의 검지 끄트머리를 잡고 있는 비류연의 손뿐이었다. 왜냐하면 그는 공중부양술(空中浮揚術) 따위는 배운 적이 없었기 때문이다.

휘잉!

"으아아악!"

순간 왕정은 왜 하늘과 땅이 예고도 없이 뒤집혀졌는지 의아해 해야만 했다. 알고 봤더니 뒤집힌 것은 하늘과 땅이 아니라 자기 자신이었다. 자신의 검지를 쥐고 있는 비류연의 엄지와 검지가 살짝 비틀어지자마자 벌어진 일이기도 했다. 그의 머리는 지금 바닥으로부터 사람 가슴 높이 정도까지 떨어져 있었다. 신기한 것은 자신의 몸 전체를 지탱해야만 하는 검지에 전혀 통증이 느껴지지 않는다는 점이었다. 그러나 그것은 시작에 불과했다.

휘잉!

"으헉! 어어어……."

미소와 함께 살짝 이동하는 비류연의 손끝에 의해 왕정의 하늘과 땅은 다시 원래대로 복구될 수 있었다. 그러나 그것도 잠시…….

"끄아아아악!"

그의 몸이 순간 풍차처럼 돌아가기 시작했다. 눈이 빙그르 돌았다. 상하좌우가 한데 뒤섞이며 눈알이 팽팽 돌고 귀가 윙윙거렸다.

속이 심하게 울렁거리기 시작했다.

"고… 공자! 보는 눈이 많습니다. 이제 그만 하시지요. 제가 따끔하게 혼을 내겠습니다. 제발 참아 주십시오! 비 공자……."

이 기가 막힌 광경에 놀라 한동안 할 말을 잃고서 정신을 놓고 있던 조 총관이 부랴부랴 사태를 수습하려고 나섰다. 이대로 잘못하면 내일 송장 하나 치를 것만 같았다.

"그럴까요?"

붕붕붕!

여전히 인간 풍차 돌리기를 멈추지 않으며 비류연이 말했다.

"네! 부디 그래 주십시오. 하하하! 빨리 올라가서 식사를 하셔야죠. 곧 성대한 요리를 대접해 올리겠습니다. 그러니 오늘은 이것으로 참아 주십시오!"

조 총관의 싹싹한 말투에 비류연의 마음이 동했다.

"그럼 그러죠!"

뚝! 요리라는 말에 솔깃해진 비류연이 그제야 인간 풍차 돌리기를 멈추었다.

"홍야, 홍야, 홍야."

다시 맨땅에 내려진 왕정의 다리는 이미 문어처럼 흐물흐물해져 있었다. 비틀거리며 주위의 기물에 머리박기를 수십 차례! 왕정이 그나마 대화가 가능할 정도로 정신을 차린 것은 한 다경이 지난 후였다. 그때까지 비류연은 자리를 뜨지 않고 계속 지켜보고 있었다.

"봐요, 내 말대로 당신 신참 맞죠?"

비류연이 물끄러미 왕정의 면상을 쳐다보며 질문했다. 보이지 않는 비류연의 날카로운 시선에 왕정의 등줄기를 타고 식은땀이 주르륵 흘러내렸다. 아직도 하늘이 어디인지 땅이 어디인지 구분이 안 갈 정도로 어지러웠다. 왕정은 오금이 저려와 다리가 와들와들 떨렸다.

"네, 넷!"

부동자세를 취하며 왕정이 대답했다.

"그래? 그렇다면 모를 수도 있지. 걱정 말게. 자네의 실수는 여기 조 총관이 책임질 테니깐 말일세!"

"아… 아니 공자? 어째서 제가……."

비류연의 말에 조 총관은 금세 울상이 되었다.

"예부터 아랫사람의 실수는 원래 윗사람이 책임지도록 되어 있지요. 원래 그것이 바로 상좌에 앉은 사람들의 의무 아니겠습니까! 그러니 조 총관과 그 위에 있는 이 주루의 진정한 주인인 순풍……."

"고… 공자! 그것만은!"

순간 조 총관이 급히 손사래를 치며 필사적으로 비류연의 말을 막았다. 그것만은 절대 새어 나가서는 안 되는 비밀이었다.

"아참! 그건 비밀이었죠. 뭐 어쨌든 그 사람이 책임지리라 굳게 믿어요."

'맙소사!'

조총관은 속으로 비명을 질렀다.

가끔 흥이 나면 들르는 비류연이었다. 그가 올 때마다 조 총관은 죽을 맛이었다. 그러나 거절할 도리가 없었다. 모든 게 다 누주의 잘못 때문이었다. 윗사람이 실수하면 아랫사람들의 고생문이야 훤히 열린 것이나 진배없었다.

더 이상 비류연과 대화하다가는 이야기가 어디까지 발전될지 모른다는 위험이 있었다. 그것만은 막아야 했다.

"비 공자! 자리로 가시지요! 마침 오늘 좋은 술이 사천에서 들어왔던 참입니다. 제가 사죄의 뜻으로 한 잔 올리겠습니다."

여기서 한 잔은 한 병 무료 제공을 뜻한다.

"술에는 안주가 따르는 법이겠죠?"

비류연이 슬쩍 물었다.

"물론입니다. 어서 가시지요! 여봐라! 어서 손님 모시지 않고 뭐 하는 게냐!"

조 총관의 호통에 점소이 하나가 번개처럼 달려와 비류연을 최상층으로 안내했다.

"일 처리가 끝나는 대로 곧 따라 가겠습니다."

조 총관이 사근사근한 미소를 지으며 비류연에게 넙죽 절했다. 비류연도 답례로 손을 흔들며 의연하게 위층으로 올라갔다.

그리고 잠시 후!

"으으으으으악! 크아아아아악! 우어어어어!"

순풍루가 떠나갈 듯한 괴기스런 포효!

"네 이노오오옴……."

이윽고 비류연이 시야에서 사라지고 왕정을 향해 돌아서는 조 총관의 눈에는 귀신도 무서워 달아날 만큼 서슬 퍼런 살기가 어려 있었다.

정체를 숨기고 있지만 무공고수인 조 총관의 바늘 끝같이 날카로운 살기를 감당하기에 왕정의 물먹은 근육덩어리는 무리가 있었다.

"히이익!"

하마터면 왕정은 너무 무서워 오줌을 지릴 뻔했다.


"응? 이게 무슨 소리지?"

비류연의 귀가 쫑긋거렸다.

점소이의 정중한 안내를 받으며 걸어가는 그의 등 뒤에서 처참한 비명성이 이어졌기 때문이다.

"꾸에에에에엑!"

퍽퍽퍽! 콱콱콱! 뚜쉬뚜쉬뚜쉬!

파닥파닥!

"죽어라! 죽어! 이놈아! 죽어라! 네놈이 감히 우리 가겔 망하게 하려고 음모를 꾸민 게지? 이놈아! 네놈 어디서 보내온 첩자냐? 엉? 바른대로 말 안 해? 남의 가게 기둥뿌리를 흔들려고 하다니……. 우오오오오!"

"아닙니다. 억! 아니에요! 으어억!"

"아니긴 뭐가 아냐! 너 우리 경쟁업체에서 보낸 첩자지! 이실직고하지 못해! 엉?"

퍽퍽! 억억! 퍽! 으악! 퍽! 꾸엑!

"끄아아아아아아아악!"

야심한 밤하늘을 진동시키는 비명이 꼬리를 물며 길게 이어졌다.

"이거, 이거, 너무 소란스럽군!"

고개를 좌우로 저으며 비류연은 자리에 앉았다.

"주문!"

혜성처럼 점원 하나가 쪼르르 달려왔다. 비류연은 이제야 세상이 원상복구 된 느낌이었다.

"순풍산부이 나대이가 비밀리에 가지고 있는 가게랬지……."

언제 봐도 화려한 곳이었다.

귀만 남보다 월등히 컸지 왜소해 보이던 그가 이런 화려한 곳의 주인일 줄은 그 누구도 쉽게 상상이 가지 않을 것이다. 의식 연결이 그의 볼품없는 외견 때문에 장애를 받기 때문이다. 게다가 그의 영업장도 생각 외로 화려하지는 않았다. 과연 어디서 이 정도 재력을 끌어 모을 수 있는 능력이 나오는지 신기할 지경이었다.

하지만 잘 생각해 보면 이곳 주루는 그의 직업과 직접적으로 연관된 점도 없잖아 있었다. 고금을 통틀어 번화한 주루에는 언제나 정보가 집결되기 때문이다. 게다가 이곳은 상중하로 확실히 등급이 나누어져 있어 여러 계층의 정보를 한 곳에서 접할 수 있도록 체계가 갖추어져 있었다. 정보를 모으는 데 여러모로 유리할 수밖에 없었다.

'뭐… 이것도 일종의 인간 승리겠지…….'

순풍산부이 나대이가 남창에서 여태껏 정보를 팔아 쌓아 온 입지는 이 정도가 아니었다. 정보 상인답게 그는 타인에게는 보여주지 않는 절대 극비의 여러 가지 얼굴들을 가지고 있었다. 이 주루도 그 여러 얼굴들 중 하나였다. 이곳의 진정한 주인이 쌍낭이 나대이란 사실을 아는 사람은 이곳 토박이 중에서도 극소수에 불과했다. 그의 자기 관리 능력과 기밀의 보호 능력이 그만큼 뛰어나다는 반증이었다.

그런데 토박이 아닌 자 중에 이 사실을 알고 있는 사람들이 몇 명 있었는데 그 중 한 명이 바로 염도였다. 과거 우연한 인연으로 그 사실을 알게 된 염도 덕분에 이처럼 비류연이 이곳을 알게 된 것이기도 했다. 그리고 비류연은 지금 이곳의 단골이 되어 있었다.

'어쨌든 덕분에 무척이나 편리하긴 하지!'

무엇보다 좋은 점은 돈이 거의 먹히지 않는다는 것이다. 양심상 비류연도(돈과 관련된 일에 과연 양심이 있는지는 의심스럽지만) 맨날 공짜로 대접받기만 하는 것은 아니었다. 의외로 대가 지불에 깐깐한 사람이 바로 비류연이었다. 어릴 적부터 항상 그런 식의 주입식 교육을 받아 왔던 탓이었다. 아무래도 그 세뇌 교육은 자신을 키워준 보답을 반드시 받아 내려는 사부의 음모가 있었던 것 같지만 지금 확인할 길은 없었다. 이 모든 상황을 고려하고서라도 비류연에게 이곳의 이용 비용은 다른 곳에 비한다면 거의 거저나 다름없었다.

"돈 없는 척하더니 뒷구멍으로는 꽤나 긁어모은 모양이야. 용케도 이 정도로 으리으리한 주루를 손에 넣을 수 있었군. 투자한 돈이 장난이 아니었을 텐데……."

이 정도 규모의 주루를 손에 넣으려면 목숨을 건 거래 한두 번으로는 턱도 없었다.

"역시 정보는 돈이 되는 모양이야……."

정보의 수집 판매가 만만치 않은 고소득이 보장된다는 사실이 비류연의 흥미를 강하게 자극했다. 그러나 당장에 뛰어들어 볼 생각은 가지고 있지 않았다. 아직 그는 천무학관의 생활이 좋았다.

'그럼 뭘 먹는다……?'

비류연은 붉은 비단으로 두른 고급스런 주문서를 펼쳐 들었다.

촤라라락!

순간 그의 눈앞에 찬란하고 심오하고 철학적인 요리의 세계가 가득히 펼쳐졌다.


"뭐? 그놈이 또 왔다고?"

똥 씹은 얼굴로 자신의 감정을 적나라하게 드러내며 나대이가 소리쳤다. 이곳은 순풍루에서도 가장 최상층에 위치한 곳으로 이곳에서 업무를 볼 수 있는 사람은 단 한 사람, 대외적으로 비밀에 싸여 있는 순풍루의 누주 자신뿐이었다. 놀랍게도 그 누주는 귀가 다른 사람보다 훨씬 컸다. 그 사람은 바로 두 개의 주머니 귀, 쌍낭이(雙囊耳)란 별명을 가진 남창 토박이 정보 상인 순풍산부이 나대이였다.

"이제 그만 와주면 좋으련만… 공짜가 그렇게도 좋단 말인가?"

마치 자신이 봉이 된 그런 기분이었다. 상인이 손님을 봉으로 만들지 못하고 자신이 봉이 되다니… 개구리한테 잡아먹힌 뱀이 된 기분이었다.

"없애 버릴까요?"

조 총관이 조심스레 의사를 타진했다. 굴뚝같은 마음의 반영이었다.

"뾰족한 방법이라도 있냐?"

그럴 마음이야 굴뚝같지만 뾰족한 방법이 없어 두 손 놓고 있는 실정이었다. 반려가 아니라 자포자기가 바른 표현이었다.

"그가 이 근방에 나타났다는 이야기를 들었습니다."

"그라니?"

"강호 최고의 자객이라 불리는 혈견향(血見香)입니다."

"오오! 천 번의 살행을 해냈다는 '천살행(千殺行)'의 명성을 획득한 자객 말이지? 선악을 떠나서 약한 자는 죽이지 않고 강한 자의 생명만 취한다고 해서 유명한 놈이 아니냐?"

확실히 혈견향에 관한 정보 의뢰가 음으로 양으로 많이 들어오고 있는 처지라 그로서도 잘 알고 있었다. 자신이 모르고 있는 사항인 것을 보니 방금 전서구를 타고 날아온 따끈따끈한 최신 정보인 모양이었다.

"그 때문인지 일부에서 무척 인기가 있습니다. 아무래도 업무상 근처에 온 거 같습니다. 어떡할까요?"

"흐흠! 혈견향이라⋯⋯."

분명 구미가 당기는 일이기는 했다.

"추진할까요?"

나대이의 허락이 떨어지기만 한다면 내일 혈견향은 한 장의 청부 신청서를 받을 수 있을 것이다. 관례대로 청부 대금의 반과 함께!

그러나⋯⋯.

찌릿!

움찔!

나대이가 보내는 살벌한 시선에 답을 기다리던 조 총관은 자연 위축될 수밖에 없었다.

"미쳤냐?"

"아뇨!"

"가게 말아먹을 일 아니면 그런 생각 꿈에도 품지 마라! 누군 무력 쓸 줄 몰라서 이러고 있는 줄 아냐?"

　쾌재를 부르며 동조할 듯 보이던 나대이가 불같이 화를 내는 바람에 조 총관은 내심 투덜거릴 수밖에 없었다. 괜히 자기에게 화풀이한다고 느끼는 것도 무리가 아니었다. 나대이는 곧 고개를 좌우로 저었다.

"아서라! 아서! 혈견향 정도로는 그놈과 그놈 뒤에 있는 염도를 이기지 못해! 자넨 아직 염도가 얼마나 대단한 인물인지 정확히 모르는 모양이군! 그런 비싸기만 하고 실패할 확률도 높은 사람 구할 바에야 그냥 술값 버리는 게 남는 장사겠다. 어차피 망하도록 마시지는 않잖아?"

　망하지는 않는다! 그게 그나마 나대이로서는 자기 위안이 되는 말이었다. 확실히 비류연이 염도를 등에 업고 정도 이상으로 과하게 뜯어먹는 일은 없었다.

'그래도 한번 해봐?'

　한참 조 총관을 혼내고 정신을 차리고 보니 강렬한 유혹과 싸우고 있는 자신을 발견하고 나대이는 애써 그 유혹을 뿌리쳤다.

# 절정비계! 1인분과 4인분의 비밀
## - 오오, 여인이여!

"이번 우리 애소저회(愛少姐會)에서는
미소저 검색(檢索) 범위를
천무학관뿐만 아니라 남창 전역으로
그 영역을 넓히기로 합의했습니다.

 

 

그러나 현재 우리 애소저회가 보유하고 있는 남창 지역사회 미소저 확보 전선에는 많은 문제가 있습니다. 우선 부끄럽게도 남창성(南昌省) 전역을 범위로 하는 미소저들의 정보가 우리 애소저회의 이름에 부끄럽게도 매우 부실한 지경입니다. 이 부족한 점을 조속한 시일 내에 보강하는 것이야말로 금년도 하반기 저희 애소저회가 나아가야 할 방향이라는 데 이론의 여지가 없을 것입니다. 그러므로 여러분의 적극적인 협조를 부탁드리는 바입니다. 최소한 1인당 5인 이상의 할당량을 목표로 노력해 주시기 바랍니다. 여러분들의 고군분투를 빕니다."

찌는 듯한 여름이 끝나고 가을로 접어드는 계절의 문턱에서 열린 정기 애소저회 대회의에서 애소저회 부장 비연태의 일장연설이었다. 아무래도 앞으로 애소저회의 운영 방침이 바뀐다는 그런 내용인 듯했다.

"잘 부탁하네."

솥뚜껑만한 손으로 비류연의 어깨를 두드리며 비연태가 말했다.

'그걸 내가 왜 해?'

여느 때와 마찬가지로 알 수 없는 이상야릇한 열기와 열정이 가득 찬 애소저회였지만, 비류연의 반응은 여타 남자 관도들의 검은 열정에 비해 시큰둥하기만 했다. 본래 비류연은 그런 비생산적인 일에 적극 가담하는 것을 극히 꺼리는 성격이었다. 이번에도 마찬가지로 두 손 놓고 놀고 있을 작정이었다.

본디 애소저회는 회원들에게 활동을 강요하는 법은 없었다. 모두 회원들의 자발적이면서도 적극적인 참가 덕분에 지금껏 동호회가 운영되어 왔었다. 이 일에 강제성이 개입된 적이 한 번도 없었다.

자율(自律)! 자주(自主)! 자애(自愛)!

그것이야말로 애소저회의 유일무이한 자랑이기도 했다. 이런 좋은 회칙을 이용해 비류연은 그 동안 룰루랄라 놀고 있는 상황이었다. 그런데 그의 평온한 삶에 변화를 주는 사건이 있었다. 그것은 뒤이어진 비연태의 말이 주효했던 것이었다.


웅성웅성!

시끌시끌!

웅성거림이 이곳저곳에서 들려와 그의 귀를 간질이고 있었다.

물론 주루 안이 언제나 시끄러운 것은 당연한 현상이다. 거기에 대해 이론을 제기하고 싶은 생각은 없다. 그것은 늘상 있는 일이므로 별로 신기할 것도 없는 일이니까! 하지만 그 웅성거림과 소란스러움의 주제가 단 한 가지라면 그것은 무척이나 드물고 신기한 일이라 할 수 있었다. 때문에 그 주제는 비류연의 관심을 끌 수 있었다.

이들 주객(酒客)들이 지금 얘기하고 있는 초미의 관심사는 한 여인에 관한 것이었다. 주객들은 보통 미인과 술은 떼래야 뗄 수 없는 불가분의 관계라는 사실을 굳게 신봉하고 있는 이들이 아직도 거의 대다수를 차지하고 있었다.

이들의 말투는 술기운의 도움을 받아 굉장히 열성적으로 변해 있었다.

"이봐! 자네 봤나? 봤어?"

"물론 봤지! 이런 귀한 걸 안 볼 수야 없지! 우오오오오오!"

주객 중 덥석부리 장한 한 명이 뒷말을 길게 빼내며 괴성을 질러댔다. 아마 자신이 느낀 감동을 행동으로 나타내고 싶은 모양이었다.

"진짜, 진짜 끝내주는 미인이었지!!"

염소수염 사내도 고개를 끄덕이며 동감을 표시했다.

"난 눈이 돌아갈 뻔했다네. 정말 쥑이더군!"

다시 과거 회상으로 들어갔는지 장한의 말이 흥분으로 가득 차 있었다. 그 감동을 누군가와 나누지 않는다는 것은 범죄 그 자체라고 여기는 듯했다.

"아아… 그런 미인과 사귈 수만 있다면……."

염소수염 사내의 눈이 망상으로 물들며 몽롱하게 변했다.

"이봐! 이봐! 냉수 먹고 속 차리게. 이 세상에는 가능과 불가능이란 것이 엄연히 따로 존재한다구. 오르지 못할 나무는 쳐다보지도 말라는 말도 모르나?"

"자넨 꿈도 못 꾸나? 착각과 망상은 자유라는 말도 모르나?"

"망상도 정도가 있지! 혹시 나라면 모르지만! 으하하하하!"

덥석부리 남자가 대소하며 말했다. 얼굴이 잔뜩 붉은 게 술이 한두 병 들어간 게 아닌 모양이었다.

그의 말에 대작하던 남자가 코웃음을 쳤다. 방금 전 망상 속을 헤엄치던 바로 그 사람이었다.

"자네야말로 주제 파악이 필요하겠구만! 흰소리 그만 하고 술이나 퍼마시세!"

"좋지! 좋아! 세상이 왜 이리 불공평하단 말인가. 에이 쓰불… 이보게! 오늘 밤 어때?"

한쪽 눈을 사정없이 찡그리며 덥석부리가 말했다. 그의 야릇하면서도 음흉한 눈이 가리키는 바는 명확했다. 이 풀 수 없는 욕망을 좀 더 경제적으로 풀어 보자는 의미였다. 다행히 양식이란 게 있는 놈들인지, 주제를 파악한 탓인지 '덥쳐 볼까?'라는 말이 안 나온 게 그나마 다행이었다.

"좋지! 가자구! 앵앵아! 기다려라! 오빠가 가안다!"

죽이 척척 맞는 두 사람이었다. 역시 끼리끼리 모인다는 정설이 맞는 모양이었다.

사람들이 다 쳐다보는데도 주루에 앉은 모든 사람이 들릴 정도로 큰 소리로 말했으니 듣고 싶지 않아도 들리는 것이 당연했다. 거기서 비류연의 관심을 끈 것은 단 한 가지! 바로 '미녀'라는 두 글자였다.

그는 풍류남아가 아니었기에 꼬셔 볼 생각을 품은 게 아니었다.

그가 관심을 가진 것은 거기서 돈 냄새를 맡았기 때문이었다.

'과연 쌍낭이 나대이의 말이 맞았군. 정보는 곧 돈으로 직결된다고 했던가?'

돈이 눈앞에서 손짓하는데 그 유혹의 손길을 거절하는 것은 사나이 대장부의 길이 아니었다.


"특급 미 소저의 정보를 가져오신 회원님에게는 특별 상금으로 은자 닷 냥이 지급될 예정입니다. 모두들 신념(?)이 아니라 돈을 위해서라도 적극적으로 분발해 주시기 바랍니다."

비연태가 능글맞은 웃음을 지으며 말했다.

"절세 미녀? 은 닷 냥?"

돈!!! 그것도 은자라는 말에 비류연의 귀가 솔깃해졌다. 회의 내내 감겨져 있던 비류연의 눈이 언제 그랬냐는 듯 번쩍 떠졌다.

'그렇다면 얘기가 다르지!'

비생산적인 일이 생산적인 일이 되었다. 그것은 천지가 뒤바뀌었다는 이야기랑 일맥상통하는 것이었다.

이 이야기를 비류연은 가슴속 한 곳에 묻어 두고 그 정보가 끄집어내져 돈으로 환산되기 전까지는 조용히 지내 왔었다. 지금이 바로 그 적기인지도 몰랐다. 때문에 지금 그의 기억 창고 속에서 그 이야기가 비집고 나왔는지도 모른다. 그의 본능은 이익이 되는 기회를 그냥 놓치는 법이 없었다.

그런 일이 있었기에 비류연은 눈이 튀어나올 만한 미녀가 나타났다는 주루의 웅성거림을 흘려들을 수 없었다. 돈 되는 일이 그의 귀를 피해 도주에 성공한 적은 결단코 없었다. 보통 때라면 무시하고 먹는 데 집중했겠지만 지금은 그럴 수가 없었다.

"흐흠… 눈이 돌아갈 정도로 미인이란 말이지."

주루 전체를 떠들썩하게 할 정도의 소문이라면 믿을 만한 정보였다. 게다가 사람들을 이 정도로까지 한꺼번에 싸잡아 동요시킨다는 것은 보통 미모로는 어림도 없는 일이었다.

"잘하면 추가 상금을 받을 수 있을지도……."

그렇다면 금상첨화라 할 수 있었다.


소문의 출처를 확인하는 것은 그리 어렵지 않았다.

꼬리에 꼬리를 무는 소문과 소란의 뒤꽁무니를 밟아가다 보니 무척이나 쉽게 소란의 출처를 확인할 수 있었다. 허리에 오색창연한 도를 차고 있는 모습을 보니 소문의 절세미녀는 무림인인 모양이었다.

"과연 저 소저인가?"

확실히 눈이 휘둥그레질 정도의 미인이었다. 객점에 자리한 과반수 이상의 주객들이 침을 질질 흘리며 정신이 알딸딸해 있는 것도 무리는 아닌 모양이었다. 그러나 분명 미녀이기는 했지만 비류연은 그런 데 별 감흥이 없었다.

지금 그에게는 칠색보주를 무색케 하는 미녀의 뛰어난 자태보다 은자 닷 냥이 더 중요했다. 낭만의 상실 시대에 빠져 있는 비류연이었다. 최소한 일성(一城)을 무너뜨릴 수 있는 경성지색(傾城之色), 좀

더 후한 점수를 내리면 경국지색(傾國之色)이라 불릴 만한 미녀로서는 무척이나 자존심 상하는 일이 아닐 수 없었다.

일단 포상을 타내려면 미녀를 봤어요, 정도 가지고는 불가능했다. 좀더 자세하고 정확한 정보가 필요했다. 그러나 저 얼굴 전체에서 풍기는 분위기는 명확했다.

'이 떨거지들아! 건들면 죽어!'

도도함과 자존심이 온몸에서 흘러넘치는 여인이었다. 그렇다면 들키지 않는 게 최우선 관건이었다.

정보는 항상 돈과 힘이 되지만, 때때로 도가 지나친 중요 기밀은 사람의 목숨을 대가로 원하기도 한다.

— 순풍산부이 나대이

새하얀 안개가 그녀의 전신 모공으로부터 뿜어져 나오며 그녀의 전신을 둘러쌌다. 여인은 현재 가부좌를 틀고 운기조식 중이었다. 먼 여행에서 지친 심신을 다스리기 위한 조치인 듯했다. 그렇다면 운기조식 전에 주위를 살피지 못한 것은 너무나 부주의한 처사였다. 자신처럼 몰래 훔쳐보는 사람이 있다면 어쩔 작정인가? 비류연은 여인의 부주의를 책망했다. 자신의 마음씨가 비단결처럼 곱기에 망정이지 자칫 잘못하면 큰일이 벌어질 수도 있는 일이었다. 대부분의 무림인들은 운기조식 중에 완전 무방비 상태가 되어 버리니깐 말이다.

비류연은 가만히 지켜만 보기로 했다.

그녀의 모공으로부터 뿜어져 나오는 백무(白霧)가 점점 더 짙어지기 시작했다. 그러나 겨우 그 정도로 놀라기에는 아직 일렀다. 진짜 놀라운 것은 지금부터였다.

'응? 저게 뭐지?'

비류연은 순간 안력을 최고로 돋워야 했다. 믿어지지 않는 광경이 그의 눈앞에서 버젓이 벌어지고 있었다.

우득우드득뚜둑! 출렁출렁!

뼈마디가 거칠게 강제적으로 움직이는 소리, 일정 방향으로 규칙적으로 살이 움직이는 소리, 인체의 살과 근육과 피부가 사람의 의지에 의해 움직이고 있음을 보여주는 명백한 상황이었다.

살들의 대전, 달빛 아래 출렁이는 살들이 덩실덩실 흥겹게 춤을 춘다. 한 마리 은어처럼 늘씬하던 여인의 몸이 갑자기 하얀 안개 같은 기운을 내뿜으며 점점 더 커져 가고 있었다. 거대한 산이 눈앞에 나타나는 그런 느낌이었다.

"요괴인가?"

그런 생각이 든다 해도 결코 무리가 아니었다. 미녀를 잡아먹는 요괴의 등장이라 말해도 쉽게 믿길 그런 광경이었다. 방금 전 그 늘씬하던 미인과 동일 인물인지 비류연은 자신의 두 눈부터 의심해 봐야 했다.

그것은 비류연도 난생처음 보는 괴이하고도 신비로운 광경이었다. 지금 여인은 운기조식의 최고조 상태인 무아지경에 들어가 있었다.

이렇게 해서 1인분은 4인분이 되었다.

'어억?'

절세 미녀의 육중한 환신(換身)은 충분히 놀라운 것이었지만 그것이 끝은 아니었다. 여인의 운기조식이 계속되면서 활짝 펼쳐졌던 살들에 다시 변화가 찾아온 것이다. 활짝 펼쳐져 보기에도 무겁고 더워 보이던 육중한 살들이 다시 한 번 달빛 아래서 광란의 춤을 추기 시작했다.

으득으득!

그와 함께 푸짐하던 살들이 그녀의 몸 안으로 빨려 들어가듯 줄어들기 시작했다. 그와 함께 그녀의 몸 주위를 감싸고 있던 백무도 다시 그녀의 몸 안으로 살들과 함께 흡수되어 갔다.

푸짐하던 살들이 다시 안으로 차곡차곡 접혀 들어가기 시작하면서 여인의 몸이 바람 빠진 풍선처럼 쭈그러들더니 토실토실하고 풍성, 푸짐, 묵직, 육중, 거대한 뚱땡이 금불상은 온데간데없고 늘씬하고 미끄럽게 빠진 기막힌 미녀가 그 자리를 대신했다. 분명히 미녀가 뚱땡이를 잡아먹은 건 아니었다. 그것은 불가사의한 광경이었다.

이 공전절후의 사태에 비류연도 입을 쩌억 벌릴 수밖에 없었다.

'히야!'

독특한 감탄성이 쩍 벌어진 입으로부터 흘러나오려는 걸 그는 꾹 눌러 참아야 했다.

미녀가 뚱땡이로 변하는 것도 물론 놀라웠지만, 뚱땡이가 다시 감쪽같이 미녀로 변하는 것은 더욱더 놀라웠다. 4인분이 다시 1인분이 되다니, 이 얼마나 놀라 나자빠질 일인가!

'온몸의 살들과 뼈와 근육 조직을 마음대로 움직여 체형을 바꾸다니? 그게 어디의 무공이었더라. 분명히 사술(邪術)은 아니었는

데…….'

　분명히 재미없기로 유명한 기초 과목인 '무공총요' 시간에 확실히 들은 기억이 있었다. 반쯤 졸면서 들었지만 놓치고 못 듣는 것은 없었다. 왜냐하면 비류연은 시험 공부를 할 때 한 번도 책을 펴본 역사가 없었다. 시험 공부를 위해 다시 책을 펼치고 공부하는 게 귀찮았던 비류연은 수업 시간에 들은 걸 몽땅 기억해 버렸다. 설설 가볍게 들어도 그 정도는 기본으로 해낼 머리가 그에게는 있었다.

　'그러니깐… 그게… 분명…….'

　갑자기 뭔가를 떠올리고 싶을 때 순간 기억의 흐름이 막힌 것처럼 생각이 막히는 경우가 있다. 필요한 것이 생각나지 않을 때만큼 답답한 때도 매우 드물다. 이것의 신기한 점은 기억하려고 노력하면 노력할수록 더욱더 기억이 안 난다는 점이었다. 고민에 싸인 그의 몸이 살짝 옆으로 기울어졌다.

　우직!

　천장을 받치는 나무 하나가 금이 가는 소리! 기억을 떠올리는 데 너무 집중한 나머지 가장 중요한 은폐를 순간 잊어먹었던 것이다.

　'아차!'

　방심이 부른 화였다.

　"누구냐!"

　감겨져 있던 그녀의 눈이 번쩍 떠졌다. 이제 막 본래의 몸(어느 쪽이 본래의 몸인지 의심이 가지만)으로 돌아온 여인이 버럭 대갈성을 터뜨렸다.

　'이크, 역시 들켰나?!'

이 정도의 큰 소리를 감지하지 못하면 그날로 고수는 폐업해야 할 것이다. 이제는 더 이상 몸을 숨길 수가 없었다.

그것이 비류연과 마하령의 첫 대면이었다.

# 살빼기에 좋은 천축대승유가신공

"봐… 봤느냐?"
사색이 된 마하령의 몸은 부들부들 심하게 떨리고 있었다.
"아! 이거, 이거 고의가 아니었어요!"
비류연의 한가로운 한마디! 그러나 그녀의 귀에 지금 그런 말이
들어갈 여유 따위는 없었다.

그녀의 머리는 지금 어떻게 하면 비밀을 보장받을 수 있는가에 대한 보안 방법 130여 가지 정도를 무럭무럭 일어나는 살기와 함께 떠올리고 있었다. 그리고 그 130여 가지 방법 중에 역시 가장 최고로 좋은 것은 그 느낌도 상큼한 살인멸구(殺人滅口)였다. 누구나 애용하면서도 언제나 효과만점인 그 방법! 살인멸구!

그녀의 선택에는 망설임이 없었다.

"죽어라! 그 하찮은 목숨으로 네놈의 죄를 사죄해라!"

그녀의 전신으로부터 바늘 같은 살기가 폭출되어 나왔다.

"지금 그게 죽을 정도로 나쁜 일이었나요?"

"소리 소문 없이 다가온 네가 나빠! 남의 비밀을 봤을 때는 그만한 각오를 해야지!"

그녀의 이성은 이미 저 멀리 날아가 버린 지 오래였다. 이런 굴욕적인 모습을 남자에게 보여주고, 평범하게 평화로운 일상을 유지할 수 있을 만큼 그녀의 신경은 무디지 않았다. 그녀의 드높은 자존심이 그것을 용납하지 않았다. 지금 그녀의 머리에 인류라든가 도덕이라든가 하는 법의 개념은 들어 있지 않았다. 의도적으로 그녀는 그것들을 무시하고 있었다.

"이런! 이런! 정말 사나운 뚱땡이 아가씨로군요."

"뭐… 뭣이라! 네… 네놈이 감히……."

그녀의 가슴을 서슴없이 도려내는 말을 내뱉는 비류연이었다. 그는 언어의 비수로 그녀의 심장을 후벼 파는 데 전혀 망설임이 없었다.

"네… 네놈은 누구냐?"

독기 서린 얼굴로 마하령이 물었다.

"그냥 지나가던 행인이라고나 할까요? 신경 쓰지 마세요."

비류연이 방긋방긋 웃으며 말했다. 짙은 살기가 거미줄처럼 펼쳐진 방 안에 어울리는 대답은 아니었다.

"닥쳐라! 어떤 지나가던 행인이 남의 숙소 천장에서 느닷없이 나타난단 말이냐!"

애초에 일고의 가치도 없는 소리였다. 마하령은 마치 놀림이라도 당하는 듯한 느낌이었다.

물론 비류연으로서는 그가 이 험악한 분위기를 좀더 조장해 보자는 좋은 의도를 가지고 있었다면 그의 의도가 정확히 맞아떨어졌다 할 수 있다. 그녀에게는 이 사소한 농담이 전혀 통하지 않았다.

"네… 네놈 어디서부터 훔쳐보고 있었던 것이냐?"

잔뜩 굳은 얼굴로 마하령이 물었다. 천하의 마하령이 지금 불안에 떨고 있었다.

"별거 없어요. 1인분이 4인분이 되었다가 다시 1인분이 되었다 하며 들쭉날쭉 하는 부분 정도일까요?"

절망(絶望)!

비류연의 대답에 마하령의 심장은 덜컥 내려앉고 말았다.

"서… 설마 들켰단 말인가? 그… 그런 추한 모습을 남에게 들켰단 말인가?"

그녀의 목소리가 심하게 떨려 나왔다. 마하령의 얼굴이 수치심으로 벌겋게 익어 갔다.

"우와! 석류보다 더 빨간데요! 잘 익은 홍시도 소저 얼굴만 못하겠군요."

농담(弄談)! 이런 상황에서 좋은 배짱이었다.

"극비 중의 극비, 치부(恥部) 중의 치부인 천축대승유가신공(天竺大乘柔家神功)을 들키다니…….."

참담한 심정이었다. 마하령은 낮게 내뱉은 말이지만 비류연의 귀에는 똑똑히 잘 들렸다.

"아! 맞다! 천축대승유가신공! 바로 그거였어!"

드디어 기억의 장애가 벗겨진 것이다.

천축 유가술이란 인체의 근육과 살과 뼈를 자유자재로 늘이거나 줄이거나 형태를 변화시킬 수 있는 특수한 신공으로, 외인에게 함부로 전하지 않는 천축 포달랍궁(包達拉宮)만의 비전신공으로 면면부단(綿綿不斷) 전해져 오고 있는데 놀랍게도 마하령이 그것을 익히고 있었던 것이다.

이 신공의 문제점은 운기를 할 때 소주천(小周天) 때는 상관없지만, 대주천(大周天)에 들어갈 때에는 몸이 원상태로 돌아와 버리고 만다는 점이었다. 때문에 그녀는 항상 은밀하게 운기조식을 행해 왔었다. 그런데 막 귀환한 들뜬 마음에 방심하고 운기조식을 하다가 그 흉한 모습을 들키고 만 것이다.

'절대 살려두지 않으리라.'

그것은 누구도 봐서는 안 될 절대의 비밀, 절대 밖으로 전해질 수 없는 치부 중 치부였다. 그러나 무럭무럭 솟아나는 그녀의 살기에 아랑곳하지 않고 비류연은 태연자약하기만 했다.

"참 편리한 무공이네요. 그것만 익히면 뚱땡이가 평생 뚱땡이로 안 늙어도 되겠네요? 뚱땡이가 자기 마음대로 홀쭉이가 될 수 있다니 얼마나 편리해요? 그렇지 않아요?"

동의를 구하기엔 그녀의 얼굴이 악귀처럼 무시무시했다.

그러나 비류연은 여전히 분위기 파악이 안 되는 모양인지 연신 싱글벙글거리고 있었다.

"왜! 그래서요? 몸 어디가 안 좋아요? 안절부절 못하시는 것 같네요?"

오히려 상대방의 몸을 걱정해 주는 비류연이었지만, 지금은 그런 여유를 부릴 때가 아니었다. 한과 악을 품은 여인의 증오심이 곧 그의 전신에 쇄도할 예정이었기 때문이다.

"……"

"이봐요! 고의가 아니었어요! 듣고 있는 거예요?"

비류연의 한가로운 한마디! 그러나 그녀의 귀에 지금 그런 말이 들어갈 여유 따위는 없었다.

"죽어라! 죽음만이 너의 죄를 속죄할 수 있다!"

음산한 살기를 내뿜는 목소리, 미녀에게는 어울리지 않는 목소리였다.

"지금 그게 죽을 정도로 나쁜 일이었나요? 목숨을 걸고 사죄할 만한 일은, 정직한 바른생활 강호인으로서 저지른 적이 없는데요?"

정말 그렇게 생각하는 것일까? 언제부터 바른생활이 방탕과 타락을 가리키는 말이 되었는지는 모르지만, 만일 그렇다면 소름끼칠 정도로 공포스런 일이었다.

"소리 소문 없이 다가온 네가 나빠! 남의 비밀을 봤을 때는 그만한 각오를 해야지!"

"이상한 뚱땡이 소저네!"

무심결에 던져버린 무신경한 한마디.

"컥!"

목에 가시라도 걸린 걸까? 마하령이 또다시 요상한 소리를 냈다.

"너… 너… 네놈이 또다시 감히……."

너무 분하고 원통하고 어이가 없자, 그녀는 말을 더듬기 시작했다.

"왜! 그래요? 뚱땡이 소저?"

눈을 말똥말똥 뜨고 비류연이 천진난만 가증스럽게 물었다.

"끄아아아악! 이놈이 그래도… 닥치지 못하겠느냐! 그 천한 주둥아리!"

그녀의 분노가 활화산처럼 터져 나왔다. 오늘 눈앞의 원수를 고기

산적으로 만들지 않으면 성을 갈 생각이었다. 비류연의 말은 그녀의 가슴에 연달아 비수를 꽂는 소리였다. 천한 주둥아리라는 말에 비류 연은 약간 화가 났다.

"거 되게 시끄럽네요. 뚱 · 땡 · 이!"

"그래도 네놈이!!!!"

복장이 뒤집어지고 울화통이 터질 지경이었다. 화병으로 급사(急死)하지 않은 것만도 다행이었다.

채앵!

이제는 말이 아니었다. 너무나 엄청난 분노에 순간 몸이 말을 듣지 않았다. 폭발하는 분노와 함께 그녀의 도에서 도기(刀氣)가 세차게 뻗어나왔다.

이 급작스런 공격에 비류연도 순간 당황했다.

"어어어? 말로 해요, 뚱땡이 소저!"

"죽어라!"

그녀의 이성은 이미 저 멀리 날아가 버린 지 오래였다. 이런 굴욕 적인 모습을 남자에게 보여주고, 평범하게 평화로운 일상을 유지할 수 있을 만큼 그녀의 신경을 무디지 못했다. 그녀의 드높은 자존심이 그것을 용납하지 않았다. 지금 그녀의 머리에 인류이라든가 도덕이 라든가 하는 따위의 개념은 들어 있지 않았다.

의도적으로 그녀는 그것들을 무시하고 있었다.

"이런! 이런! 사나운 뚱땡이군요."

비류연이 고개를 절레절레 흔들었다.

"뭣이라! 네… 네놈이……."

그녀의 가슴을 도려내는 말을 서슴없이 내뱉는 비류연이었다. 그는 언어의 비수로 마하령의 심장을 후벼 파는 데 전혀 망설임이 없었다. 대화 따위는 이미 옛날에 물 건너간 타협 수단이었다. 이제는 죽느냐 사느냐 하는 양자택일뿐이었다.

어리둥절해 있는 비류연을 향해 마하령은 발작적으로 도를 휘둘렀다. 이렇게 다짜고짜 살기 어린 공격을 해올 줄은 비류연으로서도 예상치 못한 일이었다.

"네놈의 눈을 뽑고 혀를 자르리라."

마하령의 눈엔 서슬 퍼런 독기가 서려 있었다. 아무래도 이성의 끈은 예전에 끊어진 모양이었다.

"내가 무슨 잘못이라도 했나?"

요리조리 잘도 살기 어린 칼을 피하며 비류연이 중얼거렸다. 어쨌든 더 이상 이곳에 머물러 있을 수는 없을 듯했다. 그녀는 아직 흥분 상태라 제대로 된 본래의 실력은 나오지 않고 있었다. 끓어오르는 분노로 심란해진 마음의 갈등이 칼끝을 무디게 만들고 있었다.

기회는 바로 이때였다.

"그럼 뚱땡이 소저! 다음에 봐요! 오늘 재미있는 것 보여줘서 고마워요."

비뢰도(飛雷刀) 독문운신보법식
비기(秘技) 봉황무(鳳凰舞)
질풍영(疾風影)

쒜에에에엑!

갑자기 불어온 난데없는 돌풍에 마하령은 제대로 시야를 확보할수 없었다. 느닷없는 돌풍에 방 안의 집기가 마구잡이로 허공에 날렸던 것이다. 그녀는 자신의 주변을 도는 그것들을 쳐내느라 비류연의목을 칠 짬을 낼 수가 없었다.

"으아아아아아악!"

돌풍이 지나가고 주위가 잠잠해졌을 때, 순풍루의 특실로부터 비명에 가까운 여인의 발광성이 터져 나왔다.

정신을 차리고 보니 이미 방에서 비류연은 사라지고 난 후였다. 얼마나 재빠르게 사라졌는지 그 종적을 찾을 수가 없었다. 비류연이 감쪽같이 사라진 그 뒤로는 폐허처럼 변한 순풍루의 특급 매화실이 너저분한 잔해와 함께 어질러져 있을 뿐이었다.

그 수리비용 청구서는 내일 아침 정보로 밥 벌어 먹고 사는 남자의 눈에 눈물이 맺히게 만들 것이지만, 아직은 예정 중의 일일 따름이었다.

순풍루의 상층 특실에서 증오에 찬 비명이 터져 나올 때 비류연은이미 그녀가 감히 쫓아오지 못할 거리까지 멀어져 있었다.

지금 비류연은 커다란 문제 하나로 고민 중에 있었다.

반쪽짜리 미녀라……. 과연 돈이 될 수 있을까? 반쪽짜리라는 이유로 상금을 주지 않으면 어쩌지?

뭐 그런 걸로 머리 싸매고 고민할 필요가 있냐고 말할 사람도 있을테지만, 비류연에게는 무척이나 심각한 문제였다. 이 문제에 비하면 그녀와의 마찰로 빚어진 생명의 위협 따위는 개 발톱의 때만큼도 못한 것이었다.

"일단 뚱땡이라는 사실을 숨기는 게 좋겠군."

마침내 비류연은 결정을 내렸다. 그 저의는 확실했다.

'반쪽짜리 미녀는 역시 돈이 안 되겠지. 위험해! 위험!'


이때만 해도 비류연은 마하령이 천무학관 관도 중에서도 엄청 유명한 인물이라는 것을 상상도 못하고 있었다. 비류연은 마하령이 천무학관 인물이 아닌 줄 알았다.

왜냐하면 처음에 저 정도 미모의 여인이 그 동안 입 가벼운 청춘들의 입을 통해 소문이 나돌지 않았을 리 없었기 때문이었다.

'꽤나 깐깐하게 생겼었는데……'

성깔이 보통이 넘을 것 같았다. 얼굴이 아무리 예쁘고 반지르르해도 별로 마주치고 싶은 유형이 아니었다. 사양지심이 절로 우러나는 분위기였다.

밤하늘에 떠 있는 달은 여전히 은은한 빛의 장막을 드리워 주고 있었다. 밤은 가끔 눈부시게 밝은 태양 아래서도 보여주지 못한 부분들을 적나라하게 폭로하는 심술쟁이이자 사람의 마음을 유혹하는 요염한 기녀이기도 했다.

그날 밤, 그 심술쟁이가 또다시 하나의 비밀을 적나라하게 폭로해 버렸다.

"소란스런 밤이었지……."

다시 생각해 봐도 그때의 소동은 꽤 요란했었다.

그리고…….

그날 밤 그 여인이 지금 자신에게 손목을 잡힌 채 독기 어린 시선으로 잡아먹을 듯 노려보고 있었다.

# 창천룡 용천명

'이 바보 같은 수하 놈들은 지금 뭘 하고 있는 거야!

마하령은 속에서 울화통이 터질 지경이었다.

지금 그녀가 애타게 부르는 바보 수하들은 옆에서 두 손 놓은 채

안절부절 못하며 지켜보는 게 고작이었다.

즉 현시점에는 아무짝에도 쓸모가 없었다.

'이대로 금기를 깨뜨려야 한단 말인가?'

이 속박에서 벗어나려면 이제 단 한 가지 방법밖에는 남아 있지 않은 듯했다. 그것은 바로 천축대승유가신공을 극성으로 끌어올리는 방법이었다. 그것은 웬만한 점혈이나 제압 따위는 단번에 날려 버릴 수 있는 위력을 지니고 있었다.

그러나 그렇게 되면 신체에 대한 제어가 불안정해질 위험이 다분히 있었다. 때문에 지금 그녀는 심하게 망설이고 있는 중이었다.

"이제 그만 고집 부리고 순순히 사과하는 게 어때요?"

다시 한 번 비류연이 그녀를 다그쳤을 때였다. 그때 그녀의 망설임에 종지부를 찍어 주는 일이 발생했다.

"잠깐!"

"……?"

느닷없는 방해의 손길에 비류연이 고개를 돌렸다.

"이제 그만 하는 게 어떤가?"

나지막하지만 확실히 사람들의 귀와 가슴을 울리는 힘 있는 목소리, 모두의 시선이 목소리의 행방을 찾아 움직였다.

촤라라락!

결계를 친 구정회원들의 장벽이 바다가 갈라지듯 두 쪽으로 갈라지고 그 가운데 등장한 범상치 않은 기품의 사내. 조용하지만 기품이 넘치고 주위를 숨죽이게 할 만큼 압도적인 기도의 소유자였다.

"응?"

비류연은 잠시 고개를 갸우뚱했다. 분명 조금 전과 다른 차이를 확실히 피부로 느낄 수 있었기 때문이다.

그제야 비로소 느낀 거지만 사람들의 티격태격으로 소란스러웠던 주위가 쥐 죽은 듯 고요해져 있었다. 머리카락 한 올 떨어지는 소리마저 들릴 듯한 적막이었다.

"흐흠!"

비류연은 새삼스런 눈으로 사내를 바라보았다. 그 원인이 바로 갑작스럽게 눈앞에 나타난 이 남자 때문이라는 것을 비류연은 쉽게 짐작할 수 있었던 것이다.

주위를 둘러싸고 있던 구정회의 무인들도 지금 한 마리 옥룡을 연상케 하는 남자에게 극상의 예를 표하고 있었다. 이들을 그렇게 유도한 것은 지룡(智龍) 백무영이었다.

주위에 있던 구정회 일동이 포권하며 허리를 숙였다.

"회원들이 회주를 뵙습니다!"

등장이 이렇듯 주위를 들썩이게 할 만큼 요란하다 보니 자연 비류연의 눈과 관심도 그 사내를 향할 수밖에 없었다.

단아한 듯하면서도 눈이 돌아갈 정도로 휘황찬란한 용모에 머리는 단정히 정리되어 있었고, 전신에 흐르는 기품에는 용맹과 예지가 가득했다. 단정한 비단 의복은 옅은 청록빛을 띠고 있어 그의 조용한 분위기와 더욱더 잘 어울렸다. 허리춤에 드리워진 비취 옥대 한켠에는 세월을 거슬러 온 듯한 고풍스런 녹옥빛 장검과 백옥을 깎아 만든 듯한 하얀 검 두 자루가 걸려 있었다.

전신에 자연스레 흘러넘치는 기품은 한 마리 고고한 선학과 같고, 그 출중한 기도는 창해(蒼海)를 다스리며 창천(蒼天)을 노니는 한 마리 용과 같았다. 절로 감탄사가 터져 나올 듯한 외모와 더할 나위 없이 빼어난 예지를 지닌 남자였다. 마치 태어나서부터 자라기까지 남의 위에 서기 위해 존재하는 듯한 사람이었다.

"저 멋진 남자 분은 누구죠?"

은설란이 궁금증을 참지 못하고 나예린에게 물었다. 저 정도로 예사롭지 않은 기도를 지닌 이는 마천각에서도 거의 전무했다.

'그 사람 정도는 돼야 저 자와 견줄 수 있을까?'

그 외에는 세 손가락을 꼽기도 버거웠다. 그 자를 제외하고는 모두 미치지 못함이 있었다. 과연 군계일학(群鷄一鶴)의 빼어난 기도였다. 초절정 고수에게서만 느껴지는 특유의 기세가 의도하지 않았는데도 불구하고 그의 몸에서 자연스레 흘러나와 주위를 압도했다.

"누구시죠?"

비류연도 궁금증이 동했다.

"본인은 미력하나마 구정회의 현 회주를 맡고 있는 소림(少林)의 용천명이라 하네!"

자기를 용천명이라 소개한 남자가 만면에 웃음을 띠며 말했다.

웅성웅성!

순식간에 침묵하던 장내가 소란스러워졌다. 그의 존재가 단번에 장내를 술렁이게 만든 것이다.

"창천룡(蒼天龍)!"

모용휘가 탄성을 터뜨렸다. 무공에만 관심이 집중된 무공치(無功癡)지만 그로서도 어릴 적부터 귀가 따갑도록 들었던 이름이었고, 최근까지도 완치되지 않은 귓병의 원인이 된 이름이었다.

"절대 용천명에게 져서는 안 된다."

"과연 이 아이가 소림의 용천명을 누를 수 있다는 바로 그 아이로군요!"

"과연 너에 비견하면 용천명도 떨어지는 감이 없잖아 있구나!"

"팔대세가의 명예를 걸고 결코 용천명에게 뒤져서는 안 된다."

"다른 사람에게도 물론 져서는 안 되지만 특히 용천명에게만은 절대 져서는 안 된다! 명심하거라!"

가문 사람들은 물론이고 간간이 세가를 방문하는 여타 세가의 사람들로부터 귀가 따갑도록, 세뇌될 정도로 줄기차게 들은 소리들이었다. 살아오면서 어릴 적부터 여러 번 용천명과 비교되어 왔던 모용휘였다. 아무래도 구대문파(九大門派)에 대한 경쟁심이 자신에게 그대로 투영된 듯한 그런 느낌이었다. 그래서 한 번도 만난 적이 없지만 전혀 낯설지가 않았다.

창천룡(蒼天龍) 용천명(龍天命)!

천무학관 관도들의 실질적인 최고 세력인 구정회의 현 회주로서 전 무림의 기대를 한 몸에 모으고 있는 기재 중의 초기재! 전전후 천재란 그를 위해 존재한다는 말이 있을 정도로 문무 양면에서 빼어난 인물이었다.

그는 천년의 역사가 낳은 소산물이었다. 그는 바로 대소림사의 제자였다. 소림에서 배출한 백 년 만의 절세기재! 그에게 달라붙는 수십 가지 수식어 중의 하나였다. 그는 웬만한 좋은 말은 모두 이름 앞에 주렁주렁 달고 다니는 초기재였다.

'저 사람과 견줄 수 있는 사람이라… 용과 싸우려면 그 상대도 용이어야 하는 법! 마천각의 사람들은 그 자를 제외하고 한두 사람밖에는 생각이 미치지 않지만 그 외의 인물이라면 지금도 눈앞에 있으니 금방 뽑을 수 있겠구나!'

은설란의 시선이 향한 곳! 그곳에는 칠절신검이란 별호를 지니고 있는 팔대세가의 자존심 모용휘가 서 있었다. 태어난 해가 몇 년 늦었지만 그 가능성과 잠재력은 타의추종을 불허한다는 모용휘.

'어머? 별일이네?'

모용휘를 향하던 은설란의 눈에 이채가 돌았다.

'항상 조용하기만 하던 이 사람이 웬일이지?'

지금 모용휘의 시선은 진지함과 투지로 가득 차 있었다.

'저 사람이 바로 그 삼절검 청혼을 반 초차로 눌렀다는 자로군!'

항상 조용하기만 하던 모용휘가 지금은 온몸에서 투지를 내뿜고 있었다. 그것은 본능의 표출이었다.

'강자를 만나면 무공의 고하를 가늠해 보고 싶어진다.'

무인들이 항상 입에 달고 다니는 말 중 하나였다. 항상 조용하고 차분한 모범생인 척해도 그 역시 뼛속부터 타고난 무인이었던 것이다.

"이번 세대엔 정말 뛰어난 인재들이 많이 태어났구려. 백 년 전 천겁혈세(天劫血洗)의 악몽 이후 무림의 정기가 크나큰 타격을 입은 이래 지금이 최고의 부흥기인지도 모르겠소이다. 그렇지 않고서야 정(正)과 사(邪) 양쪽에서 이렇듯 뛰어난 인물들이 줄줄이 나타날 리가 없지 않겠소이까? 본인의 말이 무슨 뜻인지 아시겠죠, 총 노사?"

인자한 미소를 지으며 마진가가 총 노사 빙검 관철수를 쳐다보았다. 지금 그의 손에 들린 서류는 현 마천각 관도들의 실력에 대한 분석 정보였다. 하지만 그리 밝은 표정은 아니었다.

"제가 아직 미숙하여 쉽게 이해하기가 힘들군요. 죄송합니다."

조용한 목소리로 빙검이 대답했다. 감정 변화가 거의 느껴지지 않는 목소리였다.

"허허허! 이번에 있을 화산규약지회가 그 어떤 때보다 어렵고 또 그만큼 성대할 것이라는 이야기를 하는 걸세. 이번에 백 년 만에 있는 특별한 의미를 지닌 대회라는 것을 한시라도 잊어서는 안 될 것이네."

"물론입니다. 최선을 다하겠습니다."

만족스러운 듯 마진가는 천천히 고개를 끄덕였다.

"그러기 위해서는 그 어떠한 강행 수단도 허가하겠습니다."

그의 목소리는 단호했다. 분명 복안이 선 것이다. 이럴 때의 마진가는 아무리 말려도 그 의지를 굽히지 않는다.

"어떤 수단도…라고 말씀하셨습니까?"

"그렇습니다. 보고서대로라면 현재의 안이한 운영과 수행으로는 절대 저들에게 이길 수 없습니다."

그의 안색이 약간 굳어 있었던 것은 아무래도 그 문제 때문이었던 듯했다.

"그렇다는 것은 설마……."

최초로 빙검의 얼굴에 감정이라 불릴 만한 것이 나타났다.

"그 설마입니다. 봉인되었던 환마동(幻魔洞)을 개방하겠습니다!'

"서… 설마 화… 환마동까지 말입니까?"

환마동이라는 말에 얼음조각 같던 빙검의 얼굴이 순식간에 변화를 일으켰다.

"환마동은 그 위험성이 너무 높아 18년 간 봉인(封印)해 두었던 곳 아닙니까?"

환마동! 원래는 관도들을 강하게 단련시키기 위해 만든 관문이었지만, 그 난이도는 물론 위험성 또한 너무 높아 부상자가 속출하고 끝내는 사상자까지 낸 곳이었다. 그래서 죽음의 관문, 사자(死者)의 문이라고까지 불리기도 했던 마(魔)의 장소였다. 사상자가 대량으로 발생한 18년 전 사건 이후 굳게 봉인되었던 곳이기도 했다.

"요즘 아이들은 과거에 우리들이 어쩔 수 없이 겪어야만 했던 상처와 아픔, 그리고 피의 무게를 잘 모르고 있는 것 같소이다. 요즘 들어 강호가 겉으로는 너무 평화롭긴 했지요. 평화는 사람의 의지를 부드럽게 만드는 힘이 있습니다. 그러나 이대로는 안 됩니다. 이번에는 무슨 일이 있어도 이겨야만 합니다."

"그러나 환마동의 개방은 아이들에게 너무 가혹한 처사가 되지나 않을는지……."

감정이 없는 게 아닌가 의심받는 빙검에게 근심거리를 안겨줄 정도로 환마동은 위험한 곳이었다. 사람들의 표현을 대여해 보자면 필요 이상의 위험이 도사린 곳이었다.

"각오한 바입니다. 이번에는 정파의 위신을 걸고 반드시 이겨야만 합니다. 각오를 새롭게 다져야 할 때입니다. 다소 무리가 있더라도 난 아이들을 믿습니다."

마진가의 두 눈에 강한 의지가 번뜩였다. 그의 몸이 태산처럼 커 보였다. 마음속에 굳건한 의지가 일자, 그의 몸에서 태산같이 장중한 기운이 절로 일어나기 시작한 것이다.

"명을 수행하겠습니다!"

빙검은 읍하며 고개를 숙였다. 그는 감히 태산 같은 위압감과 천년거석 같은 굳은 의지를 뿜어내는 관주를 거역할 수 없었다.


'용천명…….'

애써 외면하고 싶은 현실! 마하령은 참담한 기분이었다.

'이런 꼴사나운 모습을 저 남자한테 보여주다니…….'

혀를 빼물고 콱 죽고 싶을 정도로 분했다. 저 남자에게 약한 모습이나 꼴사나운 모습을 보여준다는 것은 그녀로서는 있을 수 없는 일이었던 것이다.

'이노옴!!'

이 빌어먹을 남자 비류연에게 본때를 보여주고 앙갚음을 하기 위해서라면 자신의 모든 지위와 신분도 포기할 수 있을 것 같은 느낌이 들었다. 태어나서 처음 느껴 보는 생소한 감정이었다.

# 비계 속에 감춰진 과거

## -애증(愛憎)

"자네의 힘을 과신하고 싶은 치기 어린 생각은 잘 알겠네만,
이제 그만두는 게 어떻겠나?"
용천명이 부드러운 목소리로 말했다.
그러나 듣는 비류연의 기분은 상당히 불쾌했다.




"과신(過信)? 왜 제가 과신해야 할 필요가 있단 말이죠?"

이해할 수 없다는 투로 비류연이 되물었다.

"그럼 아니란 말인가?"

"과신이란 것은 가지지 못한 자, 부족한 자가 뭔가 있어 보이려 하는 의미 없는 발버둥이죠. 자기 자신조차 제대로 바라보지 못하는 얼간이들이나 하는 짓을 왜! 제가 한다고 생각하시는 거죠? 전 모든 것이 완벽한데 무엇을 위한 과신이란 말인가요?"

잠자코 듣고 있던 용천명은 기가 막혔다.

"내가 잘못 안 모양이군. 자넨 과신이 아니고 광오로군! 난 아직까지 내 앞에서 자네처럼 우주 광오한 자는 일찍이 본 적이 없다네. 생소한 경험을 시켜 줘서 무척 고맙다고 해야 하나?"

"감사하고 싶다면 거절하지는 않죠."

용천명은 굉장히 고개가 뻣뻣한 남자라고 여겼다. 자신 앞에서 이렇게 고개를 뻣뻣이 쳐든 후배를 본 역사가 없었다.

"어쩔 수 없는 남자로군! 지금 자네가 감히 나의 말을 거부하고 있다는 사실을 알고 있나?"

"물론 알고 있지요. 하지만, 다시 한 번 말하자니 입이 아프긴 하지만, 난 사과를 받기 전에는 이 소저를 놓아주고 싶은 마음이 전혀 없군요."

용천명의 단아한 검미가 순간 불쾌감으로 꿈틀거렸다. 말로는 아무래도 제압이 불가능할 것 같았다. 그의 왼손이 자연스럽게 검집에 가서 닿았다. 언제든지 발검이 가능한 준비 상태에 들어간 것이다.

"곧 놓게 만들어 주지."

그의 부드러운 말투와 미소는 마하령을 향한 것이었다. 그러나 그녀의 반응은 의외였다.

"필요 없어요!"

서릿발 같은 차가운 목소리!

용천명이 내민 도움의 손길을 마하령은 매몰찰 정도로 싸늘한 목소리로 거절했다. 그 차갑고 매서움에 오히려 주위 사람들이 기겁할 정도였다.

"저… 저래도 되는 거야?"

"너무 지나친 게 아닐까? 명색이 구정회의 회주인데……."

'윽! 성깔하고는…….'

이런 신중론이 대두되는 것도 무리가 아니었다. 그 정도로 그녀의 반응은 격렬했다.

"싫다는데요? 이걸 어쩌죠?"

입꼬리를 가볍게 말아 올리며 비류연이 조소했다. 아무래도 그는 남의 염장을 지르는 것으로 삶의 보람을 느끼는 듯했다.

"하령……."

조심스런 어조로 용천명이 그녀를 불렀다.

"친한 척 부르지 말아요! 당신의 도움 따윈 필요 없어요."

차가운 얼음 가시가 매서운 냉기를 뿜어냈다. 일이 이렇게 되니 용천명으로서도 난감할 수밖에 없었다.

"도대체 무엇이 문제인 거요?"

용천명은 도통 영문을 알 수가 없었다. 아무리 양 회가 경쟁 관계에 놓여 있지만 이 정도로 매몰찬 거절을 당할 만큼 나쁜 짓을 한 기억은 없었다.

"절대 당신의 도움은 받지 않아요. 그럴 바에야 차라리 이대로 죽어 버리는 게 나아요. 전 이대로 상관없으니 구정회의 회주님께서는 신경을 꺼주시면 좋겠군요."

한기(寒氣)와 독기가 손을 맞잡고 구구절절 흐르는 목소리였다. 정말 자존심 하나는 타의추종을 불허하는 그녀였다.

'누가 당신 따위의 도움을 받을 줄 알고!'

어린 소녀의 마음에 났던 상처는 아직 아물지 않았다. 때문에 그녀는 절대 그의 도움을 받고 싶지 않았다. 그것은 군웅회의 수치이기도 했던 것이다.

"저기… 화내는 도중 미안한데요, 함부로 남을 살인 계획범으로 만들지 말아줄래요?"

"죽긴 누가 죽는다는 겁니까? 사과 한 번 하라는 거지."

잠시 비류연이 끼어들어 마하령에게 주의를 주었다. 괜한 누명은 뒤집어쓰고 싶지 않았던 것이다.

'뭔가 있기는 있군!'

과거에 마하령과 용천명 사이에 무슨 일이 있었던 것인가? 얼마나 천인공노할 일이 있었길래 마하령은 용천명에게 저토록 신경질적인 반응을 보이는 것인가? 아무런 배경도 없이 이런 깊디깊은 감정의 골이 나타날 리가 만무했다.

아직도 마하령의 눈에서는 한기가 흐르고 있었다.


그것은 마하령이 열 살쯤 되던 해였다. 그때 그녀가 살고 있는 천무학관 관주 관사로 무림맹주 나백천이 딸을 데리고 방문한 적이 있었다. 이때 마하령은 벌써 살이 찌기 시작해 또래의 아이들보다 훨씬 토실토실했다.

"안녕하세요. 나예린이에요."

지나칠 정도로 귀엽다!

열 살 또래들에게 어울리지 않는 눈을 가지고 들릴 듯 말 듯 조용한 목소리로 인사하는 나예린이 마하령의 어린 눈에는 굉장히 부러울 수밖에 없었다.

상당히 어린 소녀였지만 나예린은 이때부터도 벌써 그 아름다움이 이 세상의 것이라고는 믿겨지지 않을 만큼 귀여웠다. 환상처럼 투명하고 잡티 하나 없는 하얀 피부, 흑요석보다 더 검고, 밤하늘보다 더 깊은 마력 같은 눈동자, 티 없이 맑고 깨끗한 순수의 결정체 같은 느낌이었다.

나예린은 같은 여자인 마하령 자신이 보기에도 깨물어 주고 싶고, 뺨을 대고 부비부비 해주고 싶을 만큼 귀엽고 깜찍했다. 다만 말수는 지금보다 더 적었다.

마하령은 항상 천상의 선녀처럼 귀엽다고 칭찬받는 나예린이 얼마나 부러웠는지 모른다. 자신에게는 아무도 그런 말을 해주지 않았던 것이다. 모두들 일단은 겉모습이 예뻐야 인정해 주는 듯했다. 그것은 어린 마음에 큰 상처로 작용했다.

어른들은 항상 나예린에게만 신경 썼지, 자신에게는 그다지 큰 관심을 기울이지 않았다. 그래서 항상 나예린에게 심술을 부렸는지도 모른다. 분하고 원통한 어린 마음에 나예린을 못살게 굴었다. 그러나 나예린은 어떠한 반응도 보여주지 않았다.

나예린의 시선은 그녀 자신을 향하지 않는 듯했다. 어린애가 무슨 생각을 하는지 전혀 짐작할 수가 없었다. 왠지 자신이 더 어린 것처럼 느껴지는 때도 종종 있었다.

자신이 심술을 부려도 나예린은 그저 묵묵히 받아줬다. 그녀가 들고 있던 인형의 목을 따버렸을 때도, 쓰고 있던 화관을 부수어 버렸을 때도 무덤덤한 시선으로 자신을 바라볼 뿐, 울거나 고자질하지는 않았다. 그러나 이런 무반응에도 불구하고 괴롭히는 것을 그만두지는 않았다. 아니, 그만둘 수 없었다. 칭찬에도 심술에도 뚜렷한 반응을 보이지 않는 나예린…….

자신이 원하는 모든 것을 가진 주제에 그 모든 것을 귀찮아하다니… 마하령은 그런 나예린을 결코 용서할 수 없었다. 그래서 볼 때마다 괴롭히려고 했는지도 모른다. 못살게 굴고 싶었다.

하지만 나예린의 나이답지 않게 깊게 잠긴 눈을 볼 때마다, 자신의 내심이 들킨 듯한 부끄러움에 차마 제대로 실행하지는 못했다. 약간의 심술 정도가 그녀의 한계였다.

그리고 그때 또 한 명의 아이가 아버지의 손을 잡고 천무학관을 방문했다.


"하령아! 소개하마. 쌍룡보의 후계자인 용천명이란다. 같은 나이이니 사이좋게 지내거라."

옥으로 깎은 듯한 미소년이었다. 마하령은 그 소년에게 첫눈에 반하고 말았다. 첫사랑이었다. 그리고 나예린이 어제 귀가한 것에 대해 속으로 안도의 한숨을 내쉬었다. 같이 있다가 비교당하고 싶지 않았기 때문이다.

"안녕! 용천명이라고 해!"

"……"

머뭇머뭇!

처음 만났을 때 마하령은 수줍음으로 인해 한마디로 말을 건넬 수 없었다. 이 순간까지만 해도 용천명은 무척이나 예의바른 소년이었다. 그러나 소녀의 아버지 마진가가 사라진 순간 소년의 태도는 심드렁하게 돌변했다. 방금 전까지 화사하게 웃던 그 소년과 동일 인물인지 두 눈이 의심스러울 지경이었다.

"저기……"

마하령이 뭔가 말을 붙이려고 하는 그 찰나였다. 소년이 고개를 돌려 토실토실한 마하령을 쳐다보았다. 소년의 뚫어질 듯한 시선에 소녀의 볼이 발그레해졌다.

그때 소년이 아무런 거리낌도 없이 지독한 한마디를 내뱉었다.

"뚱땡이!"

그 말 한마디는 아직 한창 예민한 감수성을 지닌 어린 소녀의 마음에 상상할 수 없는 충격을 안겨 주었다.

가장 듣고 싶지 않았던 한마디!

그런 지독한 한마디를 자신이 가장 멋있다고 생각한, 자신이 호감을 품은 첫사랑의 소년에게서 바로 그 '뚱땡이'라는 말을 들었다. 이 단어가 내포하고 있는 의미는 엄청난 것이었다. 그것은 어린 소녀가 감내하기에는 너무나 힘든 무게였다. 소년은 비수 같은 한마디를 소녀의 여린 가슴에 박고는 가타부타 말도 없이 자리를 떠났다. 향기 만발한 꽃밭에 홀로 덩그러니 남겨진 소녀의 눈에 눈물이 주르륵 흘렀다.

"반드시 날씬한 미인이 되어 보이겠어! 그리고… 그리고……."

소녀는 맹세했다.

그러나 돌연변이인지 이상체질인지 아무리 무공 수련에 집중하고 식사를 조절해도 그녀의 살은 빠질 생각이 없는 듯 보였다. 그뿐 아니라 오히려 기하급수적으로 불어나고 있었다. 보통 장정보다 적어도 두 배 이상 근수가 나가게 되자, 그때서야 비로소 마진가도 사태의 심각성을 인식하고 위협을 느끼게 되었다. 살이 점점 곱의 곱으로 불어남에 따라 그녀는 두문불출하게 되었고 그 어떤 사람과도 만나지 않게 되었다.

마진가의 걱정은 이만저만한 것이 아니었다. 이대로는 시집도 못 갈 것 같았다. 그 전에 자폐증에나 걸리지 않으면 다행이었다. 자신의 딸은 방 안에 처박힌 채 햇빛을 보려 하지 않았다. 무엇이든지 타개책이 필요했다.

그때부터 마진가는 문제의 심각성을 인식하고 해결책을 모색하기 시작했다. 천무학관주 철권 마진가가 결심한 이상 이 세상에 불가능한 것은 거의 없었다.

그리고 마침내 찾아낸 것이 인체의 모두 부위를 의식으로 조절할 수 있다는 환상의 기공(奇功) '천축대승유가신공(天竺大乘柔家神功)'을 발견하게 된 것이다.

그것은 깊고 어두운 자아의 무저갱 속에 갇혀 있던 마하령에게는 한 줄기 찬란한 광명이었다.

그때부터 그녀는 죽을 각오로 이를 악물고 맹렬히 신공을 연마하기 시작했다. 그녀의 아버지 마진가도 신공을 하루빨리 대성시키기 위해서라면 그 어떤 지원도 아끼지 않았다. 온갖 영약을 구해다 먹이고 자신의 내공까지 일부 나눠 주면서까지 그녀의 성취를 도왔다.

뼈와 살을 깎는 고행을 거듭한 지 6년! 마침내 그녀는 천축대승유가신공을 대성할 수 있었다. 자신의 몸에 붙은 살들을 의지에 따라 마음대로 조절할 수 있게 된 것이다.

장정 두 사람이 손을 잡아도 두를 수 없던 허리가 개미허리만큼 얇아졌다. 수박만큼 커 보이던 얼굴도 달걀만큼 갸름해졌다. 막 벌목한 수백 년 묵은 통나무 같던 다리도 철사처럼 가늘어졌다. 그것은 기적

같은 일이었다.

그리고 그녀가 길고 어둡고 힘들었던 폐관을 깨고 나왔을 때 그녀는 남들이 모두 감탄할 만한 몸매와 미모의 소유자로 변모해 있었다. 탈태환골이었다.

6년 만에 새로 보는 태양이 그렇게 휘황찬란하게 밝을 수 없었다. 그녀를 만나는 사람마다 그녀의 미모에 감탄하지 않는 이가 없었다. 그토록 듣고 싶었던 아름다움에 대한 칭송도 귀가 따갑도록 원 없이 들을 수 있었다.

'세상이 이렇게 밝고 따뜻하고 찬란하고 아름다움이 넘치는 곳이었던가!!'

세상이 달라 보였다. 과거에 보던 세상은 칙칙한 회색빛 단색이었지만, 지금 보는 세상은 총천연색 무지갯빛으로 빛나고 있었다. 과거 뚱땡이라 불리던 그녀는 죽고, 다시 태어난 것이었다.

'그런데… 그런데……'

그런데 그 과거의 악몽을 들춰내려는 사람이 지금 그녀의 눈앞에 홀연히 나타난 것이다.

# 백도 신성인 용천명과 녹옥여래신검

"이름을 물어 봐도 되겠지? 이름이 무엇인가?"
용천명이 물었다. 이 사나운 암말을
여기까지 궁지에 몰아넣은 사내의 이름 정도는
알아두고 싶었기 때문이다.
"물론! 비류연이라 합니다."


　이름을 숨길 만큼 나쁜 짓을 한 기억이 본인의 머릿속에는 없었으므로 비류연은 서슴지 않고 답변해 주었다.

　"호오! 자네가 바로 요즘 학관을 몰래 떠들썩하게 한다는 화제의 인물 비류연인가 보군!"

　비류연이란 이름은 그가 폐관을 깨고 나와 구정회에 복귀했을 때 가장 먼저 들은 이름 중 하나였다. 그런 만큼 크게 관심이 쏠렸다.

　구정회의 문무쌍절조차 판단을 보류한 상대! 문절 지룡 백무영의 설검을 무디게 만들고, 무절 청혼의 침묵을 불러일으킨 장본인!

　보고를 들었을 때부터 엉뚱하고 속내를 짐작할 수 없는 인물이라고는 예상했지만, 이런 터무니없는 일을 저지르고 다니는 사람이라고는 생각지도 못했던 것이다.

"혹시 자네 삼성무제에서 우승했다고 하지 않았나?"

왠지 믿지 못하겠다는 듯한 어조였다. 그러지 않는다면 이런 식으로 돌려 묻지는 않았을 것이다.

"그런 사소한 일이 있었던 적이 분명히 있긴 있지요."

별로 대수롭지 않은 일이라는 식으로 비류연이 말했다. 누구나 할 수 있는 그런 일을 가지고 공치사 들어서 무엇 하겠냐는 그런 반응이었다.

비류연의 심드렁한 대답에 용천명은 대소를 터뜨리며 마음껏 웃었다.

"하하하! 물론이지. 자네의 별호대로 운수대통하여 거저 얻은 건데 명예롭게 여겨질 리가 없지 않은가! 다행일세! 난 또 자네가 자신의 분수도 모르는 사람이면 어쩌나 하고 고민을 많이 했다네! 지금 이 자리에서 자네가 정상적인 사고방식을 가진 사람이란 것을 확인하니 무척이나 기쁘군!"

왠지 비웃는 듯한 말투였다.

나예린과 모용휘, 효룡 그리고 장홍 같은 비류연과 그나마 좀 인연이 있는 사람들의 시선이 한꺼번에 비류연 쪽으로 쏠렸다. 그들의 머릿속에 떠오른 의문은 단 한 가지였다.

'정상적인 사고방식?'

그들의 대답은 이 세상이 태고 적 혼원(混元)에서 음양(陰陽)이 분리되어 태극(太極)이 형성될 때부터 이미 정해져 있었다.

'그런 게 있을 리가 없잖아!'

모두들 이 사실에서만은 사상과 소속과 출신을 떠나 하나 된 인간의 입장에서 동의를 표할 수밖에 없었다. 애초에 비류연이 정상적인 사고방식의 소유자였다면 지금 벌어지는 이런 사건은 애당초 일어나지도 않았을 것이다.

아무래도 용천명은 비류연을 약 올려 놓고도 제압할 충분한 자신이 있는 모양이었다. 그 생각이 오산인지 아닌지도 모른 채…….

이제부터 검산(檢算)이 필요할 것이다.


용천명의 등장으로 인해 사태는 새로운 전환점을 맞이했지만 아직도 비류연은 마하령의 손을 놓아주지 않고 있었다. 이만하면 지겨워서라도 놓아줄 만도 하건만 어디서 배워먹은 쇠고집인지 막무가내였다.

겉으로는 내색하지 않은 채 웃으며 태연을 가장하고 있지만, 이 의외의 사태에 대해서 용천명도 꽤나 당황하고 있는 중이었다.

'우리 학관에 나 말고도 저 성깔 사나운 암말을 다룰 수 있는 초절한 능력의 소유자가 있었단 말인가? 과연 그것이 단순한 운만으로 가능하단 말인가?

그가 반천(半千)일의 폐관 수련을 위해 학관을 떠났을 그 당시만 해도 그런 존재는 분명히 있지도 않았다.

그런데 세상과 담쌓고 수련에만 정진하던 중 폐관을 깨고 나와 보니 아무래도 주위의 세상이 조금 바뀌어 있는 모양이었다. 용천명으로서도 마하령을 당혹하게 만들고 있는 사람의 진실한 정체에 대해서 궁금증을 느끼는 것이 당연했다. 그리고 자신이 어떻게 해야 될지 결정을 내려야만 하는 처지에 있다는 것도 확실히 인식했다.

쌍룡보(雙龍堡)!

팔대세가와 어깨를 나란히 견주는 위세를 자랑하는 몇 안 되는 무림 세력 중 하나였다. 그리고 구정회주 창천룡 용천명의 본가였다.

원래 쌍룡보는 겉으로는 일반 세가의 규모처럼 보이지만 그 실체는 속가의 소림이라 불릴 만한 곳이었다. 그도 그럴 것이 이곳 쌍룡보에 소속된 주요 직책의 모든 사람들은 모두 다 하나씩 소림에 연을 두고 있는 사람들뿐이었다.

현 쌍룡보주 용천기를 비롯하여 그 아버지의 아버지 대(代)부터 쌍룡보의 주인은 대대로 소림 속가 출신으로 속가 제자로서는 이례적으로 본산의 제자들과 동일하게 소림사의 진산절기까지 전수받은 사람들이었다.

때문에 이곳은 소림사의 절대적인 비호를 받으며 강호에서 그 입지를 키워 왔었다. 위치도 소림과 가까운 하남성에 위치해 있어 정문을 나서 엎어지면 바로 소림사 산문에 도착할 수 있을 정도로 지척이었다.

그러니 쌍룡보는 소림 속가의 중추라 불리기에 아무런 하자가 없었다. 그리고 이에 대해 반론을 제기하는 이도 아무도 없었다. 보통은 이곳을 소림의 칼이라고 말하는 곳도 있다. 소림사가 매우 잘 보살펴 주고 있으며 속세에 관여하지 않는 척하는 소림 대신에 쌍룡보가 속세로의 교두보 역할을 충실히 하고 있었다.

물론 꼬박꼬박 소림에 대한 금전적 지원은 확실히 하고 있었다. 소림을 배경으로 세를 불려 막대한 이익을 얻었으니 그 일부를 소림이 갖는 것은 당연한 일이었다. 대대로 쌍룡보의 직계 자손들은 어릴 때부터 소림에 속가 제자로 들어가 직전 제자와 동일한 수업을 받으며 일반적인 속가의 제약에서 벗어나 재능에 따라 모든 가르침을 받을 수 있었다. 그리하여 쌍룡보의 위세는 세월이 지날수록 나날이 그 성세가 커져 가고 있었다.

그 중에서도 용천명은 더욱더 특별한 존재였다.

창천룡 용천명!

그는 항상 완벽을 추구하며 살아왔었다. 그리고 완벽해지기를 원했다. 물론 그는 가만히 앉아만 있어도 완벽해질 수 있다고 생각하는 그런 부류의 멍청이는 아니었다. 그는 그에 대한 대가를 치를 자세가 되어 있었다. 그래서 그는 스스로 완벽해지기 위해 그만큼 노력했고, 그만한 그릇이 된다고 자부하고 있었다.

확실히 그에겐 자질이 있었다. 그 누구에게도 지지 않을 천부적인 자질! 확실히 이 세계는 선천적인 자질이라는 것이 어쩔 수 없이 필요하다. 노력만으로 극복하기엔 그 벽이 너무 높다.

사람은 각기 가진 재능이 모두 다르다. 그들의 재능이 무(武) 하나에 집중되기를 바라는 것은 무리였다. 그런 면에서 용천명은 행운아라 할 수 있었다. 그 희박한 확률을 뚫고 천고의 자질을 지닌 채 태어났기 때문이다.

정신과 몸은 이미 준비되어 있었다. 그리고 무도에서 강해지기 위한 필요 충분 조건인 사부도 완벽히 준비되어 있었다.

스스로 완벽해지고 싶은 그에게 소림은 힘을 주었다. 소림은 역시 소림이었다. 그래서 그는 완벽해질 수 있었다. 그 또래에서 완벽에 가까운 강자가 될 수 있었던 것이다. 자부심과 긍지를 가지고 명예로 삼을 수 있을 만큼 그는 충분히 강해졌다. 어느 날 주위를 둘러보니 그와 비견되는 자를 꼽는 데는 다섯 손가락도 채 필요하지 않았다. 그리고 그 누구도 그 사실에 대해 이의를 제기하지 않았다.

무(武)의 전당이라는 천무학관에 들어와서도 그의 상대가 될 수 있는 사람은 거의 없었다. 무공에 관해서는 형산일기 백무영도 자신의 상대가 아니었다. 그의 상대가 될 만한 이는 삼절검 청혼 단 한 명뿐이었다. 과연 청혼은 만만치 않았다. 같은 연배에서 그를 그렇게까지 힘들게 만든 사람은 청혼이 처음이었다. 과연 신주제일도가라 불리는 무당의 검은 무서웠다. 하마터면 그의 검 아래 꺾일 뻔한 위험도 여러 번 있었다. 그를 상대로 방심이나 여유란 용납되지 않는 단어였다. 그러나 다행스럽게도 전력을 다하고서야 용천명은 반 초 차이로 청혼을 누를 수 있었다.

다행히 부모 중 한 분(당연히 어머니 쪽)이 무당파 출신이어서 치명상을 피할 수 있었던 것이 그에게 승기를 안겨 주었던 것이다.

그리하여 그는 구정회의 회주가 되었다. 최연소 회주였다. 그 누구도 용천명만큼 단시일 내에 구정회의 수좌에 오른 이는 없었다.

그런데 지금 그런 자신을 완벽히 무시하는 인간이 나타났다.

이 의외의 인간을 어찌 처분해야 하는가?

게다가 그는 저 사납고 까탈스럽기 짝이 없는 마하령을 압박하고 있었다. 그런데 그게 왠지 기분에 거슬렸다. 그 사실이 알 수 없는 초조와 불안감을 그의 가슴속에 생성시키는 결정적인 역할을 하고 있었다.

그것은 그가 처음 해보는 생소한 고민이었다. 오늘따라 그는 전혀 평소의 그답지 않았다.


"아미타불! 대소림에는 달마 조사께서 면벽 9년으로 그 기틀을 세우시고 6대조이신 혜능 대사께서 다듬어 정리하신 일흔두 가지 신공이 있다. 이 각각의 신공은 그 깊이가 깊고 오묘하여 평생을 연마한다 할지라도 일신상에 모두 갖추는 것이 불가능하다. 그러나 옛말에 이르기를 '여러 우물을 파기보다 한 우물을 깊게 파라' 했느니라. 잡다하게 여러 가지를 익힌다 해도 실전에서는 아무런 소용이 없다. 특히 절정고수들 앞에서 성취를 보지 못한 무공은 아무짝에도 소용이 없는 무용지물일 뿐. 너는 소림 72종 절예를 모두 익힐 필요가 없느니라!"

용천명의 사부인 혜정 대사가 한 손에 철로 만든 염주알을 굴리며 말했다.

"그러면 제자는 무엇을 해야 하옵니까?"

머리를 조아리며 용천명이 물었다. 가르침을 청하는 것이다. 현재 그는 소림의 비전신공 반야신공(般若神功)으로 기틀을 다지고, 몇 가지 기본 절예만 익히고 있던 처지였다. 이제야 본격적인 수업에 들어가려던 찰나였다.

척!

"아미타불! 이것을 받아라!"

스승은 그에게 불쑥 물건 하나를 내밀었다. 혜정 대사는 자신이 꺼낸 물건에 대해 예를 치렀다. 소림 장문인인 그가 예를 취할 정도라면 어떤 바보라도 능히 그 물건의 가치를 짐작할 수 있을 것이다.

어린 용천명의 눈이 휘둥그렇게 변했다. 그것은 결코 소림과는 어울리지 않는 물건이었던 것이다.

"이… 이것은……."

용천명은 놀란 가슴에 떠듬떠듬 말을 잇지 못했다.

그것은 결코 소림과는 어울리지 않는 물건이었다. 소림사에는 소사미가 마당을 깨끗이 쓸기 위한 싸리비가 있고, 고승들이 길을 갈 때 들고 가는 선장이 있고, 소림 무승들이 수련을 쌓기 위한 소림곤이 있었다. 그러나 소림 어디에도 검이 있다는 말을 듣지는 못했다. 승려가 검을 찬다는 것은 금시초문의 일이었다.

그러나 스승이 그에게 내민 것은 한 자루의 검이었다. 그것은 고풍스러운 자태와 은은한 녹빛, 그곳에서 피어오르는 서기가 보통 검이 아님을 분명히 보여주고 있었다. 좌우상하 어디를 뜯어보아도 명명백백 이의를 제기할 수 없는 신검(神劍)이었다.

초록의 숲처럼 아름다운 녹광을 뿜어내는 상서로운 검에 용천명은 단번에 마음을 빼앗기고 말았다.

"아미타불!"

사부인 혜정 대사가 경건한 마음으로 나직이 불성을 외었다. 지금 그는 하나의 중대한 의식을 치르고 있었다. 경건한 마음이 드는 것이 당연했다.

용천명 또한 사부의 힘 있는 불성에 마음이 씻겨 나가는 듯한 느낌이었다. 그는 허리를 조아리고 사부의 말을 기다렸다.

"소림 무상지보(無上至寶)인 녹옥여래신검(綠玉如來神劍)이다. 제마

멸사, 마(魔)와 사(邪)를 제압하고 선을 보호하기 위한 지고지선(至高至善)의 검이다. 이 검의 행방을 결정하는 권위는 이 세상에서 오직 단 하나! 대소림의 장문령부인 녹옥불장뿐이다."

그것은, 즉 그 외의 모든 권위를 무시할 수 있다는 말이었다.

"녹… 녹옥불장!"

경악 속에서 용천명의 입이 함지박만 하게 벌어졌다. 사부인 혜정 대사의 말은 어린 마음에 경기를 일으킬 정도로 충분히 놀라운 말들의 연속이었다.

녹옥불장(綠玉佛杖)!

무림의 태산북두 대 소림사의 전권을 관장하는 장문인의 무소불위의 권위를 상징하는 녹옥빛으로 빛나는 신물! 소림에 몸을 담는 그 어떤 이도 이 녹옥불장의 권위를 벗어날 수는 없다.

사대금강(四大金剛), 십팔동인(十八銅人), 백팔무적나한(百八無敵羅漢) 전부를 부릴 수 있는 지고무상의 권위인 것이다. 그런데 오직 그 하나의 권위에만 굴복하는 권위가 나타난 것이다.

아직도 소년의 전신에서 떨림이 멎지 않고 있었다. 위엄 어린 목소리로 스승이 말했다.

"말한 대로 이 검은 오직 녹옥불장의 권위에만 절대 복종하며, 그 어떤 마와 사와도 타협하지 않는다. 때문에 혹자는 이 검을 소림의 명예라 칭하기도 한다."

검의 서기가 자신을 빨아들이는 듯한 느낌이었다. 용천명은 멍하니 넋을 놓은 채 하염없이 검을 바라보았다.

잠시 호흡을 가다듬은 스승의 자애롭고 위엄 넘치는 눈빛이 다시 용천명을 향했다. 대자연을 그대로 품고 있는 듯한 그 눈빛에 절로 경의가 표해질 정도였다.

"천명아!"

스승이 제자를 불렀다. 인자함이 넘치는 목소리였다.

"예, 사부님!"

어리지만 용천명은 성심으로 소리 높여 대답했다. 지금 그의 눈앞에서 빛나는 녹옥빛의 검이 그의 마음과 그의 전신을 압도하고 있었다. 방 안에 들어찬 공기가 무척이나 무겁게 느껴졌다. 오늘 이 자리가 단순한 검 품평회 자리가 아닌 것만은 확실했다. 아무리 어려도 그것만은 확신할 수 있었다.

"아미타불… 이제부터 이 검은 너의 것이다."

하얀 백색 비단에 놓여 있던 녹옥검이 두둥실 떠오르더니 용천명 앞에 놓여졌다. 용천명은 감히 말을 잇지 못했다. 그럴 엄두가 전혀 나지 않았던 것이다.

"제자가 어찌 감히……."

처음에 용천명은 도저히 그것을 받아들일 엄두가 나지 않았다. 이때만 해도 무상의 권위를 어깨에 질 만큼 그는 아직 성숙되지 못한 상태였다.

"아미타불! 받아라! 너에게는 그럴 만한 자격이 충분히 있다. 만일 네가 너의 자격에 의심이 간다면 이 검에 어울릴 정도의 실력을 갈고 닦아라! 이 검을 지닌 자, 소림 속가의 실질적인 수장이 된다. 그들의 명예에 부끄럽지 않은 자가 되어라!'

아직 열다섯이 채 되지 않은 소년에게는 무거운 짐이 아닐 수 없었다.

"받아라!"

"… 사부님!"

용천명은 감히 항명하지 못했다.

"녹옥여래신검의 대리자가 된다는 것은 곧 소림의 얼굴이자 명예가 된다는 것! 너는 이제부터라도 그 검에 부끄럽지 않은 인물이 되기 위해 부단히 노력해야 한다."

"제 목숨을 바쳐서라도 반드시……."

이때 용천명의 눈은 굳은 신념과 결의로 불타오르고 있었다. 이제 그는 녹옥여래신검의 대리자가 되었다. 물론 그가 이것에 어울리는 실력자가 될 때까지 검은 당분간 혜정 대사가 보관하게 될 것이다.

"너도 알다시피 우리 구대문파는 사상 초유의 무림대란이었던 저번 천겁혈세 때 단 한 명의 천무성(天武聖)도 배출하지 못했다. 구대문파 이외의 사람들에게서 천무성이 모두 배출된 이후 그들은 천무삼성이라 칭해지며 무림의 구성으로 추앙받게 되었다. 검존(劍尊)이 그곳에서 빠진 것은 우리 구파로서는 무척 애석한 일이었지. 그분의 실력이라면 충분히 되고도 남음이 있었지만, 운이 따라주지 않았었다. 그때의 일을 내색하지 않았지만, 구파에게는 크나큰 치욕이었다. 그래서 우리는 그 치욕을 잊지 않고 그 동안 절치부심해 왔다. 백도에서 가장 뛰어난 무재를 구파에서 탄생시키기 위해서! 그 다음 대의 천무성을 모두 구대문파에서 배출하기 위해서! 천명아!"

"예, 사부님!"

"너는 우리들 노력의 결정체다. 너의 재능이라면 우리들의 기대에 절대 어긋남이 없으리라 믿는다. 너는 천무성을 뛰어넘는 무신이 되어라! 그리하여 구대 문파와 대소림의 이름을 드높여라.”

“명심하겠습니다.”

용천명이 깊숙이 고개를 숙이며 대답했다.

사부님이 믿어주고 있다. 소림이 믿어주고 있다. 지금 그의 마음속에는 감격이 소용돌이치고 있었다.

“이 녹옥여래신검이 너의 길을 알려줄 것이다. 무림의 태산북두가 되거라!”

# 소림 무상지보는 장식품?

그날의 뜨거운 감격과 격정을 아마 평생 잊을 수 없을 것이다.
그리고 그 후 용천명은 항상 소림의 명예와 구파의
젊은 피의 명예를 대표한다는 마음으로 임해 왔었다.
그 후에 혹독한 수련에서도 절대 굴하는 모습을
보이지 않고 의연하게 지냈다.

뼈와 살을 깎는 고행의 연속이었지만 그의 의지를 꺾지는 못했다.
그러기에는 그의 어깨에 드리워진 짐이 너무 많았다.

'그런데 이 자는 도대체 뭐란 말인가?

용천명의 상식선을 가뿐히 뛰어넘은 사내 비류연이 손가락을 들어
용천명의 검을 가리켰다. 왠지 값나가게 보이는 기운을 풀풀 풍기고
있는 것이 그의 관심을 자극했던 것이다.

"그 검은 장식품인가요? 삐까번쩍한 게 멋있는데요. 게다가 되게 비
싸 보이네요!"

용천명의 정신이 순간 비틀거렸다.

소림 무상지보를 보고 장식품이냐니? 무신경도 정도가 있는 것이다.

"헤아릴 수 없을 만큼의 가치를 지닌 이 물건에 가격을 붙이려 하다

니! 그것 자체가 이미 불경임을 모른단 말인가!"

용천명이 대뜸 호통을 쳤다. 마치 소림의 명예가 단번에 모욕을 당한 느낌이었다. 용천명의 분노 섞인 호통성에도 비류연은 들은 척 만 척이었다.

"어? 진짜 장식품인가요? 피 냄새가 전혀 배어 있지 않은 특이한 검이로군요."

비류연의 날카로운 지적에 용천명이 흠칫했다. 분명 이 검은 피를 먹은 검이 아니었다.

"소림의 검은 함부로 뽑히지 않는다. 그리고 소림의 검은 함부로 피를 보지 않는다."

태산처럼 강건한, 흔들리지 않는 신념이었다.

용천명의 말대로 그가 강호에 출두한 이래 그의 녹옥여래신검이 뽑힌 적은 한 번도 없었다. 검을 쓸 필요성을 느낀 적이 한 번도 없었기 때문이다.

게다가 소림의 신물을 함부로 뽑을 수는 없는 일, 만일 일이 터진다 해도 또 한 자루의 보검 백룡검만으로도 충분했다. 그에게 이 녹옥여래신검은 잠시잠깐 소림으로부터 위탁받은 신외지물이나 다름없었다.

녹옥여래신검은 오랜 세월을 소림과 함께 하면서도 함부로 피를 본 적이 없었다. 당연히 피 냄새가 밸 일은 거의 없었다고 봐도 무방했다.

**달마여래십삼검(達摩如來十三劍)!**

대승반야신공을 기반으로 한 소림 최강의 무공이자 유일무이한 검법! 녹옥여래신검으로 펼치는 유일무이한 소림의 검법이다.

권(拳), 장(掌), 각(脚), 곤(棍)을 중시하는 소림으로서는 이 검법의 존재가 매우 독특하고 특이한 무공이 아닐 수 없었다. 그 원류는 2대조 혜가 대사가 무료함을 떨치기 위해 검을 가지고 장난치다가 만들어졌다는 설이 있다. 비록 장난치다가 만들었다고는 하지만 무공과 불법의 대천재가 30년 이상을 가지고 놀았다면 이미 그것으로 하나의 심오한 무공이나 진배없었다. 거기에 체계적인 기틀까지 잡혀 하나의 신검식이 완성된 것이다.

하지만 그 진실한 위력은 지금껏 완전히 밝혀진 바가 없지만 소림 최강이라는 전설이 전해져 오고 있다. 왜 전설이냐 하면 아직 그 진정한 극의(極意)를 터득한 자가 단 한 명도 없었기 때문이다.

소림 무상지보인 녹옥여래신검을 받을 자격을 갖추기 위해서는 반드시 통과해야 할 관문이 있다. 달마여래십삼검을 5성 이상 익히고 그것을 통과하기 전에는 절대 녹옥여래신검의 주인이 될 수 없었다. 때문에 녹옥여래신검은 그가 소림의 모든 관문을 통과할 때까지 스승 혜정 대사에게 맡겨져 있었다. 그곳은 바로 수많은 소림의 전설을 배출한 관문인 소림 18관문과 72연무동이었다. 실질적인 현 소림을 만든 원천이 되는 곳이기도 했다.

용천명은 주위의 기대를 저버리는 일을 하지 않았다. 그는 보란 듯이 이 관문들을 역대 최연소의 기록으로 돌파해 버렸다. 충분한 자격이 있음을 만인 앞에 보여준 것이다.

그가 소림 18관문과 72연무동을 통과했을 때 사부인 혜정 대사가 보관하고 있던 검은 그에게 되돌아왔다.

그때의 그 영광과 희열을 용천명은 평생 잊지 못할 것이었다.

그때 받았던 녹옥여래신검은 지금도 그의 허리춤에 소중히 매달려 있었다. 자비를 우선시하는 소림답게 아직 이 검은 피를 본 적이 거의 없었다. 천겁혈세 이후의 최근 백 년 동안은 그런 기록이 전무했다. 백 년 전의 피 냄새 따위는 희석되고도 남을 시간이었다.

녹옥여래신검을 가진 자,
피를 보지 않고
상대를 제압할 힘을
기르지 않으면 안 된다.

아직도 스승님이 해준 말이 귓가에 맴도는 것 같았다.

'사부님! 과연 이번에 피를 보지 않고 결판을 낼 수 있을까요?

능글맞게 웃음을 흘리는 비류연이 자꾸만 신경을 건드리자, 용천명도 쉽게 자신을 제어할 자신이 서지 않았다. 그래도 그가 지닌 인내의 끈이 속절없이 끊어지기 전까지는 일단 참아야만 했다.

용천명 정도의 위치에 있는 사람은 화를 내고 싶다고 해도 함부로 화를 낼 수 있는 입장이 아니었다. 자신의 희로애락을 기분 내키는 대로 분출하지 않고 주위 상황을 먼저 고려한다. 이런 면이 마하령과 용천명의 극단적인 차이점이었다.

"이 녹옥여래신검은 피를 보는 물건이 아닐세! 나 또한 피를 보고 싶은 마음은 없네! 하지만 그렇다고 해서 이 사태를 계속 손놓고 보고 싶은 생각은 없네. 이대로는 이곳에서 물러날 수 없고, 이런 소동을 두고 볼 수도 없네. 그러므로 선배로서 자네에게 명령하네. 이제 그 손을 놓게!'

그것은 명령이나 진배없었다. 보통 그가 정색하며 이 정도까지 말하면 실행되지 않는 일이 거의 없었다. 그러나 가끔은 예외도 있는 법이다.

용천명이 한 가지 간과한 사실이 있었으니, 그것은 바로 비류연만큼 타인의 명령을 받기 싫어하는 놈도 드물다는 사실이었다. 보통 이럴 경우 비류연은 삐딱선을 탄다.

"검은 피를 보기 위한 것, 그렇지 않은 검은 장식품에 불과할 뿐이지요."

할 수 있다면 검으로 해결해 보라는 의미였다. 용천명으로서는 비류연의 태도가 구정회 전체에 대한 명백한 도전이었다.

'이놈이 겁을 상실했나?'

그가 아는 사람들은 다들 정상이라 그런지 비류연 같은 불손한 태도를 취하는 사람이 단 한 명도 없었다. 그래도 용천명은 인내를 발휘해서 한 번 더 참았다. 그는 남의 위에 설 만한 자격을 갖춘 사람이었다.

"살생만이 검의 궁극적인 지향점은 아닐세. 검은 그것을 지닌 자에게, 그리고 무도의 길을 걷는 자에게 길을 제시해 주는 지남차(나침반) 역할을 해주기도 하지. 물론 가르쳐 준 방향을 잘못 알고 걸어가는 방향치들도 부지기수지만 말일세. 검을 든 자들 중에서 제대로 된

신검의 길을 걸어간 자가 과연 몇 명이나 되겠나?"

용천명의 말은 반론의 여지가 없는 정론이었다.

"과연! 선배는 길을 잃지 않았다고 생각하고 계시는 듯하군요. 무척 대단한 자신감이네요. 보통 길을 잘 잃는 방향치들의 공통적인 특징은 거의 대부분이 자신이 걸어간 길에 대해 옳다 생각하고 의문을 품지 않는다는 것이죠. 터무니없이 동떨어진 외딴 곳으로 걸어 들어가고 있는지도 모르고 말이죠."

그러나 아무리 정론을 내건다 해도 비류연이 삐딱선을 타는 데는 아무런 문제도 없었다.

예고가 있거나 조짐이 있으면 사람은 당황하지 않는다. 그렇다면 사람을 당황하게 하려면?

번쩍!

아무런 예고도 없이 용천명의 백룡검이 백색 섬광을 연상케 하는 하얀 궤적을 그리며 뽑혀 나왔다. 게다가 그 빠르기는 눈부실 정도로 쾌속했다.

스윽!

새하얀 백색 섬광이 비류연의 몸을 관통하고 있었다.

"악!"

나예린과 은설란 모두 순간 짧은 비명성을 내질렀다. 용천명의 검에 비류연이 두 동강 난 것처럼 보인 것이다.

이 모습을 보고 속으로 쾌재를 부른 이들도 있었다. 자신들의 우상의 입술을 빼앗은 비류연 따위는 없는 게 세상에 보시하는 길이라는 생각을 가진 다수의 의견을 지닌 사람들이었다.

그런데 이들에게는 미안하지만 무척이나 애석한 일이 일어났다.

"쩝! 아직 사과도 못 받았는데⋯⋯."

용천명의 검기에 두 동강 난 것처럼 보이던 비류연은 생채기 하나 없이 멀쩡했다. 그 대신 그는 텅 빈 오른손을 쥐었다 폈다 하며 입맛을 다시고 있었다. 방금 전까지 마하령을 잡고 있던 바로 그 손이었다. 기습적인 용천명의 발검에 대응해 회피에 집중하다 보니 무의식적으로 마하령의 손을 놔버리고 말았던 것이다.

"잔상(殘像)인가?"

놀란 얼굴로 용천명이 물었다. 자신의 안력마저 현혹시킬 만한 보법을 눈앞에서 목격하니 자연 관심이 쏠릴 수밖에 없었다.

"대단하군! 나의 검을 이렇게 완벽하게 피해 내다니 말일세!"

베이는 감각이 없어 의아해하던 참이었는데 역시 허상이었던 것이다. 첫 수에 실패해 두 번째 수가 필요한 일은 오래간만이었다. 용천명의 칭찬에도 기쁘지 않은 듯 비류연은 고개를 저었다.

"완벽은 아니죠. 귀중한 의복을 보호하지 못했거든요."

비류연의 말대로 그의 상의 앞섶은 위에서 아래로 깨끗하게 잘려나가 있어 가슴의 맨살이 그대로 드러나 있었다. 다행히 혈흔은 없었지만 조금만 더 깊었어도 위험했을 것이었다.

"선배야말로 매우 훌륭한 발검이었습니다. 아무런 낌새도 없이 그렇게 깔끔한 발검이라니⋯ 자칫 잘못했으면 당할 뻔했군요."

비류연은 여전히 미소짓고 있었다. 조금 전의 기습 따위에 신경 쓰기가 아깝다는 듯이⋯⋯. 그러나 의복이 상한 것은 무척이나 기분 상하는 일이었다.

"하하하! 과찬일세. 나야말로 실수를 했군. 살살 한다고 했는데 자네의 옷을 망쳐 버렸으니 이거 미안해서 어쩐다……?"

이번 것은 봐준 거니 피했다고 잘난 체하지 말라는 의미였다.

"두 사람 다 대단하군요."

은설란은 진심으로 감탄했다.

쾌(快)와는 거리가 먼 소림의 무공을 바탕으로 하고 있으면서도 방금 전과 같은 쾌검을 구사할 수 있는 능력의 소유자 용천명과 그 백색 섬광 같던 쾌검을 잔상을 남기며 피해낸 비류연! 두 사람 모두 엄청난 무재(武才)들이었다.

"정말 대단해… 정말……."

그것은 그만큼 마천각에는 위협적인 존재라는 이야기와 일맥상통했다.

"이제부터 어떻게 될까요?"

은설란이 품은 의문은 나예린과 모용휘 두 사람이 지금 느끼고 있는 의문과 동일한 것이었다. 한을 품고 있는 여인, 마하령에게 채워져 있던 족쇄가 풀어졌다. 사태는 지금 또다시 새로운 국면에 접어들고 있었다.


'드디어 몸이 자유롭게 되었어!

마하령은 속으로 쾌재를 불렀다. 드디어 꼴 보기 싫은 비류연에게 복수를 해줄 수 있는 기회를 잡게 된 것이다. 그러니 어찌 아니 기쁠 수 있겠는가!

"각오해라!"

여인이 한을 품으면 오뉴월에 서리가 내리는 기상 이변이 속출한다고 했던가? 정말 무시무시한 원한이었다.

"잠깐!"

비류연이 손을 내밀며 마하령의 복수극을 제지했다.

"뭐냐? 이제 와서 무릎 꿇고 빌어도 소용없다."

이제는 비류연이 나체로 연무장을 빙글빙글 돌며 춤을 춰도 용서해 줄 마음이 없는 마하령이었다. 자신이 받은 모멸감과 수치심을 이 자까지 쳐서 고스란히 돌려주지 않는다면 너무나 분해서 화병에 걸릴 것만 같았다. 원활한 숙면을 위해서라도 복수는 반드시 필요했다.

"사나운 꼴 당하기 싫으면 움직이지 않는 게 좋을걸요?"

비류연은 마하령이 내뿜는 서릿발 같은 살기를 정면으로 받으면서도 여전히 태연자약했다. 믿고 있는 비책이 따로 없이는 저렇게 자신만만할 리 없었다.

"무슨 헛소리냐? 꼴사납구나!"

비류연의 말을 단순한 헛소리로 치부하고 한 발짝 움직인 것은 분명한 마하령의 실수였다. 비류연이 보통 때 한없이 가볍게 보이기는 하지만 한 번도 허언을 한 적은 없었다.

사락!

느닷없이 끊어진 그녀의 홍색 비단 허리띠가 바닥에 흘러내렸다. 다행히 상하가 붙어 있는 옷이라 바지가 벗겨지는 꼴사나움을 면했지만 그녀는 기겁할 수밖에 없었다. 그녀의 얼굴이 경악으로 하얗게 탈색되었다.

"꺄아아아아악!"

창백하게 질린 그녀의 입에서 비명이 터져 나왔다.

"이… 이… 이게 도대체……."

너무 황당해서 말도 제대로 나오지 않았다. 두 눈 부릅뜨고 지켜보던 사람들도 경악하긴 마찬가지였다. 그 중에서도 용천명의 놀람은 엄청난 것이었다. 그의 눈은 찢어질 듯 부릅떠져 있었다.

"그것 봐요? 후회하잖아요. 난 분명 경고했어요."

말 안 듣는 아이를 타이르는 어른 같은 말투였다. 경고를 어긴 너의 잘못이니 난 책임 없다는 의미이기도 했지만, 어떻게 보면 그냥 단순히 약 올리는 것처럼 들리기도 했다.

마하령은 너무 비류연을 무시했다. 비류연은 마하령과 손을 나누며 어울렸을 때, 이미 그녀의 전신에 뇌령사를 엮어 두었던 것이다. 아무런 안전장치도 없이 일을 벌일 만큼 그는 멍청이가 아니었다. 그 때문에 안심하고 마하령을 놓아줄 수 있었던 것이기도 했다.

유비무환(有備無患)! 언제나 유용한 교훈이 아닐 수 없었다.

비록 손은 떨어졌지만 거미줄에 걸린 나비처럼, 부처님 손바닥 안의 손오공처럼 여전히 비류연의 속박에서 벗어나지 못한 마하령이었다.

깊은 모멸감에 그녀의 얼굴이 시뻘게졌다. 오늘 하루 동안에 평생 당할 수치를 다 당하는 느낌이었다.

"자! 이제 그만 포기하는 게 어때요? 그만 사과하시죠. 부탁합니다, 놓아 주세요, 그리고 미안합니다. 어때요! 쉽죠?"

놀림감이 된 듯한 느낌에 참담한 기분이 된 마하령이었다. 무슨 수

작을 부렸는지 알 수가 없으니 대응하기도 힘들었다.

'이것이 처신을 잘못하고 말을 함부로 한 대가란 말인가?'

그렇다면 그 대가가 너무 비쌌다.

하지만 지금에 와서 후회해 봐도 걷잡을 수 없을 정도로 사태는 커져 있었다. 충분한 제어가 가능한 시점은 이미 벗어나 있었다. 사태는 지금 마부의 고삐를 벗어난 야생마처럼 사납게 날뛰고 있는 형국이었다. 진정될 기미 따위는 이미 지나가던 개가 몰래 먹어 버린 후였다.

"자! 이제 사과하시죠!"

비류연이 마하령에게 다시 한 번 사과를 요구했다.

"이… 이… 이……."

마하령은 서슬 퍼런 분노로 몸을 파르르 떨었지만, 그 어떤 행동도 취할 수 없었다. 현재 상황은 조금 전 팔이 잡혀 있을 때보다 더 최악의 상황이었다. 이제는 후환이 두려워서 말도 제대로 내뱉지 못하는 처지가 되었다. 어떤 일이 있더라도 무료 나체무(裸體舞)만은 사양이었다.

# 애들 싸움이 어른 싸움으로 번지다

마하령은 더 이상 물러날 곳이 없었다.
이제 남은 방법은 단 하나뿐!
그러나 여기까지 마하령을 몰아세워 놓고도
애석하게 비류연은 끝내 마하령의 사과를 들을
기회를 놓쳐 버리고 말았다.

지금까지의 투자가 한순간에 무색해지는 일이 터져 버린 것이었다.

"하하하! 이거 신성한 학관 내에 살기가 흐르다니… 분위기가 너무 흉험하군! 좀더 부드럽게 이야기를 풀어 가는 게 어떤가?"

일촉즉발의 상황에서 커다란 웃음소리와 함께 번쩍이는 햇살을 받으며 나타난 사람은 다름 아닌 백검조의 담당 노사 천익검 능기한이었다. 그는 막 이 소동을 보고받고 달려온 참이었다.

"노사님!"

일이 난감하게 돌아간다고 용천명은 생각했다. 무사부가 보는 앞에서 함부로 검을 섞을 수는 없는 노릇이었다. 어쩔 수 없이 용천명은 투기를 거둘 수밖에 없었다. 어깨에 힘 빠지는 일이지만 어쩔 도리가 없었다.

그가 막 착검하려는 찰나! 한쪽에서부터 거친 목소리가 들려왔다.

"흥! 사내가 칼을 뽑았으면 무라도 썰어야지! 그런 의기로 무슨 일인들 제대로 처리할 수 있겠나?"

차가운 냉소와 함께 거칠게 말을 내뱉으며 나타난 사람은 바로 고약한이었다. 순간 늑기한의 얼굴에 못마땅한 기색이 역력히 드러났다.

"싸움을 조장하는 말씀, 좀 듣기 거북하군요."

못마땅한 기색은 금세 지워 버린 후 만면에 웃음을 가득 띠며 늑기한이 말했다. 하지만 반응은 차가웠다.

"흥! 난 자네의 가식적인 썩은 미소를 보는 게 더욱 거북하고 메스껍군!"

고약한은 냉소를 터뜨렸다.

"허! 말씀이 지나치시군요. 너무하신 것 아닙니까?"

고약한의 가시 돋친 말에 늑기한은 즉시 미소를 거두었다. 언제 봐도 열 받는 빌어먹을 영감탱이였다. 도저히 좋아하래야 좋아할 수 없는 영감이었다. 그러나 대놓고 본심을 털어놓을 수는 없는 일이었다.

"난 진실을 말했을 뿐이네. 난 속과 겉이 다른 사람을 보면 체질적으로 거부감이 일어나서 속이 뒤집히고 역겨운 걸 어쩌겠나. 그저 팔자려니 해야지."

넌 표리부동(表裏不同)한 역겨운 놈이라는 욕을 빙 둘러 말한 것이었다. 두 사람 사이의 공기가 싸늘하게 냉각되어 가기 시작했다.

"저 두 사람, 정말 나이가 나쁘군요."

견원지간처럼 서로 으르렁거리는 두 사람을 지켜보며 은설란이 소근거렸다.

"일단은 서로 경쟁자에다 원래부터 유명한 앙숙지간이니까요."

나예린이 보기에도 두 사람은 절대로 융화될 수 없는 세불양립이었다. 마치 물과 기름 같았다. 그 정확한 이유는 그녀로서도 알 수 없었다. 사람을 싫어하기 위해서는 굳이 이유나 변명이 필요한 것은 아닌 모양이었다.

"늑 노사! 자네는 검 가지고 노리개질이나 하고 있지, 여긴 웬일인가?"

검은 노리개가 아니니 검 들고 춤추지 말라는 뜻이었다. 고약한의 악담은 아직 부족함을 느꼈는지 그것으로 끝나지 않았다.

"아니면 자네의 장기인 여자 후리기라도 발휘해 보려는 속셈으로 왔는가?"

쉴 틈을 주지 않는 고약한의 악담에 늑기한의 얼굴이 점점 더 일그러져 갔다. 늑기한의 혀도 고약한의 공세에 자극되어 신랄하게 변했다.

"고 노사께서야말로 백정같이 사람을 도살하러 다니시느라 도법을 완성할 시간도 없이 바쁜 게 아니셨나요?"

검은 살인 도구가 아닌데 살기만 키운다고 검이 완성되는 것이 아니라는 뜻이었다.

고약한의 빈정거림에 질 수 없다는 듯 늑기한도 정면으로 맞섰다.

'이 재수 없는 뺀질이 놈!'

'이 빌어먹을 심보 고얀 영감탱이!'

두 사람 사이에 시선이 격렬히 부딪치며 불꽃이 튀었다. 이제 돌이키는 것은 늦어 버렸다.

"도전으로 받아들여도 되겠지?"

고약한이 싸늘한 냉소를 지으며 말했다.

"물론입니다. 애들이 다 봐버렸으니 이렇게 되면 저도 물러설 수가 없군요."

나는 도망가지도 숨지도 않는다는 의미였다. 할 테면 해보라는 안하무인의 태도였다.

"직접 부딪칠 수는 없으니 곧 있을 중간 평가에서 승부를 보는 게 어떤가?"

"호오? 방금 있었던 회의에서 결정된 그것 말입니까?"

"그래! 바로 그것이네!"

중간 평가란 화산규약지회 후보들이 의례적으로 거치는 통과의례 중 하나였다. 화산지회를 대비하는 수련 도중에 그 성과를 알아보기 위한 중간 단계로, 나중에 선발까지 영향을 미치기 때문에 방심할 수 없는 시험이기도 했다. 그 영향은 거의 절대적이라 중간 평가가 곧 최종 평가라는 말도 있을 정도였다.

일부에서는 이를 중간 평가가 아닌 중간 시련, 또는 탈락 시험이라 부르는 사람도 있었다. 그만큼 혹독하고 어려운 평가였다. 게다가 늑기한의 반응으로 미루어 볼 때 이번 중간 평가는 좀더 색다르게 치러질 모양이었다.

"무척이나 흥미로운 제안이군요."

늑기한도 고약한의 제안에 흥미가 동한 모양이었다.

"좋습니다. 그렇게 하죠."

"후회하지 말게! 노부에게 이기려면 당분간 취미인 여자 후리기는 폐업해야 할걸세?"

고약한이 은근슬쩍 늑기한을 깔아뭉갰다.

"절대로 후회할 일은 없습니다. 하하하하!"

늑기한이 그 특유의 느끼한 미소를 지어 보였다. 저 미소를 볼 때마다 속이 울렁거리는 고약한이었다.

"모두 들었겠지? 너희들의 사사로운 감정도 그때 해결하도록 해라! 알겠느냐?"

고약한의 말은 비류연과 마하령과 용천명을 향한 것이었다. 거부권 행사는 절대 불가라는 기색이 역력했다. 보통 타협을 보지 않는 게 고약한의 성격이었다.

"……."

마하령과 용천명은 선뜻 고약한의 말에 대답하지 못했다.

"왜 그러느냐? 무슨 불만이라도 있느냐?"

"아… 아닙니다. 말씀에 따르겠습니다."

"좋아! 그럼 다들 해산!"

주위를 둘러보며 고약한이 사납게 고함쳤다. 그제야 사람들이 하나둘 흩어지기 시작했다.

그러나 자리를 떠나는 그 누구도 이 일이 이대로 얌전히 매듭지어지리라는 안이한 생각을 품는 이는 없었다. 아직도 청산해야 할 감정의 잔재들이 산더미처럼 남아 있었다.

# 내가 잘못했네!
## - 비류연의 고민

"끄으으응… 으으음……."
비류연은 지금 선택의 갈림길에 놓여 있었다.
주위의 상황이 계속해서 그에게 결단을 촉구하고 있었기 때문이다.
이제는 시간이 얼마 남지 않았다.
재빠른 결정을 내릴 필요가 있었다.


"뭐가 그렇게 걱정인가?"
평소 비류연은 근심 걱정과는 한 2만 리쯤 동떨어진 사람이라고
여기고 있던 장홍으로서는 놀라운 일이 아닐 수 없었다.
무슨 일이 감히 그를 이렇듯 고민에 빠뜨릴 수 있단 말인가?
"저기 말이지……."
비류연이 힘겹게 말을 꺼냈다. 고민하는 모습으로 보아 말을 꺼내
기 위해서는 많은 용기가 필요하리라! 장홍이 고개를 크게 끄덕였다.
"말해 보게! 내가 도울 수 있는 일이라면 무엇이든 돕겠네!"
그러나 장홍은 곧 그 말을 꺼낸 것을 후회해야만 했다.

"자네 이제 어쩔 셈인가?"

장홍이 추궁하듯 물었다. 조금 전 마음 넓은 형처럼 고민 상담에 임하던 그 장홍이 아니었다. 장홍이 보기에 아무리 좋게 생각하려 노력해도 비류연은 너무 안이하게 행동했다.

"한 번도 아니고 두 번씩이나……."

장홍도 좋은 표정은 아니었다.

"으으으음……."

뾰족한 해결 방안이 떠오르지 않자 비류연은 얼굴을 잔뜩 찡그렸다. 어지간한 일에는 눈썹 하나 꿈쩍하지 않던 그의 얼굴이 일그러질 대로 일그러져 있었다.

"아아! 고민 되네……."

침중한 얼굴로 비류연이 한숨을 내쉬었다.

"그러길래 좀더 신중하게 생각하고 행동하라 하지 않았나!"

장홍은 진심으로 화를 냈다. 그는 비류연의 무신경함이 용서되지 않았던 것이다.

"으음……."

다시 한 번 비류연이 신음을 토했다. 팔짱을 낀 채 침묵을 유지하는 모습에서 고심의 흔적이 전신에서 역력히 드러나고 있었다. 본인이 따로 주장할 필요는 없을 듯했다.

"미안하네! 내가 잘못한 거 같아! 깊이 반성하고 있네!"

평생 사과나 반성 따위는 하지 않을 것 같던 비류연의 입에서 반성이라는 소리가 나왔다.

"할 수 없지! 자네가 벌인 일이니 자네가 책임지게!"

장홍이 가차 없이 말했다.

"역시 그래야만 하는 것이겠지?"

비류연이 울상이 되어 말했다. 이런 불상사를 초래하고 싶은 마음은 전혀 없었던 것이다. 그런 모습이 안쓰러웠는지 장홍이 타이르듯 말했다.

"그러길래 식탐은 부리지 말라고 하지 않았나! 아무리 자네 위장이 크다 해도 특선 진미 두 개는 너무했다네! 보통은 네 사람도 다 못 먹는 분량이라구!"

"우욱… 나도 후회하고 있다네! 진심으로 반성하고 있다고!"

아직도 먹어야 할 음식들이 너무 많았다.

'남기면 돈이 무척이나 아깝겠지?'

지금 그에게 중요한 건 눈앞에 펼쳐진 음식들이었지, 낮에 물의를 일으켰던 군웅회주 마하령과 구정회주 용천명은 그의 수비 범위 안에 들어 있지 않았다.

'이 인간의 뇌 속에 혹시 무슨 괴물이라도 한 마리 둥지를 틀고 있는 것은 아닐까?'

장홍은 요즘 들어 문득문득 그런 생각이 들었다.

기회가 되면 한번 머리를 두 쪽으로 갈라서 내용물을 확인해 보고 싶은 충동이 요즘 들어 부쩍 일어나는 장홍이었다. 그러나 한 가지 장담할 수 있는 것은 결코 보통 사람의 뇌나 머릿속과는 어디가 달라도 다를 것이라는 점이었다.

'같다면 죽었다 깨어나도 저럴 수 없지!'

어쨌든 마하령에 대해서 제대로 알려줄 필요는 분명히 있었다. 이미 배는 나루터를 떠나갔지만 발을 헛디뎌 나루터에서 익사하는 것만은 막아야 했다.

　사흘 정도는 쉴 새 없이 관도들의 입에 오르내릴 만한 떠들썩한 대사건이 있은 그날도 자연의 변화에는 아무런 이상도 없다는 듯 여전히 밤은 찾아왔다.

　비류연의 방에는 심각한 얼굴을 한 세 명의 사내들이 모여 머리를 맞대고 있었다.

　그들의 표정은 진중하기 그지없었다. 그 중 가장 심각한 얼굴을 한 이는 다름 아닌 장홍이었다. 장홍은 모인 세 사람 중에 오늘 비류연이 저지른 일의 심각성에 대해 가장 확실히 인식하고 있는 사람이기도 했다. 남들이 더러워서라도 피해 가는 부분에 매번 정면으로 부딪치는 비류연을 볼 때마다 그는 심장에 이상이 있나 확인해 봐야 했다.

　"류연! 자네 미쳤나?"

　장홍이 단도직입적으로 물었다.

　"왜? 무척이나 정상일세! 보면 알잖나?"

　비류연도 단도직입적으로 대답해 주었다. 물론 아직 미심쩍은 부분이 완전히 사라진 것은 아니었다.

　"봤으니 의심하는 거 아닌가!"

　장홍이 버럭 소리를 질렀다. 그가 언성을 높이는 경우는 거의 없었다. 이번에는 그도 하도 어처구니가 없어 나름대로 열심히 당황하고 있는 중이었다.

"자네가 지금 누굴 건드렸는지 정확히 알고나 있나?"

"그냥 지나가던 버릇없는 여자!"

비류연의 대답에 장홍의 어깨가 축 처졌다.

"그러면 그렇지! 알고 그런 일을 저지를 수야 없겠지. 무식하면 용감하다더니 자네가 바로 그 꼴이로군."

장홍은 자신의 한숨에 땅이 꺼지지나 않을까 걱정부터 앞섰다.

"그녀가 군웅회주든 아니든 그게 나랑 무슨 상관인데?"

전혀 대수롭지 않다는 듯한 말투!

"자… 자네… 버젓이 알고 있으면서도!!!"

장홍이 기겁을 했다. 현재 그는 비류연의 두개골을 반으로 쪼개서 그의 뇌 구조와 정신 상태를 일일이 확인해 보고 싶은 심정이었다.

"아니, 그럼 일일이 귀찮게 상대의 신분이나 실력을 따져서 시비가 붙어야 한단 말인가? 귀찮아서 그런 것에 어떻게 하나하나 신경을 분할 배치할 수 있는가? 남들의 배경이나 신분 따위에 연연해서 한 자리 꿰찰 것도 아닌데 알아서 어디다 쓰게?"

"그래도 평지풍파는 피해야 하지 않겠나?"

"그렇게 대단한 여자였나? 그 행동으로 볼 때 전혀 그런 귀티가 나타나지 않던데? 아버지가 누군지 몰라도 가정교육을 완전히 잘못시켰군."

비류연의 냉엄하기 그지없는 평가였다.

"그 아버지 건 말인데……."

장홍이 조심스럽게 운을 뗐다. 그의 예상대로 모든 걸 다 알고 저지른 것은 아니었던 것이다.

"응?"

"그녀의 부친이 이곳 천무학관의 관주 철권 마진가 대협이라는 것을 알고는 있나?"

"……!"

"호오."

곁에 있던 효룡이 화들짝 놀라는 반면 비류연은 긁적긁적 태연자약하기만 했다. 순간 장홍은 비류연의 독해 능력을 의심하는 수밖에 없었다. 자신의 말에 효룡이 정상적인 사람으로서의 반응을 보여줘 그나마 위안이 되었다.

효룡의 기대에 부합하기 위해서라도 장홍은 뒷말을 이어야만 했다.

"아직 그 정도로 놀라기는 이르지! 그녀의 외할아버지 또한 이름만 입에 올려도 누구나 다 아는, 아니 감히 불경을 저지를까, 입에 함부로 올리지도 못하는 도성(刀聖) 하후식 대협일세! 그녀는 도성의 외손녀이자 그분의 진전을 이은 사람이지!"

장홍의 청천벽력 같은 말에 효룡은 더 이상 놀랄 기운도 없었다. 자신의 친구는 앞뒤 재지 않고 엄청난 거물을 건드리고 말았던 것이다.

"…그러니 자네 하나 어찌저찌 하는 데 문제는 없을 걸세. 그럴 만한 충분한 힘과 배경을 지니고 있으니깐! 도성과 철권의 진전을 한 몸에 이은 자의 무공이 어느 정도일지 확실히 흥미가 있군. 그런 여인이 어째서 네 녀석에게 제압당했는지는 아직도 의문으로 남지만 말이야……."

장홍이 충고하며 힐끔 비류연을 쳐다보았다. 열심히 말하는 사람 생각해서라도 일말의 양심이 있으면 좀더 놀란 표정을 지어줘야 하건만, 옆에서 자기 일도 아닌데 핼쑥해진 효룡에 비해 너무 생생했다. 장홍은 아직 이 재미있고 괴상한 친구를 잃고 싶지 않았다.

'좀더 사태의 심각성을 이해하라구!!! 이 망할 친구야!'

장홍의 외침은 그의 끓는 속내에서만 울려 퍼지는 대답 없는 메아리일 뿐이었다.

"난 사람의 배경이나 권력에 겁먹지는 않아! 본인의 실력 이외에는… 그러니 걱정이 팔자인 자네 인생이나 좀 개척해 보게!"

쓰잘 데 없는 걱정의 낭비는 그만 하라는 이야기였다. 그러나 평범한 정상인의 사고방식을 가진 장홍은 차마 그럴 수가 없었다.

"어쨌든 조심하게!"

"생각나면!"

태평스럽기 짝이 없는 비류연의 대답이었다.


타오르는 호롱불의 불빛이 차가운 검신을 타고 흘렀다. 소름끼칠 정도로 예리하게 빛나는 칼날이 고약한의 얼굴을 비추었다. 섬뜩한 예기가 검신 전체에서 번뜩였다. 자신에게 귀살검이라는 별호를 지니게 해주었던 자신의 애검 '귀혼(鬼魂)'이었다. 수십 평생 자신과 생사고락을 함께 한 전우이기도 했다. 얼마나 많은 피와 슬픔과 번뇌가 이 검을 타고 흘렀던가…….

고약한은 왼손으로 검병을 잡고 오른손에 하얀 무명 천을 쥔 채 군은 얼굴로 느리게 느리게 자신의 검을 닦았다. 자신의 마음에 호응하듯 검에 서린 살기가 점점 더 짙어져 갔다.

"환마동(幻魔洞)이라……."

고약한으로서도 무척 의외라 여겨지는 결정이었다.

"환마동마저 열지 않으면 안 될 정도로 저쪽이 강하다는 것인가?'

아무런 생각 없이 마진가가 그런 결정을 내렸을 리는 만무했다. 그는 생각 없이 이 세상을 사는 사람이 아니었으니까! 꽤나 심사숙고한 후에 내린 결론일 것이다.

"과연 살아남을 수 있을까?'

검신에 비치는 불빛이 마치 붉은 피처럼 느껴졌다.

"후후, 기대되는군……."

정신과 육체를 시험받는 공전절후의 마의 관문! 자칫 잘못하면 정신과 육체가 황폐해지고 결국에는 미쳐 버리는 인물까지 나온다고 한다. 너무 위험해 이제까지 봉인되었던 사자(死者)의 문! 그곳이 다시 열리려 하고 있었다.

"사상자가 많이 나오는 곳이라지?'

"만일 죽는다 해도 사고일 뿐… 그 정도도 뛰어넘지 못하고서야 어찌 싸움에서 이길 수 있겠는가!'

무언가를 얻기 위해서는 그에 상응하는 대가를 치러야 한다.

"세상은… 공짜를 싫어하니깐……."

때때로 세상은 심술궂기는 하지만 의외로 공정할 때도 많았다. 조심스럽게 닦던 무명 천을 내려놓고 귀혼을 검집에 도로 넣었다.

찰칵!

검과 검집이 맞물리는 소리가 나며 귀혼은 다시 칼집 속에 갈무리

되었다.

고약한은 내일부터는 좀더 바빠질 것 같은 예감이 문득 들었다.


"요즘 자네 할 생각이 있는 건가, 없는 건가?"

"죄송합니다!"

"나는 살아 있는 사람이 필요한 거지 살아 있으되 죽은 시체 따위는 필요 없네."

고약한의 추상같은 호령이 벼락처럼 떨어졌다.

"효룡!"

"예!"

"두 눈은 뜨고 있는 거냐? 요즘 수련 태도가 너무 부실하다. 정신을 잘 벼린 칼처럼 유지하고 있어도 모자랄 판에 그따위 나약한 정신이라니……. 그 정도면 쥐도 새도 모르게 죽기 딱 좋겠군! 넋 놓고 있다가 등 뒤에서 날아오는 칼에 맞아 죽어도 자네에겐 변명의 여지가 없어."

"요즘 저 녀석 왜 저러지?"

비류연은 고개를 갸우뚱했다. 저렇게 간단한 검로에서 발이 꼬여 실수를 하다니? 전혀 그답지 않은 일이었다.

요즘 그는 넋이 빠진 인간 같았다. 하는 일마다 실수투성이에다 제대로 해내는 것이 하나도 없어 주위의 눈총을 사고 있었다.

'역시 원인은 그건가?'

비류연은 약간 걱정이 되었다. 무당산 일이 있은 이후 효룡에게서 생기나 의욕 같은 삶에 활력을 주는 요소를 거의 찾아볼 수가 없었던 것이다.

"이제 앞으로 너희들이 가야 할 길이 어딘지 알고 있나?"

모두들 모른다고 대답하자 고약한은 입가에 차가운 미소를 지었다. 과연 아이들은 어떤 표정을 지을까? 상상만으로도 짜릿한 일이었다.

# 루(淚)
## - 눈물

밤은 원하는 자에게도 원하지 않는 자에게도
언제나 동등하게 방문한다. 차분한 어둠이 세상을 감싸는 밤은
사람들에게 여러 가지 생각을 많이 하게 만드는 힘이 있다.

모용휘도 밤에 유달리 생각이 많아지는 유형의 인간이었다. 그는
그것을 수행의 부족으로 치부하고 있었지만, 의식의 흐름을 강제로
막거나 하지는 않았다.

"역시 그만두어야 할까… 수신 호위직을……."

모용휘는 지금 고민 중이었다.

아무리 생각해 봐도 호위 일은 적성에 맞지 않는 듯했다. 게다가
비류연과 함께 있는 시간이 많아지다 보니 자신마저도 그의 자유분
방함에 물들어 버리는 듯한 느낌이었다. 평소의 자신이 사라져 버리
는 듯한 왠지 야릇한 느낌, 그의 감정은 지금 매우 혼란스러웠다.

그리고…….

"용천명!"

이름은 귀에 못이 박히게 들었지만 얼굴을 대면한 것은 처음이었다. 그리고 그가 지금 수신 호위직에서 벗어나고 싶어하는 가장 큰 이유이기도 했다.

같은 연배 중에서 그가 진심으로 감복한 이는 몇 명 되지 않았다. 그 중에서도 용천명의 기도는 단연 빼어났다.

"잘 부탁한다고 했던가……."

그 사람에게만은 절대로 지고 싶지 않았다. 오랜만에 그의 가슴속에서 투쟁의 본능이 들끓고 있었다.

"이대로는 안 돼!"

이대로 계속해서 수신 호위직에 신경을 기울인다면 점점 더 용천명에게 뒤떨어질 듯한 느낌이었다. 지금은 주변의 모든 것에 신경을 끊고 수련에만 맹진하고 싶었다. 그러기 위해서 지금 현재 그에게 가장 방해가 되는 것은 바로 수신 호위직이었다.

"역시 그만둔다고 말하지 않으면……."

그러나 '어떻게?'가 문제였다. 좋은 말로 부드럽게 자신의 의사를 전할 자신이 그에게는 없었다.

그러나 말하지 않으면 안 된다는 것이 또한 그의 자기모순이기도 했다. 최초로 자신에게 맡겨진 책임을 미루고서까지 이기고 싶은 상대가 나타난 것이다. 청혼 때도 서로에게 깊이 감탄했을 뿐 이런 감정이 들지는 않았었다. 비천룡 청혼 때와는 확실히 느낌이 달랐다.

그래서 모용휘는 일단 움직이고 보기로 했다.


은은한 달빛과 검은 밤하늘에 촘촘히 박힌 보석 같은 별들. 깊어지는 밤, 깊어 가는 시간, 만물이 포근한 밤의 장막 안에서 편안한 휴식을 취하고 있을 때였다. 그러나 달과 별과 밤에 취해 심야에도 잠들지 못하는 사람이 있었다.

천무학관 한켠에 위치한 정자 운향정(雲香亭)!(나예린이 비류연에게 최초의 입맞춤을 당한 곳이기도 했다)

아무래도 운향정은 미인을 좋아하는 모양이다. 지금도 그곳에는 자신의 마음을 비춰주는 거울 같은 달을 바라보며 쓸쓸한 눈동자를 발하는 여인이 한 명 있었다.

그녀는 예전에 한 남자의 정혼녀였고, 지금은 생명을 걸고 사랑한 정혼자를 여읜 짝 잃은 한 마리 작은 새였다. 자신의 마음을 비추는 달빛이 애처롭게, 그리고 쓸쓸하게 느껴졌다. 그녀의 이름은 은설란이었다.

"난 지금 이곳에서 무엇을 하고 있는가?"

월광이 너울지는 정자의 난간에 앉아 깊은 한숨을 내쉬어 보지만 그것만으로는 고민이 가시지 않았다.

이곳 천무학관에 온 지도 벌써 한 달.

그러나 무당산 혈사와 갈효봉의 죽음에 대한 아무런 단서도, 그 어떤 실마리도 찾을 수 없었다. 이미 어려움을 각오한 터라 직면한 고난에서 도망칠 생각은 없었지만, 아직 그녀의 눈앞에는 캄캄한 어둠의 장벽이 가로막혀 있었다.

물론 순순히 협조를 기대한 것은 아니다. 그것이 현실적으로 불가능하다는 것쯤은 그녀도 잘 알고 있었다. 그러나 조사를 시작해 놓고 꽤 시간이 흘렀는데도 아무런 전진이 없자 그녀도 초조해지기 시작했다.

이들의 태도는 명백했다.

숨긴다는 것과는 다른 감각이었다. 진실의 은폐를 조장하는 느낌이 아니었다. 이들은 정말 아무것도 모르고 억울하기 짝이 없다는 듯한 태도였다.

실마리는 단 하나.

천지쌍살이 그곳에 나타났다는 소문 그것뿐이다.

'천지쌍살(天地雙殺)! 한때 사파의 공포라고까지 불리던 무공고수이자 잔학하기 그지없는 살인광들! 그들이 왜 그때 무당산에 있었단 말인가?'

특수 임무라고 생각하기에는 너무 무리가 많았다. 탈출한 효봉의 신병 확보에 거의 근신하고 있다시피 한 그들이 나섰다는 데 벌써 어폐가 있었다.

그렇다면 결론은 단 하나! 무단행동으로밖에 볼 수 없다.

'그렇지 않다면……'

생각하기 싫지만 또 다른 가정을 배제할 수는 없었다.

'또 다른 계통으로 명령을 받았는지도……'

만일 그렇다면 매우 골치 아픈 일이 될 것이다. 반역에 하극상은 어느 시대를 통틀어서도 문제가 안 된 적이 없기 때문이다.

'누가 감히 흑천맹의 권위에 도전한단 말인가?'

현 사파의 그 어떤 세력도 감히 흑천맹의 권위를 건방지게 넘보지는 못하고 있었다. 현실적으로 아무리 발버둥을 쳐도 상대가 안 되기 때문이다.

그녀는 더욱 미궁에 빠질 수밖에 없었다. 달빛이 더욱더 푸르스름한 빛을 뿌리고 있었다. 은설란은 마음이 아려 왔다. 외로운 밤, 쓸쓸함이 느껴질 때마다 항상 한 사람의 얼굴이 창백할 정도로 푸른 달과 겹쳐진다.

'대가(大哥)!'

통곡하는 마음으로 소리 없이 외쳐 보지만 이제는 영원히 대답할 수 없는 사람이었다. 이제 그 사람은 이 세상에 존재하지 않으므로……

# 갈효봉의 신위
## - 은설란의 회상

그는 흑도의 영웅이자 모두의 우상이었다.
흑도뿐 아니라 백도에서도 그의 뛰어난 무용과 날카로운 예지에
반대 의견을 제시하는 사람은 아무도 없었다.

질투하기에는 그의 능력이 타인에 비해 너무나 비범했기 때문이다.

흑도 최고의 절세기재로서 그는 한 마리 천룡으로 평가받고 있었다. 이때만 해도 그의 앞날에 빛나는 영광과 명예를 의심하는 자는 아무도 없었다.

"자네 이름은?"

녹색 건을 머리에 교차해서 두른 창천의 기상과 용의 위상을 지닌 사내가 상대를 향해 물었다.

"패도보(覇刀堡) 출신의 풍마도(風魔刀) 종패라고 합니다. 당신과 겨뤄 볼 수 있게 되어 영광입니다."

종패의 목소리는 긴장으로 가볍게 떨리고 있었다. 손바닥이 축축하게 젖어 왔다.

"오라!"

사내가 가볍게 손짓했다.

"으야아아압!"

사내 종패가 패도적인 도기를 산처럼 일으키며 달려들었다. 그도 이 화산규약시회 선발선의 결승전까지 올라온 실력자였다. 쉽게 당한다는 것은 자존심 문제였다.

물론 흑도 제일의 기재 갈효봉에게 진다는 것은 불명예가 전혀 아니었다. 오히려 그와 싸울 자격을 얻었다는 것만으로도 영광이라 할 수 있었다. 그렇기 때문에 더욱더 최선을 다해 부딪쳐야 했다.

갈효봉, 그가 절정의 고수다운 점은 항상 빠른 시간 내에 가장 간단하고 명확한 방법으로 승부를 낸다는 점이다. 신속 정확한 승부가 가능하다는 것은 상대와의 현격한 실력차가 없이는 불가능한 일이었다.

이번 종패와의 싸움도 마찬가지였다. 종패는 자신의 내공이 갈효봉보다 못하다는 사실을 잘 알고 있었다. 자신의 실력을 과신할 만큼 자의식 과잉은 아니었다.

그렇다면 초반에 승부를 걸어야 했다. 그렇지 않으면 그에겐 대안이 없었다. 종패의 전심전력(全心全力)을 실은 일도가 태산을 쪼개는 기세로 갈효봉의 머리 위로 떨어졌다. 그러나 갈효봉은 그 맹폭한 기세에도 눈썹 하나 꿈쩍하지 않았다. 대단한 담량이 아닐 수 없었다.

툭!

갈효봉은 단지 자신의 우수에 들고 있던 도를 옆으로 살짝 손목을 이용해 튕겼을 뿐이었다. 그러나 효과는 충분했다.

태앵!

"억!"

종패의 입에서 비명이 터져 나왔다. 자신의 전력이 실린 일도가 효룡의 바깥쪽으로 순식간에 밀려났던 것이다.

콰쾅!

베어 버릴 목표를 잃은 도는 텅 비어 있는 공간을 베고 난 다음 우레 같은 소리와 함께 땅에 처박혔다.

"크윽!"

종패가 무의식중에 신음을 터뜨렸다.

도를 쥐고 있던 손아귀가 충격으로 저릿저릿했다. 완벽한 실패였다. 이미 종패의 도는 자유를 속박당했고, 종패의 전신은 무방비 상태로 노출되어 있었다.

종패는 맨땅에 특공을 가한 자신의 도를 빼들어 다시 한 번 자세를 잡으려 했지만 그의 도 끝머리에 올려진 효봉의 도는 그것을 용납하지 않았다. 천 근의 압력이 종패의 패도를 땅에 붙잡았다.

스윽! 척!

효봉은 단 한 발자국을 걸어 들어가 종패의 목에 칼을 가져다댔다. 깔끔한 마무리였다.

"어떤가?"

효봉이 소감을 물었다.

"졌습니다."

압도적인 실력차를 종패도 인정할 수밖에 없었다. 그뿐만이 아니라 자신이 결승전에 올라온 실력자가 맞긴 맞는지 의문이 들었다. 그러나 여기서 인정하지 않으면 더욱더 꼴사나워질 뿐이라는 것을 그도 잘 알고 있었다. 승부에 승복하는 사회를, 그런 아름다운 세상을 만들기 위해 종패는 순순히 패배를 인정했다.

의외로 화산규약지회 선발전 결승전은 싱겁게 끝나고 말았다. 완벽한, 압도적인 승리였다.

"와아아아아아아!"

비무대 주위로 가득 모여 있던 군웅들에게서 우레와 같은 함성이 터져 나왔다.

"우승자! 마천각 4학년, 혈류혼 갈효봉!"

"우와아아아아아! 와아아아아아!"

다시 한 번 장내를 울리는 고막이 찢어질 듯한 우렁찬 함성이 터져 나왔다. 사람들은 열광하고 있었다.

심판인 마객 전월태가 손을 치켜들고 선언했다.

"이번 화산규약지회 대표로 혈류혼 갈효봉이 선출되었음을 선언합니다. 이의 있으신 분은 손을 들어 주십시오."

아무도 이의를 제기하는 사람이 없었다. 오히려 환호 소리만 드높아져 갈 뿐이었다. 전 흑도의 관심이 한 사람에게로 집중되는 순간이었다. 그에 비견한다면 화산규약지회에 뽑힌 나머지 사람들은 들러리에 불과할 뿐이었다. 그 정도로 그에게 거는 기대와 열광은 막대한 것이었다.

"수고하셨어요, 대가(大哥)!"

거의 압도적인 실력차로 우승한 갈효봉에게로 달려간 은설란이 태양도 꽃도 무색할 만한 미소를 지으며 그를 반겼다.

"하하하! 고맙다, 설란! 너의 응원이 힘이 컸구나!"

"네에~ 정말요?"

그의 이 말 한마디에 그녀는 날아갈 듯이 기뻤다. 그녀와 갈효봉은 집안끼리 정한 정혼자 사이였다.

그녀는 그의 약혼녀로 자신이 내정되어 있음을 알고 부모님께 얼마나 감사했는지 모른다. 빼어난 미태를 자랑하는 그녀가 첫눈에 매료될 정도로 갈효봉은 감탄을 금치 못할 만큼 매력적인 사내였다. 이런 남자의 아내가 된다는 사실이 그녀는 너무나 기뻤었다. 뭇 여인들의 부러움과 질투, 그리고 시기의 대상이 되었지만 그래도 그녀는 마냥 기뻤다. 수많은 여인들을 제치고 자신이 그의 배필이 될 수 있었으니까! 그 사람만 있으면 아무것도 필요 없다고 느끼던 시기였으니까.

그때가 가장 행복했던 때이기도 했다.


"하하하! 축하합니다, 회주님!"

만면에 호기로운 웃음을 지으며 다가온 이는 마천각주의 외아들인 비(飛)였다(이때는 아직 대공자라 불리기 전이었다).

갈효봉은 이때 마천각 최고의 무인 세력인 천마회의 회주이기도 했다. 그리고 비(飛)는 천마회의 부회주로서 갈효봉을 가장 따르던 자이기도 했다.

무재(武才)가 갈효봉만큼이나 뛰어나다는 평가를 받고 있었지만, 대공을 이루지 못해 이번 화산규약지회를 포기한다는 발언으로 주위에 요란스런 반향을 일으켰던 인물이기도 했다.

사락!

은설란이 갈효봉의 소매를 꼬옥 움켜쥐었다.

"왜 그래, 설란?"

갈효봉이 의아한 얼굴로 물었다.

은설란은 그저 고개를 저었을 뿐 가타부타 말을 하지는 않았다. 하지만 왠지 그녀에게 비는 대하기가 껄끄러운 사람이었다. 항상 자신을 향해 미소짓고 있지만… 대하는 태도에도 전혀 무례함을 찾아볼 수 없지만… 알 수 없는 이유로 항상 부담스러웠다. 왠지 본능적으로 기피부터 하게 되는 특이한 유형의 사람이었다.

"자자! 왜 그렇게 어색해 하지? 나까지 어색해지려 하잖아. 하하하 하하!"

갈효봉은 크게 웃음으로써 분위기를 바꾸어 보려 했다. 그러나 의도한 대로 잘 되지는 않았다. 그때 한 사람이 나타나지 않았다면 분위기가 더욱더 어색해져서 갈효봉을 난감하게 만들었을 것이다.

"형님! 형님!"

목청 좋게 형님을 외치며 달려온 사람은 아직 열다섯 살 정도밖에 안 돼 보이는 소년이었다. 소년은 상기된 얼굴로 만면에 자랑스런 웃음을 잔뜩 지으며 달려왔다.

그리고는 폴짝 달려들어 갈효봉의 한쪽 팔에 원숭이처럼 매달렸다. 좋아서 어쩔 줄 모르겠다는 모습이 역력했다. 눈 오는 날 강아지를 연상케 하는 모습이었다.

"이런! 이런! 녀석! 너도 왔었구나, 효룡!"

갈효봉이 동생 효룡을 반갑게 맞았다. 그러고는 애정 표현의 일환으로 그의 머리를 부스스하게 변할 정도로 과감하게 쓰다듬어 주었다. 단정히 빗어 놓은 머리가 처음부터 다시 작업을 해야 하는 붕괴상태에 들어가더라도 그것은 지나친 애정 표현의 일환이었으므로 범죄 행위가 되거나 하지는 않을 것이었다.

은설란도 흑천맹을 방문하면서 효룡을 자주 본 적이 있었다. 언제 봐도 귀여운 소년이어서 은설란도 무척 귀여워하고 있었다.

"이겼어요, 이겼어! 역시 형님이 최고야! 역시 흑도 최강 최고의 무인은 오직 형님 한 분뿐이에요! 그 누구도 형님을 따를 자는 없어요."

"하하하! 녀석! 그만 해라, 그만 해. 정신이 다 어지럽구나. 난 아직 어리다. 전대의 고수들 중에 강한 이들이 얼마나 많은데 이 정도로 만족할 수 있겠느냐. 그저 같은 연배 중에서 최고가 되었다 해도 진정한 최강의 칭호를 받기에는 아직도 요원하다. 자만하기에는 이른 것 같구나. 흑도 최강이라니… 원, 당치도 않다!"

갈효봉이 진지한 얼굴로 동생 효룡에게 말했다. 그러나 어린 갈효룡은 크게 신경 쓰지 않는 듯했다.

"꺄하하하하!"

소년은 뭐가 그리 좋은지 효봉의 팔에 대롱대롱 매달려 연신 웃음을 터뜨리고 있었다.

"자자, 이제 그만 하거라! 너에게 줄 선물이 있다."

효봉이 푸근한 미소를 지으며 말했다.

"뭔데요?"

초롱초롱한 눈을 빛내며 효룡이 물었다. 그러자 효봉은 자신의 머리에 두르고 있던 녹색 건을 풀어서 효룡에게 내밀었다.

"자! 여기 있다. 형이 쓰던 거라 미안하지만 이걸 너에게 주마! 소중히 여기거라!"

효봉이 효룡에게 준 것은 머리 양쪽으로 교차해선 매고 다니던, 그의 상징과도 같은 녹색 건이었다. 부적처럼 항상 이마에 두르고 다닌 소중한 물건이었다.

"고마워요, 형님! 정말 고마워요. 꼭 형님과 같은 사람이 되도록 노력할게요!"

잔뜩 상기된 얼굴로 효룡이 기세 좋게 대답했다. 항상 갖고 싶었던 물건이었다. 그는 지금 기뻐서 어쩔 줄을 모르고 있었다. 효룡의 힘 있는 대답에 효봉이 크게 웃었다.

"하하하! 나 같은 사람이 되어서 어디에 쓰겠느냐. 나를 뛰어넘는 사람이 돼야지! 알겠느냐, 효룡? 반드시 나를 능가하는 무인이 되거라. 난 항상 그걸 기다리고 있겠다! 알겠지?"

"예, 형님! 명심하겠습니다."

진지한 효룡의 말에 효봉도 진지한 태도로 대답했다. 그제야 효봉은 활짝 미소를 지어 보였다.

"그래! 장하구나. 나에게 무슨 일이 생기면 설란을 부탁하마. 할 수 있겠지?"

머리를 쓰다듬는 효봉의 손에 자상함이 넘쳐흘렀다.

"물론이에요! 맡겨 주세요!"

"그래, 그럼 기대하마!"

그러고는 설란을 향해 돌아섰다. 그의 눈에 잔잔한 애정이 넘쳐흘렀다. 굳이 말을 하지 않아도 그 사실을 느낄 수 있다는 사실이 은설란은 너무나 행복했다.

"……!"

그 순간을 지켜보던 비(飛)가 움찔했다.

"설란!"

"네, 대가(大哥)?"

은설란이 백만 송이 꽃이 만개한 듯한 미소를 지으며 그를 돌아봤다. 보는 이의 영혼을 매료시킬 만한 아름다운 미소였다.

"하하하! 설란, 그대는 어떠한 일이 있어도 항상 웃어 줬으면 좋겠어! 그대의 미소는 나에게 항상 힘이 되니까! 그 얼굴에서 웃음이 사라지는 날이 없기를……."

그녀의 얼굴이 순식간에 발갛게 물들었다.

"설란! 내가 이번에 돌아오면… 으음, 커험!"

그러나 갈효봉은 뒷말을 잇지는 않았다. 세상에 두려울 것이 없는 그에게도 부끄러운 게 있는 모양이었다.

"네!"

은설란은 부드럽게 미소지으며 힘차게 대답했다.

뒷말을 끝까지 듣지 못했음에도 그녀는 마냥 행복하기만 했다. 그 때문에 그 다음에 일어난 일이 마치 현실이 철저히 배제된 꿈만 같았다.

당당하고 자신감에 가득 차 있던 그 사람의 넓고 듬직했던 뒷모습!

그날이 바로 그녀가 갈효봉을 본 마지막 날이었다.

그로부터 정확히 한 달 후!

비극은 일어났다.

바삭!

"……!"

"거기 누구 있나요?"

순간적으로 난 인기척에 은설란이 뒤를 돌아보았다. 그러나 그녀
는 아무것도 발견할 수 없었다. 이미 기척이 감쪽같이 사라진 후였
다. 그러나 그녀의 눈에 보이지 않고, 그녀의 감각에 느껴지지 않았
을 뿐 사람이 없는 것은 아니었다.

'헉헉헉! 지금 내가 왜 숨은 거지? 난 단지 나의 의견을 은 소저에게
말하러 온 것뿐인데? 이렇게 모습을 감출 만한 일은 어떤 것도 하지
않았는데?'

자신은 그녀 앞에서 당당하다고 생각했지만 몸이 움직여 주지 않
았다. 갑자기 그녀 앞에 나타날 용기가 생기지 않았다. 아무래도 여
인의 눈물을 몰래 훔쳐본 후유증 같았다.

'난 지금 보지 말아야 할 것을 본 것인가?'

항상 웃고 쾌활하기만 하던 그녀에게 저런 슬픔이 담겨 있을 줄 그
는 상상도 하지 못했었다. 여인의 애절한 통곡을 숨어서 듣는 모용휘
의 마음은 기묘하기 짝이 없었다.

'백진주보다 하얀 뺨을 타고 흐르는, 달의 슬픔을 머금은 듯한 눈
물!'

너무나 애잔하고 처연하면서도 관능적인 은설란의 모습이 그의 마
음을 한순간에 사로잡아 버렸다.

두근두근!

모용휘는 갑자기 자신의 심장이 쿵쾅거리는 것을 느꼈다. 왠지 얼굴이 화끈거렸다. 원인 불명의 발열과 심장 이상이 느껴졌다.

'이게 뭐지?

태어나서 최초로 경험하는 생소한 감정에 모용휘는 갈피를 잡을 수가 없었다. 연애 경험이 전무한 그로서는 얼떨떨할 수밖에 없었다. 그 정자에서 모용휘는 차마 발길을 떼지 못했다. 아니, 발이 지면에 달라붙기라도 한 듯 떨어지지 않았다. 분명 발에 못을 박아 놓은 기억은 없었건만……

여전히 은설란은 하염없이 달을 바라보고 있었다. 이유는 알 수 없었다. 그저 가슴 저린 애통함만이 느껴질 뿐이었다. 그러면 그럴수록 그의 심장 박동은 점점 더 빨라졌다.

봐서는 안 될 장면을 덜컥 봐버린 듯한 느낌, 그리고 죄책감! 이럴 바에는 차라리 살인 사건 현장을 목격하는 게 오히려 마음이 편할 듯했다.

그리고 저런 걸 보고 난 이상 수신 호위를 그만둔다는 말 따위는 할 수 없게 되어 버리고 말았다.

'저런 걸 보고서 어떻게 그만둔다는 말을 할 수 있단 말인가……? 휴우, 별수 없는 건가…….'

모용휘는 내일 마진가를 찾아가 자신의 생각을 말한다는 계획을 전면 폐지할 수밖에 없었다. 아무래도 자신은 이 일이 끝날 때까지 여기서 발을 뺄 수 없을 듯했다.

'그것도 그것대로 좋은 건가…….'

모용휘는 자꾸만 은설란의 달빛을 받아 빛나는 듯한 얼굴과 그 뺨을 타고 흘러내리는 눈물이 눈앞에 어른거렸다. 팔자에도 없는 착시현상인 모양이었다.

두근두근!

'나 어디가 잘못된 건가?'

걱정부터 앞서는 모용휘였다. 미지에 대한 두려움이 그를 엄습해 오고 있었다. 어서 이 자리를 피해야만 할 것 같은 기분이었다.

'어서 빨리 이 자리를 피해야 해!'

이대로는 심장이 파열될 것만 같았다.

"누구시죠? 몰래 훔쳐보다니 좋은 버릇은 아니군요."

은설란의 나직한 말이 싸늘한 밤공기를 타고 울려 퍼졌다.

'이… 이런!'

모용휘는 속으로 기겁할 수밖에 없었다.

'내가 무슨 실수를 한 거지?'

심장이 미친 듯이 뛰고 있기는 하지만 기척을 숨기는 데 소홀하지는 않았었다. 그런데도 들킨 모양이다. 등줄기를 타고 식은땀이 흘렀다.

'후우……'

그의 사전에 도망이라는 비겁한 단어는 없었다. 이미 들킨 이상 이대로 도주할 수는 없었다. 모용휘가 소태 씹은 표정으로 모습을 드러내려 할 때였다.

부스럭!

소리가 들린 것은 모용휘가 숨어 있는 장소의 반대편 나무 사이에서였다.

'어?'

모용휘는 자수해서 광명 찾으려던 발길을 슬며시 멈추었다. 은설란이 전혀 놀라지 않는 것을 보니 저쪽이 맞는 모양이었다. 즉 자신의 존재는 아직 들키지 않았다는 이야기였다. 안도의 한숨이 내쉬어지는 순간이었다.

'응?'

그의 눈이 화등잔만 하게 커졌다. 어둠 속에서 모습을 드러낸 것은 그도 익히 잘 알고 있는 사람이었다. 더욱더 놀라운 것은 은설란의 반응이었다.

"이… 이 공자!"

거의 경악에 가까운 외침이었다. 결코 생면부지의 사람을 부르는 호칭이 아니었다.

'저 둘이 언제 제대로 인사를 나눈 적이 있었던가?'

아무래도 그의 기억 속에는 그런 일이 없었다. 의혹이 솟구쳐 올랐지만 지금은 그 의혹을 해소하고 있을 때가 아니었다. 모용휘는 아주 조용하고 은밀하게 밤의 그늘 속으로 기척을 숨겼다. 짙은 밤의 어둠이 자신의 모습을 확실히 지워 줬으면 하는 바람이었다. 그러나 발을 빼기에는 이미 늦은 듯했다.

# 효룡의 궁상

"휴우……."
"하아……."
다시.
"휴우……."
효룡은 한숨을 연달아 푹푹 내쉬었다.

그의 얼굴은 침울할 대로 침울해져 있었다. 요즘 들어 반동환로(反童還老)에 들어섰는지 노친네처럼 한숨만 늘고 있는 효룡이었다. 사실 무당산의 비극 이후 한 번도 기운 있은 적이 없는 그였다. 걱정해주는 많은 사람들 앞에서 억지로 웃음을 지어 보이기는 하지만 한 번도 진심으로 웃은 적이 없었다. 꿀꿀한 기운이 두 달 방치된 음식물의 그윽한 향기처럼 풀풀 풍겨 나오니 곁에서 지켜보는 이가 불쾌하다 못해 괴로울 정도였다.

"에구! 에구! 곁에 다가가기만 해도 자네의 침울함에 감염되어 녹이 슬어 버릴 것만 같군. 난 슬픔의 바다에서 헤엄치는 법 따위는 배우지 못했는데… 어떡하면 좋겠나?"

보다 못한 비류연이 한마디 안 할 수가 없었다.

"자넨 맘 편해서 좋겠군."

맘 편한 비류연에게 크게 부러움을 느끼며 효룡은 다시 한 번 한숨을 푹 내쉬었다. 아직도 가슴을 짓누르는 마음의 부담은 가시지 않고 있었다. 아니, 오히려 점점 더 증가하고 있는 추세였다. 한 사람에게 책임을 전가하고 싶은 마음은 없지만 그것은 모두가 다 은설란이 이곳에 오고 나서부터였다.

답답한 마음에 속에서 화기가 치솟는 것 같아 불같이 끓어오르는 마음을 차가운 밤바람으로 식히려고 효룡은 밖으로 나섰다. 이대로는 머릿속이 너무 혼란스러워 잠이 오지 않을 듯싶었다.

그가 향한 곳은 비류연이 나예린의 입술을 빼앗음으로써 대다수 천무학관 남성들을 비분강개하게 만든 바로 그 장소, 운향정이었다.

요즘 들어 마음이 심란할 때면 자주 이곳을 방문해 홀로 마음을 다스리곤 했다. 그런데 오늘은 선점자가 있었다.

달을 가렸던 구름이 걷히고 달빛이 다시 대지에 살포시 가라앉자 선객의 모습이 밤의 그늘 사이로 드러났다.

흠칫! 효룡은 먼저 온 손님의 모습을 보고는 몸을 굳혔다. 그의 눈이 화등잔만 하게 커졌다.

'맙소사!'

이런 걸 원한 게 아니었는데… 하늘은 스스로 돕는 자를 잘 돕지 않는 심술쟁이 같았다.

불행은 피하면 피할수록 달라붙는 모양이었다.


"잠깐만요!"

효룡은 은설란의 부름에 몸을 우뚝 세웠다. 그녀의 목소리를 뿌리치고 달려가는 게 그에게는 너무나 힘들었다.

"무슨 용무가 있으신지요?"

효룡이 정색하며 말했다.

"그렇게 딱딱하게 말씀하실 필요가 있으신가요? 이 공자! 왜 자꾸만 절 피하시는 거죠?"

"전 당신을 볼 면목이 없으니까요. 저에겐 그럴 자격이 없습니다."

그의 고개가 밑으로 푹 꺾였다. 그는 진정 그녀를 볼 면목이 서지 않았던 것이다.

"…당신을 보면 자꾸 형이 생각나요. 그리고 저의 죄가 생각나죠. 안녕히 계십시오!"

효룡은 말이 끝나기가 무섭게 등을 돌려 재빨리 걸어갔다. 시급히 가슴을 짓누르는 중압감에서 벗어나고 싶었던 것이다.

"이 공자!"

효룡은 빨리 걷던 걸음을 멈칫할 수밖에 없었다. 한시라도 빨리 이 자리를 벗어나고 싶은 욕망은 간절했지만 발이 말을 듣지 않았다.

"피하지 마세요! 왜 자꾸만 절 피하려 하시는 거죠? 저의 얼굴을 똑바로 바라보세요."

"……"

순간 효룡은 어려운 양자택일의 기로에 서게 되었다. 이대로 그녀를 무시하고 앞으로 걸어갈 것이냐, 아니면 그녀의 부름에 응답할 것인가.

영원 같은 침묵의 시간이 흐른 후 효룡은 고개를 돌려 그녀를 바라보았다. 그러나 그녀와 시선을 정면으로 마주칠 용기는 아직 없었다. 마음 한구석이 옥죄듯 아파 왔다.

효룡은 될 수 있으면 그녀와의 직접적인 대면을 피하고 싶었다. 두려웠기 때문이다. 그녀를 만난다는 것이! 그녀에게 무슨 말은 해야 할지 그는 알 수 없었다. 무엇을 말하란 말인가?

'형은 제가 제 손으로 죽였습니다!' 라고 당당하게 선언하란 말인가? 그러나 인위적으로 자리를 피하는 것도 한계에 다다라 마침내 그녀와 정면으로 마주치고 말았다. 게다가 적막에 휩싸인 밤, 단둘만의 대면이었다. 최악의 상황이었다.

쓸쓸함을 달래기 위해 산책을 나오는 게 아니었다. 설마 이런 곳에서 그녀와 마주치리라고 상상이나 할 수 있었겠는가!

"……."

두 사람 모두 묵묵히 침묵으로 일관했다.

결코 잊을 수 없는 한 사람의 그림자를 지금 두 사람이 공유하고 있었다.

소리 없는 수만 마디의 대화가 그와 그녀 사이에 오고갔다.


"그분이 돌아가시고 제가 얼마나 힘들었는지 아세요? 살고 싶었던 날보다 죽고 싶었던 날들이 더 많았습니다. 그분이 없는 세상은 저에게 무의미했으니까요. 그러나 죽지는 못했습니다. 만일 그랬다간 저 승에 계신 그분이 정말 화를 내실 테니까요."

항상 미소가 가득하던 그녀의 얼굴에 눈물이 글썽거렸다. 여인 최강의 무기가 그 은은한 빛을 달빛 속에 흩뿌렸다.

"누님!"

효룡은 멈칫했다. 내뻗던 손을 더 이상 뻗어 어깨를 잡거나 할 수는 없었다. 갑자기 형의 웃는 얼굴이 그를 가로막았던 것이다.

"왜 그렇게 괴로워하는 거죠?"

그녀는 아직도 채 마르지 않은 눈물이 고여 있는 눈으로 효룡을 바라보았다. 효룡은 심장이 따끔하게 아파 왔다.

"저의 죄니까요."

밑도 끝도 없는 대답이었다.

"무엇이 당신의 죄라는 거죠?"

"…모든 것이 다 저의 죄입니다."

힘없는 목소리로 효룡이 대답했다. 더 이상은 차마 말할 수가 없었다. 그러나 은설란은 포기하지 않았다.

"제가 무슨 임무를 띠고 이곳에 왔는지 공자도 잘 아시리라 믿습니다. 그러나 그것을 떠나서라도 제가 그 사건의 진상을 들을 권리는 충분하다고 생각합니다."

반박할 말은 없었다. 물론 갈효봉의 정혼녀였던 그녀에게 사건의 진상을 들을 권리는 넘칠 만큼 충분했다. 그러나 효룡 자신이 그것을 감당할 수가 없었다.

"가르쳐 주세요. 도대체 그날 무슨 일이 있었던 거죠?"

애절한 어조로 은설란이 물었다. 사람의 심금을 울리는 목소리였다. 하지만…….

"죄송합니다. 말씀드릴 수 없습니다. 저는 겁쟁이니까요."

효룡에게는 차마 그 일을 그녀에게 말할 용기가 없었다.

"무엇을 그리도 슬퍼하시나요? 무엇 때문에 혼자서 괴로워하시는 거죠? 왜 그 괴로움을 혼자만 안고 슬픔에 빠져드는 겁니까?"

자상한 은설란의 목소리를 들을 때마다 효룡은 가슴이 미어지는 듯했다.

"크흐흐흑! 죄송해요! 정말 죄송해요!"

죄송하다는 말을 연발하면서도 효룡은 진상을 말해주지는 않았다. 은설란도 더 이상 힘들어하는 효룡의 모습을 보기가 괴로웠다.

무당산에서 복귀한 지 얼마 지나지 않았을 당시! 이때의 효룡은 살아 있으되 살아 있는 것이 아닌 상태였다. 당시 효룡은 혼이 몽땅 빠져나가고 껍데기만 남은 시체보다 못한 그런 상태였다. 며칠 밤낮 정신을 차리지 못하고 미친놈처럼 멍하니 지내던 때였다.

그때 그런 그를 보고 비류연이 차갑게 말했다.

"자신에 대해 너무 과신하고 있는 것 아닌가? 자기 스스로를 옭아매다니 꼴사납군!"

손에 칼만 들지 않았다 뿐이지, 혀를 사용한 엄연한 난도질이었다.

그 난도질에 반응했는지 효룡의 몸이 움찔했다.

"뭐라고? 방금 뭐라고 했나?"

효룡의 얼굴은 고민과 번뇌로 초췌하기 짝이 없었다. 예전의 수려한 용모는 당시 그의 얼굴 어디에서도 찾아볼 수가 없었다. 아직도 그의 눈은 초점이 완전히 돌아오지 않은 상태였다.

울컥 화가 난 비류연이 효룡의 멱살을 한 손으로 틀어잡았다. 곁에서 잠자코 지켜보고 있자니 너무 화가 났던 것이다.

"이제 시시한 자기 비하는 집어치워. 어차피 너에게 그때의 운명을 바꿀 힘은 없었어. 그러니 그 일은 너의 책임이 아니야! 너는 운명의 주재자가 아니라 운명의 피해자였을 뿐이야. 하늘을 거역할 수 없는 주제에 칙칙하게 궁상떨지 말라구! 이제 너의 넋 나간 모습을 보는 것도 질려 버렸다구."

구구절절 차갑고 냉정한 한마디였다. 그리고 효룡의 닫힌 마음을 두드려 열게 만든 신랄하기 짝이 없는 말들이었다. 이때 비류연의 가차 없는 말이 없었다면 효룡은 아직도 마음의 문을 닫은 채 침묵하고 있었을지도 모른다. 왠지 그때 그 한마디가 가슴속에 남아 있다가 공교롭게도 지금 떠오른 것이다.

날카롭게 곤두섰던 신경이 누그러지고 가슴속에 품은 예기가 둔해지는 느낌이었다. 그렇게 해서 효룡은 간신히 현실세계로 돌아올 수 있었다.

그때의 광경이 화살처럼, 빛처럼, 주마등처럼 효룡의 눈앞을 스쳐 지나갔다.

피, 피, 피!

그리고 겹겹이 쌓인 시체.

형의 피, 형의 칼, 나의 칼! 그리고 형의 죽음!

정신이 아득해지는 듯한 느낌이었다. 정신이 뒤엉킨 실처럼 복잡해져 버렸다. 어디서부터 그 실마리를 풀어야 할지 짐작조차 가지 않았다. 이대로는 미쳐 버릴지도 모른다는 생각이 문득 떠올랐다. 아무래도 이대로는 기우로만 끝날 것 같지 않았다. 그만큼 본능의 경고는 맹렬한 것이었다.

그것은 두 번 다시 떠올리기 싫은 악몽(惡夢), 그 자체였다.

고통 받는 효룡을 보다 못한 은설란이 부드러운 목소리로 효룡을 위로했다. 더 이상의 추궁은 그녀 자신이 괴로워 견딜 수 없을 것 같았다.

"미안해요! 오늘은 더 이상 그 일에 대해서는 묻지 않을게요. 하지만 언제든지 마음이 내키면 저에게 말씀해 주세요. 이제 그만 괴로워하세요! 공자의 이런 모습을 보면 그분이 무척 상심하시겠죠?"

은설란이 피가 날 정도로 꽉 쥐어져 있는 효룡의 손을 꼭 붙잡았다.

"정말 그럴까요?"

"물론이에요."

그녀가 웃었다. 그 순간 효룡을 붙잡고 있던 긴장감의 줄 하나가 풀어졌다. 효룡은 그 동안 참아 왔던 눈물을 흘렸다.

"크아아아아아아! 크아아아아아! 으아아아아아아!"

비통한 울음소리, 폐부를 쥐어짜는 듯한 울음소리가 정자 안을 가득 메웠다. 달빛마저 슬퍼하는 듯했다.

은설란은 어린애처럼 펑펑 눈물을 흘리는 효룡을 가는 팔을 둘러 꼬옥 안아 주었다.

효룡은 그 동안 누군가에게 항상 용서를 받고 싶었다. 자신의 깊은 죄를! 그날 이후 그는 항상 용서를 갈구하고 있었다. 그러나 그의 갈증에 응답해 주는 사람은 아무도 없었다.

그를 용서해 줄 자격이 있는 사람은 아무도 없었다. 계속되는 자책감 속에서 그는 자신을 벌할 심판자, 혹은 용서해 줄 사람을 기다렸다. 그리고 그는 그녀와 만났다.

그녀는 과연 자신을 심판할 것인가, 용서할 것인가?

그러나 그녀에게라면 언젠가 때가 되면 모든 것을 말하고 그녀의 심판을 구하리라, 효룡은 마음속으로 결심했다.

얼어붙었던 마음이 녹아내리는 듯했다.


이런 일은 보통 항상 고의가 아닌 상황에서 벌어진다. 즉 이진설이 효룡의 사생활이 궁금해서 마침내 참지 못하고 뒤를 미행하다가 벌어진 일이 아니라는 이야기다. 고의는 분명히 아니었다. 나쁜 뜻도 없었다. 그저 우연히 그 순간 그 장소에 있었다는 것, 단지 그것뿐이다. 이진설은 단지 은설란이 마음에 들어 여자들끼리 개인적으로 이야기를 나누고 싶었을 뿐이었다. 단지 그것뿐, 어떠한 사감(私感)도 가지고 있지 않았다. 그러니 나쁜 건 사람이 아니라 이런 운명을 조작한 하늘에 그 책임을 전가할 수 있다고 할 수 있겠다.

하늘의 소소한 장난일 뿐이었지만, 이 장난에 돌을 맞은 개구리는 엄청 아픈 법이다.

우연도 이 정도 되면 필연인 법이다. 그것은 무척이나 돌발적인 우연이었다. 공교롭게도 네 사람이 같은 시각, 같은 장소로 발길을 향했던 것이다. 물론 그 장소는 운향정이었다. 운향정은 그녀가 항상 나예린과 담소를 나누던 곳이기에 그녀도 무척이나 좋아하던 곳이었다. 은설란도 모용휘가 그랬던 것처럼 몸을 숨길 수밖에 없었다.

게다가 현재의 상황은 태연을 가장하고 얼굴을 내밀 수 있는 상황도 아니었다.

야심한 밤에 남녀 둘이 부둥켜안고 있는데 그 앞에 당당하게 모습을 드러낼 담량을 지닌 이가 과연 몇 명이나 있겠는가! 그녀는 가슴이 덜컥했다.

그녀의 심장이 철렁 내려앉았던 이유는 다름이 아니라 자신이 이야기 나누고자 했던 은설란과 얼싸안고 있는 사람이 그녀가 호의를 품고 있던 남자 효룡이었다는 사실이었다.

이진설은 머리가 백지장처럼 텅텅 비어 버리는 것 같았다.

'저… 저게 뭐지? 지금 내 눈이 잘못된 걸까? 내가 착각하고 있는 게 아닐까……'

될 수 있으면 이 참혹한 현실을 부정하고 싶은 마음이었다. 갑작스런 시력 저하로 인한 단순한 착시 현상으로 치부해 버리고 싶었다.

물론 이진설로서는 알 수 없었던 사실이지만, 효룡이 은설란에게 무슨 사심이 있었던 것은 절대 아니었다. 그녀에 대한 감정은 미래의 형수가 되었을 사람에 대한 순수한 호의였다. 지금 그의 감정은 엄마 품에 안긴 어린애의 감정 그 이상도 그 이하도 아니었다.

그러나 효룡이 은설란하고 심각하게 이야기하고, 울부짖으며 안기는 것을 이진설에게 목격당했다는 사실에는 변함이 없었다. 이 상황에 대한 해석은 이제 이진설, 그녀의 재량에 달린 문제였다.


이진설은 단지 요즘 효룡이 하도 침울하길래 힘을 북돋아 주고 싶었다. 그래서 그를 방문하려 했었다. 그 전에 일단 은설란을 만나 한번 이야기하고 싶었다.

그런데 그곳에 은설란이 있었다. 이진설은 무의식중에 몸을 숨겼다. 그러고는 앞뒤 다 떼고 효룡과 은설란이 안겨 있는 장면만을 목격하고 만 것이다.

별은 밤의 강을 흐른다. 시간도 별의 강줄기 은하수를 따라 흐른다. 그리고 그녀의 볼에서는 눈물이 흐른다.

# 오해는 달빛을 타고
## - 정오의 다향(茶香)

흑단 같은 긴 머릿결, 가녀린 목선!
가냘프면서도 우아한 자태!
아침 햇살에 빛나는 이슬 같은 청량감이 느껴지는
여인이 자신의 눈앞에 앉아 있었다.

 

그 미모의 여인은 지금 약간 난처한 표정을 짓고 있었다. 그녀 자신 앞에 나타난 반응에 대해 어떻게 반응해야 될지 알 수가 없었기 때문이다.

"하아… 후우… 하아."

옥 조각 같은 여인을 향한 부러움이 담긴 몽롱한 시선이었다. 그러나 동성이 보내는 눈길이었기에 뜨거움은 없었다. 일종의 선망이 담긴 시선이었다.

"왜 그렇게 한숨을 내쉬는 것이냐? 손님 앞에서 보기 좋지 않구나!"

넋을 놓고 있는 이진설에게 보다 못한 나예린이 한마디 충고를 해주었다.

"정말 예쁜 사람이죠?"

이진설이 감탄하며 말했다. 나예린도 물론 타의추종을 불허하는 대단한 미모였지만 은설란에게는 또 다른 매력이 있었다. 차가운 달빛과 따뜻한 봄바람의 차이라고나 할까?

"그렇구나."

나예린이 고개를 끄덕였다. 확실히 외면의 아름다움뿐만 아니라 내면의 아름다움까지 겸비한 여인이었다. 얼어붙은 마음의 소유자인 자신이 봐도 호감이 갈 정도였다. 나예린에게 타인의 미모를 향한 질투 같은 시답잖은 감정은 애초부터 일절 존재하지 않았다.

"정말 기품 있는 여인이에요. 우앙! 부러워라."

이진설은 아무래도 은설란이 무척이나 마음에 든 모양이었다. 은설란도 이진설을 전혀 귀찮게 생각하지 않고 있었다. 자신의 미모를 칭찬하는 데 싫다고 할 여인은 많지 않았다. 게다가 그것이 귀엽고 깜찍한 소녀에게서 나온 칭찬이라면 더욱더 그랬다. 단번에 진심임을 알 수 있기 때문이었다. 은설란이 얼굴을 약간 붉히며 말했다.

"고마워요! 하지만 나 소저 앞에서 미모에 대해 칭찬을 듣다니 정말 부끄럽네요."

"아니에요, 언니!"

이진설이 고개를 세차게 가로저었다. 그건 아니니 다시 생각해 보라는 의미였다.

"분명 나 언니의 미모는 이 세상의 것이라고는 믿어지지 않을 정도로 아름다워요. 하지만 나 언니와 은 언니는 느낌이 다른걸요! 난 은 언니의 느낌이 너무 좋아요. 이건 진심이에요."

이진설이 정색을 하며 말했다. 이 깜찍한 아가씨가 정색까지 하며 말하는데 어찌 믿지 않을 수 있겠는가.

"호호호, 고마워요! 한층 더 기쁘네요."

이진설은 만남이 깊어질수록 대화가 즐거운 아가씨였다. 두 사람은 서로를 한참 마주 보며 교소(嬌笑)를 터뜨렸다.

"이 소저는 혹시 좋아하는 사람 있어요?"

느닷없는 은설란의 기습 질문이었다. 방심을 틈탄 은설란의 기습에 이진설은 말문이 턱 막혔다.

"예? 조… 좋아하는 사람이요. 아니… 그… 그런 사람이… 저……."

순간 얼굴이 새빨개진 이진설은 차마 뒷말을 조리 있게 연결하지 못했다. 그 정도 눈치면 충분했다.

은설란이 살짝 미소지었다. 참으로 보면 볼수록 귀여운 아가씨였다. 마치 없던 여동생이 한 명 생긴 듯한 흐뭇한 기분이었다.

"어머! 있군요!"

은설란이 일부러 크게 교성을 터뜨렸다.

"……."

이진설은 머쓱한지, 쑥스러운지, 부끄러운지 입을 조개처럼 다물었다. 그것이 은설란의 입가를 더욱 미소짓게 만들었다.

"누구예요?"

이런 궁금 사항을 물어보지 않는다는 것은 벌 받을 짓이었다. 그것은 지식과 지혜를 모독하는 죄악이었다. 그런 범죄를 은설란은 차마 저지를 수 없었다.

"효… 효공자요! 효자 룡자 쓰시는 분이시죠?"

“네에? 뭐… 뭐라구요?”

은설란의 입에서 경악성이 터져 나왔다. 그녀의 눈은 새총 맞은 비둘기 눈이었고, 그녀의 떠억 벌어진 입은 당황을 감추지 못하고 있었다. 그만큼 이진설의 질문은 그녀에게 충격적이었던 것이다. 거의 완벽에 가까울 만큼 자기통제가 가능한 그녀를 뒤흔들 정도로 말이다.

듣고 있던 나예린의 눈에 이채가 어렸다. 은설란의 이런 격한 반응은 그녀로서도 처음이었다.

‘경악, 난감, 의혹, 혼란 그리고 호감, 기쁨, 환희……’

여러 가지 감정이 혼재되어 그녀의 의식 표면에 나타나고 있었다. 무척이나 혼란스러운 모양이었다. 아닌 밤중에 홍두깨를 당한 사람들의 전형적인 심리 상태였다.

“서… 설마 그 효룡 공자 말인가요?”

충격의 정도는 말까지 더듬을 정도였던 모양이다.

“…네!”

만추(滿秋)에 붉게 물든 단풍을 무색케 할 만큼 이진설의 얼굴이 더욱더 짙게 붉어졌다.

“……”

은설란은 잠시 할 말을 찾기 위해 침묵했다. 적당한 말이 떠오르지 않았다.

“무슨 문제라도 있나요?”

평소 항상 웃음을 잃지 않던 은설란의 얼굴이 잔뜩 굳어져 있자 심상치 않은 기분을 느낀 이진설이 되물었다.

“절대로 안 돼요! 이 소저! 그 남자만큼은 절대로 안 돼요. 다시 생각해 볼 수 없나요?"

은설란이 간절한 어조로 말했다. 예고되는 불행을 미연에 방지하고 싶었던 것이다.

너무나 의외의 반응에 이진설이 당황할 정도였다.

"예? 그… 그게 무슨 말씀이시죠?"

이진설에게는 하늘이 무너지는 듯한 청천벽력(靑天霹靂) 같은 소리였다.

"절대 그 남자와는 행복해질 수 없어요."

은설란이 단언하듯 말했다.

"왜요? 믿을 만한 사람이 못 되나요?"

이진설이 물었다.

"아뇨!"

"심성이 고약한가요?"

"아뇨! 너무 여려서 탈이죠."

"여자를 밝히나요?"

"아뇨! 거의 숙맥이에요."

"책임감이 부족한가요?"

"아뇨! 곤란할 정도로 투철하죠."

"돼먹지 않은 남성우월주의에 사로잡혀 있나요?"

"아뇨! 그런 게 아니에요."

은설란은 극구 부인했다. 문제는 전혀 다른 곳에 있었기 때문이다. 이진설의 질문 중 어느 하나도 정곡을 찌르는 질문은 없었다. 그리고 정곡을 찌르는 질문을 해도 대답해 줄 수가 없었다.

"그런데 뭐가 문제에요? 효 공자에 대해서 너무 자세히 알고 계시는 듯하네요."

이진설은 의아한 마음이 들 수밖에 없었다.

"서… 설마!"

이진설의 눈이 휘둥그렇게 떠졌다. 그녀의 눈망울 가득 경악이 일렁거렸다.

'아차! 내가 너무 말이 많았나?'

뭔가 눈치를 챘다면 큰일이었다.

이진설의 눈에 눈물이 글썽이자 은설란도 당황할 수밖에 없었다.

'왜… 왜 이러지?'

돌발 사태였다. 은설란은 적당한 대응책을 생각해 낼 수가 없었다.

"서… 설마… 별도로 연정을 품은 여자가 있는 건 아니겠죠? 그리고 그 대상이 설마……."

눈동자를 일렁거리며 울먹이는 이진설의 시선이 은설란을 향했다. 그 시선의 의미는 명확했다. 혹시 그 여자가 댁이 아니신지요? 하는 의미를 품고 있는 시선이었다.

이런 오해는 화급히 대피해야만 안전을 보장할 수 있었다. 은설란은 단숨에 도리질 쳤다.

"아니요. 그런 게 아니에요. 하지만 그와 이 소저 사이에는 절대 넘을 수 없는 장벽이 있어요. 이 세계에 있는 이상 그 높은 벽을, 오랜 세월 깊게 패인 감정의 골을 뛰어넘을 수는 없어요. 그게 이 세계, 강호의 법칙이에요."

이진설에게 호의가 없었다면 이런 충고는 하지 않았을 것이다. 그럴 필요가 전혀 없는 일이었기 때문이다. 그러나 은설란은 눈앞의 귀엽고 깜찍한 아가씨가 무척이나 마음에 들었다. 그래서 진심으로 충고를 해준 것이다. 위험을 무릅쓰고서… 그러나 별 효과는 없는 듯했다. 오히려 이진설은 안심한 듯했다. 그것이 은설란을 더욱 의아하게 만들었다.

"저도 알고 있어요."

이진설이 단호하게 대답했다. 이번엔 은설란이 놀랄 차례였다.

"정말요?"

그것은 상식적으로 상상할 수도 없는 일이었다. 그 사실을 안다면 효룡은 존재 자체가 이곳에 있는 게 불가능하기 때문이다. 누가 밀정(密偵)의 존재를 두 눈 뜨고 봐주겠는가? 그런데도 눈앞의 이 아가씨는 거기까지 몽땅 다 알고 있다는 투로 말하고 있는 것이다.

"물론이에요. 그러나 그 정도로 포기하지는 않아요."

"말은 생각하면서 하거라."

가만히 듣고 있던 나예린이 엄중한 주의를 주었다. 아직 미묘한 상황 때문에 입을 다물고 있었지만 좋은 느낌은 분명 아니었다.

"언니!"

이진설이 소리 높여 나예린을 불렀다. 원망이 조금 담긴 어조였다. 그러나 나예린의 차가운 태도에는 일말의 변화도 찾아볼 수 없었다.

"그것은 결코 쉬운 일이 아니라는 걸 너도 잘 알지 않느냐. 쉽게 내뱉지 말거라. 책임지지 못할 말은 함부로 입 밖에 내는 것이 아니다."

"전 할 수 있어요."

이진설이 소리쳤다.

'이 아이가 나에게 이리도 언성을 높이다니······.'

이진설이 나예린 앞에서 언성을 높인 적은 여태껏 단 한 번도 없었던 일이었다.

'애정(愛情)이라는 것이 도대체 무엇이길래?'

아직도 그것이 무엇인지 감이 잡히지 않는 나예린이었다.

이진설의 문제로 고민하는 그녀의 눈앞에 갑자기 비류연이란 남자의 얼굴이 떠올랐다. 게다가 그 영상은 뻔뻔스럽게도 슬며시 미소까지 짓고 있었다.

'응? 왜 이 남자의 얼굴이 지금 이 순간에 떠오르는 거지?'

나예린은 비류연의 얼굴을 애써 잊으려 노력했다. 계속 떠올리고 있어 봤자 일생에 도움되는 일이 하나도 없는 남자였다. 괜히 남의 심리에 혼란만 가중시킬 뿐이었다.

지금은 이진설의 일을 먼저 처리하는 것이 우선이었다.

"그만두는 게 좋을 것 같구나. 오기와 열정만으로 되는 일이 아니다."

나예린은 어떻게라도 이진설을 뜯어말리고 싶었다.

"싫어요."

이진설은 막무가내였다.

두 사람의 대화를 듣고 있던 은설란의 얼굴이 시시각각으로 변모했다. 그녀의 얼굴과 머릿속은 지금 의문부호로 가득 차 있었다.

'설마 나 소저도 이 공자의 진정한 정체를 안단 말인가? 설마 바보같은······.'

있을 수 없는 일이었다.

은설란은 그렇게 결론짓고 싶었다. 한 명도 아닌 두 명 이상은 너무 수가 많았다.

'이게 도대체 어찌된 영문이란 말인가?'

이곳에 오고부터는 모든 일이 의문투성이였다. 은설란은 이 의외의 꿈같은 상황에 의문을 품지 않을 수 없었다. 머리가 지끈지끈 아파 오기 시작했다.

"전 언니가 아무리 말려도 포기하지 않을 거예요! 앞으로 어떤 일이 벌어지더래도! 설란 언니는 어떻게 생각하세요?"

"……."

바로 대답하기에는 질문의 비중이 너무 컸다. 은설란은 심사숙고를 해야만 했다.

"언니……."

이진설이 불안감에 말꼬리를 흐렸다.

"……."

그러나 은설란은 금방 굳은 표정을 풀고 부름에 응답해 주지는 못했다.

석상처럼 굳어 있던 그녀의 얼굴에 변화가 찾아왔다. 움직임이 나타나기 시작한 것이다. 그것은 그녀의 붉은 석류 같은 입술 한가운데에서부터 우아한 곡선을 그리며 양끝으로 차츰 번져나갔다.

겨울의 대지에 봄의 새싹이 돋아나는 듯한 모습이었다. 마침내 은설란은 웃음꽃을 활짝 피웠다.

"호호호! 아니에요! 이 소저! 당신은 정말 사람 보는 눈이 있군요. 축하해요. 진심으로 경하 드려요. 힘내세요, 응원할게요! 진심으로!"

"정말요?"

도가 지나친 축하와 칭찬과 응원은 당사자가 어리둥절할 정도였다.

"그럼요. 물론이죠! 그 사람이라면 절대 여자를 울리거나 하는 천인공노할 짓은 못하는 사람이죠. 그만큼 순수한 사람이니까요. 열심히 해봐요. 진심으로 응원할 테니까요!"

"네, 언니!"

어느새 이진설의 얼굴에는 태양도 무색할 만큼 밝은 웃음꽃이 만발해 있었다. 나예린은 그런 이진설의 모습에 조용히 고개를 가로저었다.

'내가 너무 바람을 넣은 게 아닐까?'

은설란은 잠시 감정의 흐름대로 행동했던 방금 전 행동을 떠올려 보았다. 아직 결과는 나오지 않고 있었다. 과연 그녀의 결심에 힘을 실어준 것이 잘한 짓인지 의문이 드는 것은 어쩔 수 없는 일이었다.

과연 이진설과 효룡이 둘 사이를 가로막고 있는 사상 최대의 장애물을 뛰어넘을 수 있을지에 대한 질문은 그 누구도 답해줄 수 없는 당사자들 사이의 문제였다. 결과는 이제 오직 하늘만이 알 뿐이었다.


'그런 일이 있은 게 겨우 어제 오후였는데……'

그 다음날 저녁에 외따로 떨어진 은밀한 장소에서 이런 포옹 장면을 눈앞에서 적나라하게 목격해 버리고 만 것이다.

'어떡하지? 어떡하지? 으아앙! 나 어떻게 해……'

이진설이 안절부절 못하며 속으로 발을 동동 구르고 있을 바로 그때! 그녀가 몸을 숨긴 나무에는 거미 한 마리가 평화롭게 집을 짓고 아름다운 날개를 펄럭이며 날아다니는 나비 등을 잡아먹으면서 평화롭게 살고 있었다. 그런데 이 거미는 자신의 집 밑을 서성이는 거대한 물체에 대해 관심을 가지고야 말았다. 거미는 자신의 영역을 침범한 침입자를 향해 용감히 강하를 시도했다.

"꺄악!"

일반인에게까지도 들릴 만한 소리. 고수의 귀에는 천둥소리보다 더 크게 들린다.

"누구냐!"

눈물이 범벅된 얼굴로 효룡이 돌아봤다. 좀 우스운 꼴이었지만, 완전히 긴장을 이완시키지는 않았던 모양이었다.

이진설은 부리나케 도망가지 못했다. 그녀는 그 자리에 우뚝 못 박혀 버렸다.

이진설이 어둠 속에서 은은히 비치는 달빛 아래로 모습을 드러냈다. 달님이 심술궂게 그녀의 얼굴을 만천하에 드러내 주었다. 푸른 달빛의 영향인지 그녀의 얼굴이 더욱더 창백해 보였다. 정신적으로 심한 타격을 받은 모양이었다.

"이… 이 소저!"

효룡이 눈이 동그랗게 떠졌다. 딸꾹질을 하는 모습이 아무래도 허파에 헛바람이 들어간 듯했다. 효룡의 얼굴에 당황하는 기색이 역력했다. 뭍에 나온 붕어처럼 입만 뻥긋뻥긋 하는 것이 어찌할 바를 모르는 사람의 전형적인 모습이라 평가할 수 있었다.

"뜨어어어억! 이… 이 소저! 오해에요! 오해!"

화들짝 놀란 효룡이 뜨악한 표정을 지으며 재빨리 은설란의 몸으로부터 양손을 떼며 만세를 불렀지만, 이미 볼장 다 본 이후였다. 효룡은 어떻게든 이 난감무쌍한 사태를 무마하기 위해 양손으로 전력을 다해 손사래를 쳤지만 이진설의 눈에는 이미 눈물이 글썽글썽하고 있었다. 눈물은 곧 결정이 되어 뚝뚝 떨어질 것만 같았다.

"흐… 흐… 흑!"

북받치는 감정을 주체하지 못한 그녀는 휑하니 몸을 돌려 달려갔다.

"이 소저어어어어어!"

그녀의 가냘픈 등이 그의 시야에서 저만치 멀어져 갔다. 효룡은 목청이 찢어져라 그녀의 이름을 부르짖었지만 한심하게도 다리에 힘이 풀려 쫓아갈 수가 없었다. 오해의 소지가 없게, 정확히 말하자면 쫓아가서 붙잡고 할 말이 빈궁했기에 힘이 빠진 것이었다.

풀썩!

효룡은 그 자리에 바로 주저앉고 말았다. 그의 낙심은 이만저만한 것이 아니었다.

"저어……."

처량하고 궁상맞은 모습으로 주저앉은 채 한숨만 푹푹 쉬고 있는 효룡에게 조심스럽게 다가간 은설란이 말문을 열었다. 아주 조심스럽게…….

효룡이 고개를 돌려 처량한 표정으로 그녀를 쳐다보았다. 은설란은 찔끔할 수밖에 없었다. 그녀의 눈치도 보통이 넘기 때문에 두 사람 사이의 미묘한 감정을 바로 감지했던 것이다.

"오해받은 걸까요?"

살짝 웃는 그녀의 얼굴은, 당신 참 곤란하지 않느냐는 그런 의미를 담고 있었다. 그녀는 미안함을 감출 수 없었다. 이 오해의 현장을 연출하는 데 그녀가 매우 결정적인 역할을 담당했기 때문이었다.

"……."

효룡은 이제 대꾸할 기력도 없었다. 머릿속이 멍한 게 어떠한 타개책도 떠오르지 않고 있었다.

"그렇겠죠?"

콕콕! 그녀가 손끝으로 살짝 그의 등을 찔러 보았다.

"……."

여전히 봉합된 두 입술! 정지되어 버린 혀! 그것만으로도 대답은 충분했다.

"…역시 그런가 보네요. 휴우……."

그녀가 크게 한숨을 내쉬었다. 그러고는 머뭇거리다 시선 둘 데를 찾을 길이 없자 멍하니 달을 바라보았다.

궁상맞은 한 남자의 모습과 무척 어울리지 않는 광경이긴 했지만 달빛이 참 곱기만 했다.

# 고약한의 특별 수련

"흥! 오늘은 이만 물러가네만 언젠가 자네의 배를
갈라 볼 기회를 꼭 한번 주게나! 내 부탁함세."
"무슨 뜻이신지……."
늑기한은 의아함을 담은 시선을 굳이 감추려 하지 않았다.
궁금증이 있으면 그때그때 푸는 것이 상책이다.

뒤로 질질 끌다가 병이 되는 것보다는 훨씬 나았다.

"자네 건강이 걱정돼서 잠이 안 오니 어쩌겠나? 내 의술에 대한 조
예는 깊지 못하지만 자네의 장기가 제대로 붙어 있는지는 꼭 확인해
보고 싶다네!"

"네?"

"별거 아니라니깐 그러네! 그저 자네의 간하고 쓸개가 제대로 붙어
있는지 확인해 보고 싶었던 것뿐일세. 단지 그것뿐이야! 다른 악감정
은 없으니 안심하게나!"

말은 그렇게 했지만 충분히 악감정이 섞여 있었다.

'윽!'

고약한의 가시 돋친 독설에 늑기한의 얼굴이 단번에 굳어졌다. 그

의 어깨가 흠칫 떨렸다. 그리고 속이 뜨끔했다. 걸린 병도 없는데 위장이 아려 왔다.

마음이 병을 만든다는 게 사실인 모양이었다. 그러나 지금 중요한 건 위염을 동반한 복통이 아니었다.

고약한은 아무래도 자신의 행실이 마음에 들지 않는 모양이었다.

'과연 고단수로군.'

그러나 이대로 질 수는 없었다.

"마음은 고맙지만 사양하고 싶군요. 늙고 병든 노구에 부담이 될 수 있는 일을 젊은 제가 감히 부탁할 수 있겠습니까? 노년은 소일거리나 찾아다니시면서……."

'느끼한 역겨운 바람둥이 놈!'

'심술궂은 망할 놈의 노친네!'

두 사람의 시선이 한데 부딪치며 불꽃을 튕겼다. 역시 늙은 생강은 맵고, 젊은 여우는 영악한 모양이었다.

"쳇! 빌어먹을 영감탱이!"

다시 현실로 돌아온 늑기한은 자신이 빌어먹을 영감탱이라 규정하고 있는 고약한의 얼굴을 떠올리며 이를 빠드득 갈았다.


현재 화산규약지회를 실질적으로 준비하는 백검조를 맡고 있는 늑기한의 거처에는 밤이 깊었는데도 불구하고 아직도 불이 환하게 켜져 있었다.

"고약한의 지금 행동은 너무 위험합니다. 뭔가를 알고 있는지도 모릅니다."

"아직 눈치 채지는 못했겠지?"

"물론 그렇습니다만… 위험합니다. 요즘 보이는 수상쩍은 눈초리가 심상치 않습니다. 그것은 명백한 적의(敵意)입니다."

존대를 하는 쪽은 오히려 늑기한 쪽이었다. 그러나 늑기한의 대화 상대는 목소리만 들릴 뿐, 그의 거처 어디에도 모습이 보이지 않았다.

"그렇더라도 넘겨짚는 우를 범해서는 안 될 것이네. 섣불리 단정내릴 수는 없지!"

보이지 않는 목소리가 늑기한의 성급함에 제동을 걸었다.

"더 이상 위험을 안겨 주기 전에 제재를 가해야 하지 않을까요? 이대로는 피해를 입을지도 모릅니다. 그는 너무 극단적입니다."

아무래도 늑기한은 고약한의 존재가 마음에 걸리는 모양이었다.

"괜찮네! 아직은 때가 아니네. 지금은 더 두고 보게! 저쪽은 아직 눈치 채지 못하고 있을 걸세! 함부로 이쪽을 노출시키지는 말게! 모든 일에는 선후와 시기라는 게 있는 법! 지금 몸을 움직여 그분께 누를 끼치는 일이 없도록 하게! 그분의 신뢰를 배반하는 자는 본인이 용서하지 않을 걸세!"

"명심하겠습니다.

"나는 말씀을 전하는 자! 명(命)을 내리겠다."

"예!"

무릎을 꿇으며 늑기한이 최대한의 경의를 표했다.

"모든 것을 조용하고 은밀하게 처리하라."

"복명(復命)!"

챙!

날카로운 소리와 함께 효룡의 쌍검이 비류연을 향했다.

"꼭 이렇게 해야겠나?"

비류연이 물었다.

"어쩔 수 없는 일일세!"

침중한 얼굴로 효룡이 대답했다. 하지만 그의 검극은 여전히 비류
연을 향한 채였다.

왼손의 방어, 오른손의 공격! 쌍검식의 가장 기본적인 자세이자 가
장 안정되고 굳건한 자세였다.

"언젠가 이런 날이 올 줄 알고 있었네."

효룡이 비류연의 움직임에 시선을 고정시킨 채 말했다.

"그래? 좋은 예지력이군! 칭찬해 주지!"

비류연이 싱긋 웃었다. 그가 보기에 효룡은 어제까지 시체 친구 같
던 그 효룡이 아니었다. 마치 자신을 속박하던 굴레 중 하나를 털어
낸 듯한 모습이었다.

"호오? 무슨 좋은 일이라도 있었나? 어제까지 풀죽어 있던 제2의 궁
상자 효룡이 아닌걸?"

"험! 무… 무슨 좋은 일? 그런 일 없었네! 괜히 넘겨짚지 말게!"

말은 그렇게 하지만 그는 벌게지는 얼굴을 감출 수는 없었다. 어젯
밤 운향정에서 있었던 일이 갑자기 눈앞에 펼쳐졌던 것이다. 순진한
그에게는 너무 자극이 강했다. 그러나 한 여인이 울먹거리는 그 다음
장면이 생각나자 갑자기 온몸에 힘이 쭉 빠지는 듯한 느낌이었다.

"호호… 과연 넘겨짚은 것일까?"

"날 원망하지 말게!"

효룡이 비류연의 말을 얼버무리며 소리쳤다. 잡담은 그만 하고 한 번 붙어 보자는 의미였다.

"물론! 자네야말로 날 원망하지는 말게! 성적이 걸린 일이라 나도 물러설 수는 없다구. 원망하려면 고약한 성격의 고 노사를 원망해."

"그런 짓은 안 해!"

지금 그 둘이 서 있는 곳은 허공에 1장 가량 떠서 매달려 있는 가느다란 줄 위였다.

흑검조의 조원 모두가 이 두 사람을 지켜보고 있었다.


효룡과 비류연이 맞붙기 전에 선녀들의 한바탕 축제가 있었다. 원래는 계획에 없었던 일이었다. 일의 시초는 은설란의 특별 수련, 특별 견학에서부터 찾을 수 있었다.

그녀가 어렵게 견학의 기회를 잡은 이번 수련은 귀살검 고약한 노사가 특별히 고안했다는 특별 수련이었는데, 마천각과 천무학관 양쪽에서 여러 가지를 보고 들은 은설란으로서도 처음 접하는 수련이었다.

이번 특별 수련의 방식은 허공에 가느다란 줄을 일정한 규칙 없이 높이도 경사도 장력도 다르게 연결해 놓고 그 위를 재량껏 균형을 잡아가며 서로의 무예를 겨루는 것이었다.

줄의 장력이 약하기 때문에 당연히 휘청거리는 것이 인지상정! 그 출렁이는 줄 위에서 균형을 잡고, 어떻게 하면 제대로 된 위력을 발휘하는 무공을 펼칠 수 있는지가 관건이었다.

이때 주의할 점은 절대 줄을 끊어서는 안 된다는 것이다. 만일 딛고 있는 줄이 끊어지거나 줄 위에서 떨어지면 곧 그 사람의 패배가 되는 것이다.

균형 감각과 운신법이 경지에 오르지 않으면 결코 해낼 수 없는 수련이었다.

"열기가 무척 뜨겁군요. 지켜만 보고 있어도 충분히 그 열정을 느낄 수 있겠어요!"

화산규약지회를 향한 사람들의 피나는 노력과 열정은 견학 중이던 은설란 그녀에게도 확실히 피부를 통해 느껴졌다.

"물론이죠."

자부심 강한 목소리로 모용휘가 대답했다. 사문이 칭찬받았는데 문하 제자로서 기쁜 게 당연했다.

주변에서는 비록 의심한다 해도 그도 확실한 인간이라서 오욕칠정 중 하나인 희(喜:기뻐하다)의 감정을 분명 가지고 있었다. 그리고 지금 이 순간 드물게 그 감정을 곱씹고, 느끼고 있었던 것이다. 그러나 그는 끝내 그녀와 시선을 마주치지는 않았다.

그날 밤 이후 왠지 모르게 낯이 뜨거워져 은설란의 얼굴을 제대로 쳐다볼 수 없게 되어 버린 모용휘는 자신의 호위 대상에 시선을 마주치기가 너무나 힘들었다.

그러나 수신 호위의 막중한 책임을 맡고 있는데다 그것을 떨쳐 버리지도 못한 지금, 그가 할 수 있는 일이란 묵묵히 임무를 수행하는 것 이외에는 아무것도 없었다.

서슴없이 남을 칭찬하는 것을 보니 그녀도 믿는 구석이 있는 모양이었다. 그것은, 즉 그녀가 아직도 자신의 마천각에서 위협을 느끼지 않는다고 여기고 있는 것인지도 모른다.

이른바 승자의 여유라고 부르는 것인데… 그렇다면 저렇게 싱글벙글하며 다른 사람의 강함을 칭찬하는 행동도 납득이 가는 바였다.

'도대체 어떤 수련을 쌓길래 저 정도 자부심을 가질 수 있단 말인가?'

문득 그런 의문이 들었지만 물어보지는 못했다. 만일 비류연이라면 앞뒤 재지 않고 그냥 편하게 정면으로 물었을 것이다. 그는 자신을 속박하는 이 세상의 모든 것에 대해, 그것이 무엇이든 싫어함을 넘어 증오에 가까운 감정을 가지고 있었다. 증오에 가까운 감정을 품고 있기 때문에 항상 자유롭게 행동하기 위해 노력했다. 그에 비해 모용휘는 주위의 규칙과 상식과 틀에 너무나 얽매어 자신을 구속하고 있었다.

콰당!

그러던 중 다시 한 명의 관도가 줄 위에서 떨어졌다. 승패가 가려진 것이다.

"상당히 혹독하군요."

고약한의 특별 수련을 지켜보던 은설란의 감상이었다. 보기보다 만만찮은 수련이었다. 인체의 능력을 극대화하여 쓰지 않으면 수행하기가 어려워 보였다.

"그렇지 않으면 강해질 수 없으니까요!"

모용휘의 무뚝뚝한 대답이었다. 그러나 예전과 다른 점은 지금 그의 무뚝뚝함은 마음에서 우러나온 것이 아니라 일부러 가장된 것이라는 점이었다.

"그렇군요! 역시 화산규약지회를 향한 열정과 투지는 정과 사를 떠나 어느 곳에서든 차이가 없군요. 그런데도 군이 편을 갈라야 한다는 사실이 무척이나 아쉽네요."

"인간이란 어쩔 수 없는 동물이니까요!"

그 이상 가는 대답을 모용휘는 찾아낼 수 없었다.

"그래도 참 특이한 수련이로군요! 이런 수련을 생각하시다니 고약한 노사님도 역시 인상만 잘 쓰시는 게 아니라 보통 분이 아니셨군요."

은설란은 이 수련에 대해 무척이나 흥미가 있는 모양이었다. 그리고 이런 수련법을 고안한 고약한 노사에 대해서도 무척이나 감탄하고 있었다.

"한번 해보시겠어요?"

먼저 말을 꺼낸 이는 의외로 나예린 쪽이었다.

진짜? 진짜? 아니, 아니, 설마! 설마! 에이, 에이 등등 나예린의 발언에 모두들 각양각색의 다양한 반응을 보이며 놀라움을 감추지 못했다.

"정말요? 상대해 주시겠어요?"

나예린이 고개를 끄덕였다. 승낙의 표시였다. 은설란에게는 무척이나 구미가 당기는 일이었다.

나예린이 먼저 손을 내미는 일은 가뭄에 콩 나는 것만큼이나 드문 일이었다. 은설란도 소문만 무성한 나예린의 실력에 대해 궁금증을 품고 있었다. 그것은 나예린도 마찬가지였다. 무인에 남녀의 구별이 있을 수 없었다.

"먼저 허락부터 받아야 하는 건 아닌지……."

은설란은 말끝을 흐렸지만 이미 고약한은 허락의 뜻으로 고개를 끄덕이고 있었다.

선녀들이 너울너울 춤을 추는 것으로 착각할 만큼 그녀들의 움직임은 사뿐사뿐하고 화려했다. 모두들 넋을 잃고 그녀들의 춤과 같은 비무를 바라보았다.

디잉, 디잉.

사뿐사뿐! 줄 위를 가볍게 넘어 다니는 그녀들의 발걸음에 줄이 조용히 울렸다.

은설란과 나예린, 두 사람 모두 막상막하의 실력이었다.

"좋은 솜씨!"

현란한 솜씨를 마음껏 펼치면서도 은설란은 미소를 잃지 않았다. 사중화는 아무래도 얼굴만 예쁘고, 머리만 좋은 게 아닌 모양이었다. 그녀의 무공 또한 매우 출중한 것이었다. 검후의 진전을 이은 나예린의 검에도 쉽게 밀리지 않는 은설란의 실력에 모두들 감탄을 금치 못했다. 그것은 나예린도 마찬가지였다.

"과찬이에요. 은 소저의 무공이야말로 경탄을 금치 못하겠군요."

"황송한 말씀!"

은설란이 무기로 사용하는 오색의 채대(綵帶:기다란 비단 허리띠)가 나예린을 향해 뻗어 갔다. 나예린의 사지를 봉쇄하기 위한 의도의 한 수였다. 그러나 나예린의 검은 채대가 그녀의 간격 안으로 침범하는 것을 용납하지 않았다. 새하얀 백무를 연상케 하는 검기가 나예린의 검신을 타고 흘러나왔다.

두 명의 선녀는 가느다란 줄 위를 사뿐사뿐 날아다니며 여러 합을 교환했다. 현란하기 그지없는 초식 교환이었다. 은설란과 나예린은 상대의 실력을 인정하는 수밖에 없었다.

서로 어울리다 보니 은설란은 나예린의 깊은 실력을 좀더 알고 싶다는 생각에 장난기가 발동했다. 이대로는 그냥 보기 좋은 모범 시합으로 끝날 뿐이었다. 만일 그렇게 된다면 무척이나 아쉬울 것 같았다. 그래서 은설란은 결심을 굳혔다. 좀더 상승의 절기를 내보이기로 한 것이다.

"이대로 끝나면 무척이나 아쉽겠죠?"

은설란의 말에 나예린의 눈이 반짝였다. 은설란이 의도하는 바를 그녀도 알아챈 것이다.


"칠채윤무(七彩潤霧)!"


일곱 가지 빛깔이 안개를 물들인다는 초식명 그대로 화려한 광채와 함께 은설란의 채대가 일곱 가지 무지갯빛으로 빛나며 현란한 화풍(花風)을 일으켰다. 나예린은 감히 방심하지 못했다.

변(變)식의 극에 달한 초식이었다. 이 초식을 깨려면 그보다 더한 변식을 일으키거나 모든 변화를 끊을 1초를 전개할 수밖에 없었다. 선택의 시간은 짧았다.

한상옥령신검(寒霜玉靈神劍)

오의(奧義)

월하비연(月下飛燕)


　단 한 줄기 백색 검기로 이루어진 비연(飛燕:제비)이 망설임의 순간도 없이 꽃의 폭풍 속으로 뛰어들었다. 그 순간 눈앞을 현혹시키던 수만의 꽃잎들이 사라지고 은설란의 모습이 전면에 드러났다. 자신의 절기가 너무나 쉽게 깨져 버리자 은설란은 무척이나 놀란 모양이었다. 은설란은 재빨리 채대를 회수해 방어 태세를 취했다.

　그러나 나예린의 검초는 다음 식으로 이어지지 못했다.

　짝짝!

　두 번 울리는 손뼉 소리.

　"거기까지!"

　고약한이 손뼉 소리로 그녀들의 현란한 춤사위를 중지시켰다. 혼을 잠시 저당 잡혀 놓은 채 구경하고 있던 남자 관도들에게는 애석하기 짝이 없는 일이었다.

　고약한이 보기에 두 사람이 전력을 다하지 않는 이상 쉽사리 승패가 나지 않을 것 같았다. 더 이상의 접전은 시간 낭비일 뿐이라고 판단한 것이다.

　"감사합니다!"

　은설란이 나예린의 무예에 감탄을 보내며 감사의 인사를 했다.

　"감사합니다."

　나예린도 마주 보며 은설란의 예에 답했다. 서로의 무예에 감탄한 것은 나예린도 마찬가지였다. 두 사람은 서로를 보고 살짝 웃었다. 오랜만에 피어오르는 나예린의 웃음이었다.

천상선녀 두 명의 뇌쇄미소 합공은 혈기방장한 불타는 청춘들에게는 너무나 강렬한 자극이었다. 그 때문에 고약한의 수련은 잠시 중단의 위기에 빠져야만 했다.

사람들의 빠진 넋이 되돌아오기까지는 생각보다 시간이 많이 걸렸기 때문이다.

"다음!"

고약한의 외침에 나선 이는 효룡과 비류연이었다. 다음이 바로 그들의 차례였던 것이다.

'그러고 보니 직접 검을 겨뤄 보는 것은 처음인가?'

효룡은 약간 긴장했다. 입관 초부터 항상 가깝게 지내 왔지만 오늘처럼 직접 맞부딪친 적은 없었다. 곁에서 지켜보는 것만으로는 본신의 실력을 알아낼 수 없다는 비류연만의 특징 때문에 효룡도 그의 실력에 대해 항상 궁금증을 품고 있었다.

'한번 해볼까?'

알 듯하면서도 모를 것이 바로 비류연의 진신진력이었다. 아직도 효룡은 비류연의 한계치를 알 수 없었지만 확실히 가끔 보여주는 거짓말 같은 신위만으로도 충분히 놀라웠다. 오늘은 그 일부를 보여줄까? 효룡은 나름대로 자신의 각오를 다졌다.

"자 와라!"

효룡이 자신 있게 소리쳤다.

"후회하지 마!"

비류연이 대답이었다.

휘익!

깃털처럼 가볍게 비류연이 줄 위에 올라섰다.

전혀 무게를 느끼지 않게 하는 몸놀림이었다. 효룡은 자신의 둔중한 움직임이 부끄럽게 느껴졌다.

챙!

효룡은 마침내 친구를 향해 칼을 뽑아 들었다.

"시작!"

고약한의 신호와 함께 비무가 시작되었다.


아무리 생각해 보아도 이 수련이 처음이라는 비류연의 말은 거짓인 것 같았다. 그 말을 액면 그대로 믿기에는 줄 위에서 보여주는 비류연의 움직임이 너무나 거침이 없었다. 남들은 다들 이 생소한 수련에 어색한 몸놀림을 보여주는데 비류연에게는 그런 어색함이 전혀 보이지 않았다. 그는 초보자들 사이에 낀 숙련자 같았다.

"자네 이 수련이 처음이라는 말 거짓이 아닌가?"

"아니! 확실히 처음일세!"

비류연이 망설이지 않고 대답했다.

"처음 치고는 너무 움직임이 좋군!"

효룡은 여전히 미심쩍은 눈치였다.

"난 신경질적인 나이 든 노사한테 과외 수련 받는 취미 따위는 없다구!"

"하긴⋯ 자네는 과외 수련이라면 미인 노사도 사절인 사람이었지!"

"그럼! 그럼!"

단번에 긍정을 표하는 비류연이었다. 그러나 비류연의 시원스런 대답에도 효룡의 의혹은 완전히 걷히지 않았다.

어찌저찌 균형을 잡아가며 펼치는 자신의 검초를 비류연은 얄미울 정도로 쉽게 피해 버렸다. 그러면서도 전혀 당황하는 기색이 없었다.

게다가 가끔 발로 줄을 감아 탄력을 더하거나 늦추며 효룡을 희롱하고 있었다. 마치 눈을 가린 채 숨바꼭질하는 느낌이었다. 물론 술래는 효룡이었다.

"자! 또 와 보라구! 이대로 끝내면 시시하지."

현재 허공에 덩그러니 걸려 있는, 조금만 방심해도 끊어져 버리는 약한 줄 위에서 비류연은 대지에 뿌리박힌 소나무처럼 꼿꼿하게 자세를 유지하고 있었다.

효룡의 균형 감각과 운신도 칭찬해 줄 만했지만 비류연에 비하면 새발의 피였다. 줄 위에서 보여주는 비류연의 활약은 주위의 경탄을 자아낼 만한 것이었다.

그는 줄을 마치 자기 몸의 일부처럼 부렸다. 떨어지지 않기 위한 발악의 일환으로 균형 맞추기에 급급한 남들과는 차원이 다른 움직임이었다.

효룡이 비류연을 노리고 검을 출수하려 했지만, 자신의 발목을 휘감아 오는 줄 때문에 균형이 흐트러져 번번이 실패로 그치고 말았다. 도저히 제대로 된 무공을 단 한 초식도 발휘하지 못한 것이다. 원래 안정된 자세가 아닌 상태에서 펼쳐지는 무공은 그 위력이 엄청나게 반감되게 마련인데다 그때마다 줄기찬 방해 공작까지 친절하게 뒤따르니 의욕이 샘솟을 리 만무했다. 그러니 제대로 된 공수가 이루어질 수 없었다.

마침내 효룡은 자신의 패배를 인정하고 말았다.

"류연! 내가 졌네."

인정할 건 인정해야만 했다.

"겨우 이 정도인가? 여기서 포기하면 안 되지."

비류연은 시시하다는 표정을 인정사정없이 지어 보였다.

'실력이 없는 게 아니었군. 확실히 보통이 넘는 움직임! 보통 놈은 아니로군.'

고약한의 눈에 기광이 번뜩였다.

시시하기 짝이 없는 행운아라는 소문과 다르게 확실히 비류연은 보통 이상의 실력이었다. 아무래도 여기까지 온 게 단순히 운만은 아닌 모양이었다. 고약한은 비류연에 대한 평가를 대폭적으로 수정해야만 했다.

"좀더 살펴볼 필요가 있을까? 어쩌면 새로운 변수가 될지도⋯⋯."

고약한은 일단 비류연에 대한 성급한 판단을 보류하기로 했다. 아직 시간은 많았다. 과연 비류연이 입만 산 놈인지 아니면 진짜로 진국이라 최후까지 살아남을 놈인지는 그때 가서 판명이 날 것이다.

짝짝!

"그만! 비류연의 승리다. 내려와라!"

고약한이 다시 손뼉을 두 번 쳤다. 일단 비류연을 주의 대상에 올려 놓는 것으로 고약한은 절충안을 보기로 했다.

하루 일과가 모두 끝나고 자신의 숙소에 돌아온 고약한은 언제나 혼자였다. 그러나 외롭다거나 쓸쓸하다거나 하는 감정을 느낀 적은 단 한 번도 없었다. 그런 사치스런 감정을 느끼기에는 그가 짊어진 짐이 너무 무거웠다. 때문에 그는 그럴 여유가 전혀 없었다.

오늘 특별 수련을 지켜본 결과 예상보다는 훨씬 상태가 좋았다. 이 정도면 기대해 봄직 했다. 적어도 포기하지는 않아도 될 듯싶었다. 그러나 아직 완전히 마음에 드는 것은 아니었다. 현 구성원에 대한 불만은 여전히 그의 가슴속에 남아 있었다.

"아직 멀었어!"

이 정도로 만족할 수는 없었다. 그의 관점에서 볼 때 여기까지는 누구나 할 수 있는 일이었다. 그것을 뛰어넘기 위해서는 또 다른 시련이 필요했다. 그러나 그 시련은 내면의 시련이고 그 시련을 도와줄 방법이 고약한으로서는 딱히 없었다.

"그러나 가능성은 있군!"

가능성이 있다는 것은 가보기도 전에 미리 포기하지 않아도 된다는 뜻이다. 더욱더 강해질 여유가 그들에게 있다는 이야기가 되기 때문이다.

일단 복수의 검이 그의 손에 들려졌다. 이것을 어떻게 벼릴까 하는 것은 전적으로 그의 능력 여하에 달려 있었다. 쇠는 불 속에서 달구어져 모루 위에서 담금질당하며 더욱더 단단해진다고 한다. 그와 마찬가지로 인간도 시련이란 이름의 담금질로 더욱더 강해질 수 있다. 그 망치를 쥔 사람이 바로 고약한이었다.

"수련의 강도가 이 정도면 너무 약한 건가? 훗! 하긴 이 정도로는 시런이라 할 수 없겠지."

죽음의 위협이 없이는 시련이 될 수 없다는 것이 고약한의 지론이었다. 이 정도는 아직 시작에 불과할 뿐이었다. 아직도 갈 길은 멀고도 험했다. 과연 몇 명이나 이 고난과 시련의 길을 통과할 수 있을 것인가?

"아직 이 정도로 죽으면 안 되지! 아직 가야 할 길이 많은데 말이야! 좀더, 좀더 날 즐겁게 해줘야지! 흐흐흐."

음험한 웃음이 그의 어둡게 그림자 진 얼굴의 입술에서 새어 나왔다.

"내일도 바쁘겠군!"

내일도 아이들이 버텨낼 수 있기를 빌며 고약한은 등잔의 불을 꺼뜨렸다. 타오르던 불꽃의 생명은 고약한의 입김에 금세 사그라들었다. 유일하게 비추던 광명이 사라지고 어둠이 찾아왔다.

# 치사한은 대공자가 무섭다

화산규약지회를 향해 열심히 뛰고 있는
이는 비단 천무학관뿐만 아니었다.
그날 그 장소에서 천무학관과 자웅을 겨루어야 하는
마천각도 심혈을 기울이고 있기는 마찬가지였다.

그 동안 항상 승부는 팽팽한 평행선을 끈질기게 이어 왔었다. 아직
그 누구도 상대를 완전히 제압하지는 못한 상태였다. 때문에 두 곳
모두 참가 후보들을 닦달하면 닦달했지, 절대 방심하는 일은 없었다.
그런데 화산규약지회를 신경 쓰는 사람 중에는 꼭 자기 자신의 실력
향상을 위해 노력하는 사람만 있는 것은 아니었다.

"절대 질 수 없습니다. 이번 화산규약지회에서 패배란 절대 용납되
지 않습니다. 이번 화산규약지회는 무슨 수를 써서라도 반드시 이겨
야만 합니다. 원하는 것은 패배가 아닌 오직 승리! 그것을 잊지 마십
시오."

수하들에게 엄격한 목소리로 주의를 주는 사람은 마천각의 대공자
라 불리는 사람이었다. 그는 날카로운 시선으로 찬찬히 좌중을 훑어

보고 있었다.

"물론입니다. 속하가 어찌 그런 중대사를 잊을 수 있겠습니까. 이미 손을 써두었습니다."

"그런가요?"

약간은 차가운 반응에 심복을 자처하는 군사 치사한은 찔끔할 수밖에 없었다. 주인의 기분이 상승 고조 상태가 아니라는 것을 그의 촉각이 감지한 탓이었다.

"이미 지령을 보냈습니다. 저편에 심어 놓은 보이지 않는 손이 이미 움직임을 시작했을 겁니다. 심려 놓으십시오. 그들이 멀쩡한 최상의 상태로 화산지회에 참가하는 일은 결단코 없을 겁니다."

치사한이 재빨리 대답했다.

"흠! 그렇다면 결과가 기대되는군요."

만족할 만한 반응은 아니었지만 이 정도로 만족할 수밖에 없었다.

"즐겁게 기다려 주십시오. 절대 주군을 실망시켜 드리는 일은 없을 겁니다."

그제야 대공자의 입가에 흡족한 미소가 돌아왔다. 치사한은 겨우 한숨을 돌릴 수 있었다. 이제는 일단 안심할 수 있는 상태였다.

'휴우~ 진땀 뺐군.'

십년감수(減壽:수명이 감소하는 이상 상태)한 느낌이었다. 요즘 들어 제대로 풀리는 일이 하나도 없어 가슴이 조마조마하던 차였다. 한시라도 빨리 성과를 보여야만 했다. 무능한 부하를 오래도록 수족으로 부리고 있을 만큼 대공자는 호락호락한 인간이 아니었다.

"그 다음 건은?"

아직 남아 있는 안건이 있는지 대공자가 확인 절차를 밟았다. 아직 중요한 안건 하나가 확실히 남아 있었다.

"네! 그 다음은 천무학관에 파견된 무당산 혈사 진상규명 조사관의 처리 건입니다."

조사관이란 말에 석상 같던 대공자에게도 약간의 반응이 나타났다. 하늘이 무너져도 꿈쩍하지 않을 것 같은 이가 지금 분명히 동요하고 있었다.

"조사관이라면 분명……?"

"네! 혈류도 갈효봉의 정혼녀인 사중화 은설란입니다."

치사한의 대답에 대공자의 곧게 뻗은 검미가 불쾌감으로 꿈틀거렸다. 순식간에 벌어진 일이지만 치사한의 비상한 주의력은 이것을 놓치지 않았다.

'설란……'

대공자 비는 갑자기 입맛이 썼다. 굉장히 불쾌한 기분이 들었다.

"정혼녀라… 별로 좋은 어감은 아니로군요."

그 말 한마디면 충분했다.

"네! 당장에 빼겠습니다!"

화들짝 놀란 치사한이 부동자세를 취하며 대답했다.

그의 경험으로 미루어 볼 때 이럴 경우 이유를 불문하고 무조건적으로 따르는 게 가장 현명한 처사였다. 그러나 그는 어리석은 처사도 병행해 버리고 말았다.

"제거할까요? 하명만 하십시오."

대공자가 고개를 들어 물끄러미 치사한을 쳐다보았다. 그 시선 속에 담긴 수만 가지 생각에 치사한은 찔끔할 수밖에 없었다. 그 시선은 이렇게 말하고 있었다.

'당신 지금 제정신이야?'

치사한이 한 가지 확신할 수 있었던 것은 그것이 결코 호의가 아니라는 것이었다. 은은한 살기마저 머금은 시선이 어떻게 호의로 돌변할 수 있겠는가! 그것은 어불성설이었다.

"…일단 조사관의 일은 더 경과를 두고 보기로 하죠. 아직 처우를 결정할 단계는 아니로군요."

"예! 알겠습니다."

이번에도 치사한은 반론을 제기하지 않고 순순히 대답했다.

"좋습니다. 이제 가봐도 좋아요."

대공자가 손짓으로 퇴장을 명령했다. 치사한은 기쁜 마음으로 이 묵직한, 긴장감 넘치는 공간을 빠져나갔다. 천근만근 같던 마음이 깃털처럼 가벼워지는 그런 기분이었다.

"휴우… 살았다."

생존 확인(生存確認)!

너무 초긴장 상태를 유지한 때문인지 아직도 심장이 벌렁벌렁했다.

겉으로는 절대 그 속내를 짐작하지 못한다는 게 바로 대공자의 무서움이었다. 계속 대공자를 보좌하고 있지만 아직도 문득문득 섬뜩할 때가 있었다. 차가운 얼음칼을 옆에 품고 있는 듯한 서늘한 느낌이었다.

때문에 겉모습이나 표정, 말투만으로는 그 안개 가득 낀 속내를 완전히 짐작할 수가 없었다. 그러나 그렇다 해도 완전히 불가능한 것은 아니었다. 왜냐하면 사람에게는 제 육감과 본능이라는 것이 존재하기 때문이다.

지금 치사한의 등이 식은땀으로 축축하게 적셔져 있는 것도 바로 그 본능의 경고 때문이었다. 뇌리를 요란하게 울리는 경종! 그 경종은 언제나 그렇지만 매우 유용하다.

대공자는 언제나 냉철하고, 언제나 날카로우며, 항상 빈틈이 없었다. 모든 것이 완벽했다. 그 완벽함은 너무나 빈틈없고 치밀해 공포스러울 정도였다.

'절대 적으로 삼고 싶지 않은 분이다, 이분은!'

매번 느끼는 거지만 대공자의 눈빛은 빛을 찾아볼 수 없는 짙은 암흑과 같았다. 그 눈동자와 마주칠 때마다 그의 혼백은 나락으로 떨어지는 듯한 느낌이었다. 그것은 매우 기이하고 무시무시한 느낌이었고, 될 수 있으면 두 번 다시 느끼고 싶지 않은 지독한 기분이었다. 그 후로 치사한은 되도록 대공자와 눈을 마주치지 않도록 전력을 다해 왔다.

자신 정도로 이 바닥에 닳고 닳은 이에게마저 공포를 안겨주는 눈! 그것은 보다 순수에 가까운 공포였다. 계산에 의한 것이 아닌 본능, 그 자체를 자극하는 원초적인 공포!

'인간의 것이 아니야……'

치사한은 완패가 결정되어 있는 상대와는 절대로 적대 관계에 놓이고 싶은 생각이 없었다. 그분의 진노를 사지 않기 위해 그는 최대한 머리를 굴려야 했다. 그것이 목을 보전하는 가장 빠른 방법이었다.

# 마하령이 분노하면 제갈기는 슬펐다!
## - 억울한 효룡

찌이이이익!
값비싼 소리! 그것은 결코 싸구려 소리가 아니었다.
음악도 운율도 아닌 단순 평범한 소리에 가격이 매겨져 있냐고 의문을
품는 사람도 있겠지만, 그 소리가 매우매우 값비싼 소리라는
사실에는 감히 이의를 제기하지 못할 것이다.


찌익!

찌익!

쫘아아아악!

천이라 불리는 물체가 외적인 힘에 의해 강제적으로 분리되는 이 소리는 그냥 보통 소리가 아니었다. 이 소리는 보통 사람들은 함부로 들을 기회조차 없는 매우 값비싼 소리였다. 왜냐하면 고가의 고급 비단이 한 여인의 손에 의해 갈기갈기 찢어지는 소리였기 때문이었다.

비단 천이 찢겨진 이유는 간단했다. 그 비단 천은 한 여인의 화풀이를 위한 희생양이었다.

돈도 많지! 값비싼 비단 천을 찢으며 마구마구 화풀이하는 이는 바로 군웅회 회주이자 비류연에게 뚱땡이라 불렸던 철옥잠 마하령이

었다. 역시 군웅회의 회주는 일반 사람들이 화풀이하는 것과는 다른 현격한 수준의 격차가 있는 모양이었다.

비류연이 봤다면 비분강개를 넘어 생매장 처리를 감안했을 이야기였다. 값나가는 비단 천을 사소하기 짝이 없는 개인적인 감정으로 갈기갈기 찢어발겨 무용지물(無用之物), 아니 무전지물(無錢之物：돈 안 되는 물건)로 가치절하하다니 있을 수 없는 일이었고 있어서도 안 될 일이었다. 또한 비류연이 노발대발하며 길길이 날뛸 이야기였다.

"참으시지요, 회주님!"

군웅회의 회계를 담당하고 있는 제갈기가 회주를 뜯어말렸다. 회주 화풀이 비용이란 명목으로는 더 이상의 자금 지출을 막고 싶은 게 솔직한 심정이었다.

"으으으… 이노옴… 비류연!"

좌아아악! 좌악! 좌악!

다시 애꿎은 비단 한 필이 그 가치를 상실했다. 제갈기는 불쌍한 회계장부를 생각하며 아찔한 마음이 들었다. 그러나 그의 마음은 전혀 고려의 대상에 들어 있지 않은지 마하령은 파괴 행각을 그칠 줄 몰랐다.

"이놈… 이놈! 이놈! 이… 찢어 죽일 놈!"

만인 앞에서 자신을 망신시킨 장본인! 여러 가지 수법으로 막대한 비용을 들여 화풀이를 해보지만 눈앞을 가리는 비류연의 밉상스런 모습은 지워지기는커녕 점점 더 그 형태가 뚜렷해져 가기만 했다. 그래서 그녀는 지금 더욱더 분노하고 있었다.

"으아악!"

와장창창!

이제는 비단 천만으로는 자극이 덜했는지 옆에 있던 자단목으로 만들어진 고급 탁자마저 일장으로 으깨어 버렸다. 쪼개진 파편들이 사방으로 흩어졌다.

'으윽! 저건 도대체 무슨 명목으로 처리해야 하는 거지?'

산산조각 나버린 자단목 탁자에 삼가 애도를 표하는 제갈기의 머릿속에 고민이 또 하나 추가되었다.

"이제 그만 하시지요."

나직이 울려 퍼지는 목소리!

다시 한 폭의 비단 천을 제물로 삼으려던 마하령의 하얀 손이 멈칫거렸다. 그녀의 고개가 뒤로 돌려졌다. 그녀의 행동을 멈추게 한 사람은 그녀도 무척이나 잘 알고 있는 사람이었다. 제갈기는 마치 구세주를 만난 기분이었다.


섬룡(閃龍) 천야진!

그는 마하령과 함께 그녀의 외할아버지이자 표류무상도법(飄流無上刀法)의 창시자 도성(刀聖) 하후식에게서 그녀와 함께 비전(秘傳)을 전수한 남자였다.

군웅회에서 도법의 최강자는 전년도 삼성무제의 공동 우승자 폭풍도 하윤명이라 여기는 자가 많았다. 물론 도성의 진전을 일부 이은 신도문(神刀門)의 기재인 폭풍도 하윤명의 도법은 굉장했다.

그러나 그런 그의 도(刀)도 섬룡 천야진의 도에 비할 바는 아니었다. 그는 도성 하후식에게서 직접 그 진전을 사사받은 기명 제자였기 때문이다. 그리고 마하령이 매우 신뢰하는 사제(師弟)이기도 했다. 외할아버지 밑에서 함께 수련한 그에 대한 그녀의 신뢰는 가히 절대적이라 할 수 있었다.

"이번 일은 제가 처리하지요!"

그의 한마디에 그제야 그녀의 얼굴이 조금 풀리는 듯했다. 천야진이라면 믿을 만하다고 마하령은 생각했다.

"정말?"

"물론입니다, 사저!"

마하령은 자신이 잡고 있던 비단 천을 살며시 내려놓았다. 그리하여 그녀의 손에 장렬히 산화할 운명에 놓여 있던 한 폭의 비단도 겨우 그 생명을 구제받아 아름다운 옷이 될 일말의 희망을 부여받게 되었다.

"휴우… 살은 건가?"

엄한 항목으로 지출될 경비가 조금이나마 절감된 것에 대해 제갈기는 안도의 한숨을 내쉬었다.

"확실히 나의 한을 풀어주는 거겠지?"

그 감정에 꼭 한(恨)이라는 말을 붙여야 할지는 모를 일이지만, 아무래도 마하령은 그러고 싶은 모양이었다.

"물론입니다. 그 자도 지금쯤 두려움에 벌벌 떨고 있을 겁니다. 감히 군웅회주 철옥잠 마하령을 건드려 놓고 무사하리라 생각하지는 않겠지요."

"정말 그럴까?"

"물론! 절 믿으세요."

냉막한 인상의 사내. 섬룡 천야진은 고개를 끄덕이며 장담했다.

"비류연……."

마하령은 아랫입술을 잘끈 깨물었다.


지금 그녀는 굉장히 복잡 미묘한 감정을 느끼고 있었다. 물론 그것은 본인도 인식하지 못하는 감정이었다. 그것은 단순히 증오스럽다, 수준의 그런 감정이 아니었다.

태어나서부터 항상 주변의 떠받듦을 받으며 천금으로 자라난 그녀에게 비류연의 막가는 행동은 엄청난 충격이었다.

그날 그 일이 있은 후, 그녀 안에 차지하는 비류연의 비중이 너무 커져 버렸다. 물론 그것은 사랑과 우정, 그리고 호의라고는 티끌만큼도 존재하지 않는 악의와 증오와 원한의 결정체이기는 했지만 말이다.

그 충격에 비례해 그의 존재도 그만큼 크게 마하령의 마음속에 자리 잡았다. 생전 처음 당한 충격에 대해 느끼는 감정도, 생전 처음 느껴 보는 희한 야릇한 감정이었다. 그 결정체가 자꾸 그녀로 하여금 그를 떠올리게 만들고 있었다.

한 가지 확실한 것은 그만큼 그녀의 마음에 각인된 비류연의 존재가 크다는 점이었다.

"용서할 수 없어! 절대로 용서할 수 없어!"

그녀의 눈에서 차가운 분노가 소리 없이 피어오르고 있었다.

이제 수단 따위는 문제가 되지 않았다. 수단 따위는 어찌 되어도 좋을 만큼 그녀의 감정은 격앙되어 있었다. 생전 처음 느껴 보는 격렬한 감정이었다.

비류연 때문에 화기가 치솟고 있는 이는 비단 마하령뿐만이 아니었다. 또 한 사람! 천무학관에서 마하령과 동등, 혹은 그 이상의 위치를 점하고 있는 존재인 구정회주 창천룡 용천명이었다.

"그 남자, 비류연이라고 했던가?"

잊고 싶었지만, 그러기 위해 노력했지만, 자꾸만 비류연의 얼굴이 지워지지 않았다.

비류연이 마지막으로 자신에게 한 한마디가 뇌리에 각인된 채 거머리처럼 떨어지려 하지 않고 있었다.

"다음엔 그 검이 장식품이 아니란 걸 보고 싶군요."

헤어지면서 비류연이 내뱉은 마지막 그 한마디, 그 건방진 한마디를 용천명은 도저히 잊을 수가 없었다. 어이없고 얄밉고 주제도 모르는 시건방지기 짝이 없는 한마디였는데도 불구하고 희한하게도 그 한마디를 용천명은 자신의 뇌리에서 지워 버릴 수 없었다.

'전심전력을 다해야만 할 가치가 자신에게 있다는 것인가?'

아직은 판단을 내릴 때가 아니었다. 다만 단순한 허풍쟁이는 아니라는 점만이 현재 그가 알아낼 수 있었던 정보의 모든 것이었다.

그로서도 처음 접하는 유형의 인물이라 어떻게 대해야 할지 갈피를 잡을 수 없었다.

꽈악!

용천명이 힘주어 허리에 차고 있는 녹옥여래신검을 쥐었다.

'이 검이 겨우 그런 자 앞에서 뽑힐 수야 없지!'

아직 그는 비류연의 진정한 힘에 대해 아무것도 느끼지 못하고 있었다.

'그러나 저러나 그 사나운 아가씨가 가만히 있지 않겠군……'

장담하건대 이대로 가만히 침묵하고 있으면 그녀는 마하령이 아닌 그녀의 탈을 뒤집어쓴 또 다른 괴물일 것이다.

앞으로의 전개는 비상한 두뇌를 지녔다고 자타가 공인하는 그로서도 예측이 불가능했다. 용천명은 그 부분이 더욱더 불쾌했다.

이 세상에 오해를 사서 좋은 일은 아무것도 없다. 항상 자기 자신이 피해를 입기 때문이다. 그러나 이 오해라는 것은 보통 의도하지 않았는데도, 또 원하지 않는데도 불구하고 우연치 않게 일어나서 사람을 당혹시키는 경우가 많다.

"이 일을 어쩌지……"

오해와 오해의 연속 대행진이었다. 생각하면 할수록 신기하고 어처구니없는 오해의 연발이었다. 그래서 이제는 그 오해의 골이 너무나 깊어져 수습하기도 불가능할 지경이었다.

"고민스럽군."

안 쓰던 머리를 쓰려니 무척이나 골이 지끈거렸다.

"우이쌍!"

저절로 입에서 쌍소리가 튀어나왔다. 절제하려고 해도 도저히 절제가 되지 않았다.

"이 오해를 어찌해서 푼단 말인가?"

고민에 고민을 거듭해 보지만 달리 뾰족한 수가 생각나지 않았다. 이럴 때는 돌대가리 같은 머리—아무도 그런 말을 한 적 없었다—

가 원망스럽기 그지없다. 평생 할 고민을 하룻밤 사이에 모두 다 하는 느낌이었다.

'하지만 그런 장면을 목격당했으니…….'

다른 여자와 야심한 밤에 같이 있었던 데다 설상가상으로 찐하게 포옹하고 있는 장면을 들켰으니 그 장면이 오해의 소지를 불러일으키지 않는다는 게 오히려 신기한 일이었다.

게다가 그의 두 팔은 눈물을 훔치는 은설란을 확실히 변명의 여지도 없이 꽈악 껴안고 있었다. 꼴사납게 자신도 꺼이꺼이 울면서!

문제는 그 절호의 장면을 이진설에게 똑똑히 목격당하고 말았다는 점이었다. 그때 그의 심정은 가슴이 덜컥 내려앉는 듯한 그런 느낌이었다.

"우으으으!!! 어쩌지… 이 일을……."

정말 골치 아프기 짝이 없는 일이 아닐 수 없었다. 그러나 방법을 생각해 내야만 했다. 수단과 방법 따위나 여유롭게 찾고, 고르고 있을 시간 여유 따위는 없었다.

그만큼 그는 급했다. 엉덩이에 이미 불이 붙어서 활활 잘 타오르고 있었다. 기사회생의 한 수가 그에게는 필요했다.

역시 이럴 땐…….

'모든 것을 포기하고 하늘에 비는 수밖에는 없단 말인가!'

눈앞이 암담하기만 했다. 희망이 자신을 버리고 기별 한번 없이 멀리 이사를 간 모양이었다.

'난 억울해!'

그는 정말 억울했다.

효룡은 억울했다. 그래서 어떻게든 자신의 억울함을 하소연하고 싶었다. 그러나 자신의 억울한 하소연을 들어주어야 할 판관은 찬바람이 쌩쌩 불도록 자신을 무시하고 있었다. 이대로는 아무것도 해결될 수가 없었다.

"이……."

횡!

다음은 '소저'라고 소리 높여 부를 작정이었다. 우연치 않게 길을 가던 도중 상당한 거리를 두고 그녀와 마주친 것이다. 그것은 기회였고, 어떻게든 효룡은 그 기회를 붙잡고 싶었다. 그러나 효룡은 끝내 '이 소저'를 부르지 못했다. 이진설이 그의 존재를 감지하자마자 다른 곳으로 잽싸게 몸을 숨겼기 때문이었다.

"크으……."

효룡의 고개가 아래로 푹 꺾였다.

1차 시기는 실패로 돌아갔다.

2차 시기의 기회는 의외로 빨리 돌아왔다. 그것은 점심식사 시간의 천무 식당에서였다. 사람이 동물로 태어난 이상 밥은 반드시 먹어야 하는 것이다.

"이 소……."

횡!

효룡은 이번에도 '이 소저'를 끝내 부르지 못했다. 이진설은 그와 마주치기보다 밥을 한 끼 굶는 쪽을 택했던 것이다. 이진설은 사람이 한 끼 안 먹어도 죽지는 않는다는 진리를 적극적으로 활용할 생각인 모양이었다. 그래도 보자마자 식판을 내던지다시피 하고 달아난 것은 너무한 처사였다. 효룡은 점점 더 마음이 답답해지기 시작했다.

일단 최소한의 변명거리를 늘어놓으려면 그녀와 일 대 일로 대면해야만 했다. 그러나 그녀는 그 최소한의 기회조차 그에게 부여하지 않고 있었다.

효룡의 어깨가 축 처지는 것이 당연했다.

주위의 반응은 그를 골려먹지 못해 안달이라도 난 듯했다.

"쯧쯧! 자네도 몹쓸 사람이로군. 저렇게 귀여운 소저를 놔두고 두 마음을 품다니 말일세. 정말 실망일세. 실망이야!"

남궁상은 이미 모든 것을 다 알고 있다는 듯한 말투였다. 어떻게 그 사실을 알았는지 효룡은 그것부터가 궁금했지만, 굳이 그 근원을 물어 제 무덤을 파고 싶지는 않았다.

그러나 억울함 정도는 호소해야 할 필요성이 있었다.

"전 억울합니다."

"현장을 들킨 사람들은 항상 그렇게 말하지!"

남궁상이 쯧쯧쯧 혀를 찼다.

"진짜, 진짜, 억울하다니까요!"

효룡의 얼굴이 못 봐줄 정도로 울상이 되었다. 그러나 골려먹는 재미가 있는지 남궁상은 그만둘 생각을 못하고 있었다. 오래간만에 놀림 당하던 신세에서 놀려주는 신세로 지위가 격상된 것이다. 이 절호의 기회를 그냥 버리기에는 너무나 아까웠다.

"남자는 불쌍한 동물인 것을 어쩌겠는가……."

다 이해한다는 투로 남궁상이 이야기했지만, 효룡에게는 전혀 위로가 되지 않았다.

"이제 어쩌면 좋죠?"

이미 물은 엎질러졌다. 주워 담을 수 없으니 새 물을 길을 방법을 떠올려야만 했다. 그래도 진령이라는 엄연한 정인이 있는 남궁상이 도움이 될 것 같았다. 그러나 뚜껑을 열어 보니 그는 아무짝에도 쓸모가 없었다.

"그걸 부덕한 내가 어찌 알겠나. 자네, 세상은 험한 법이라네. 갖은 고난과 역경이 기다리고 있는 심오한 세계지. 그러나 그 길은 그 누군가가 대신 걸어가 줄 수가 없다네! 그것만은 그 누구에게도 불가능하지."

"그게 무슨 말씀입니까? 하고 싶은 말씀만 간단히 하십시오."

뾰로통한 얼굴로, 퉁명스럽게 말했다. 이미 더 이상의 기대를 품는 게 어리석은 일이라는 것을 뼈저리게 깨달았기 때문이다.

"응? 아 뭐! 열심히 하라는 이야길세. 자기 일은 자기가 스스로 해결할 수밖에 없지. 더군다나 그것이 남녀간의 심오한 문제라면 말일세……."

남궁상은 말끝을 흐리며 대답을 얼버무렸다.

"그런 식으로 외면해 버리시는군요. 선배님, 실망했습니다!"

"어허, 실망이라니… 남녀간의 심오하고 철학적이며 오묘한 문제는 그 누구의 도움도 무용한 것일세. 어떻게든 달래 보게. 난 모르네. 남녀 문제라면 내 문제 하나만으로도 벅찬데, 내가 어떻게 자네를 도와줄 여력이 있겠는가?"

비겁하게도 남궁상은 발뺌 신공을 교묘하게 펼쳐 효룡의 부탁을 빠져나갔다. 믿는 도끼 신공으로 강렬하게 공격해 보았지만 살짝 빠져나간 남궁상 때문에 효룡은 자신의 발등을 아프게 찍고야 말았다.

처절한 절망감과 함께…….

앞길이 막막하기만 했다.

'울고 싶군…….'

이렇게 된 이상 효룡은 구원을 요청할 수밖에 없었다.

# 비영각에도 인권은 있다

효룡이 주위에 산재한 아무짝에도 쓸모없는
친구들에게서 절망감을 느끼고 유일무이하게 구명줄로 여기고 있는
존재 은설란은 지금 효룡의 구원 요청을
받아들일 수 없을 만큼 바빴다.

　　그녀는 이제야 겨우 하나의 실마리를 발견했던 것이다. 그 실마리
는 의외로 그녀 가까이에 있었다. 무당산 사건을 해결할 열쇠! 그 실
마리는 바로 그녀 자신의 수신 호위를 맡고 있는 비류연이었다.

　　항상 이질적인 사건 전개가 벌어지고 사실적인 진술이 허무맹랑하
게 앞뒤 안 맞는 상태가 되고 증언이 중구난방이 되는 때가 바로 비
류연이란 이름이 개입하고 난 이후였다. 그 전까지의 사건 진술에는
별반 차이가 없었다.

　　'이 별 대수롭지도 않은 남자가 어디가 그렇게 대단한 점이 있는 것
인가?'

　　그것이 그녀로서는 금시초문이었다. 조사관의 할 일은 그 의문점
과 의혹에 대해 말 그대로 조사를 하는 것이다. 그리고 그 조사관은

바로 그녀 자신이었다.

그녀는 본연의 임무를 이행하기 시작했다.


역시 수사(搜査)는 주변 탐문이 기본 중의 기본이다. 탐문이란 알려지지 않은 소문이나 사실을 더듬어 찾아서 묻는 행위의 일체를 뜻한다. 일단 탐문수사의 기본은 상식 중의 상식, 바로 사건의 관계자로부터 증언을 듣는 것이다.

은설란도 굳이 이 법칙을 어길 생각이 없었다. 그녀가 걱정하는 것은 따로 있었다.

그녀가 하고자 하는 일은 일종의 내부 조사였다. 즉 한통속들을 조사하는 것이기에 서로를 감싸줄 위험성이 다분히 있는 것이다. 그것은 다시 말해 상대의 증언을 얼마만큼 신용할 수 있는가 하는 문제와 직결된다. 그녀는 그것을 간과하지 않고 항상 주의를 기울이고 있었다.

효룡과의 만남이 있은 후 그녀의 의혹은 해소되기는커녕 더더욱 깊어만 가고 있었다.

'도대체 그날 무슨 일이 있었길래 이 공자가 나에게 진실을 숨기는 것일까?'

다른 사람은 몰라도 이 공자만은 그래서는 안 되는 사람이었다.

'나에게조차 말 못할 진실이 대체 무엇이란 말인가?'

대성통곡을 하면서도 자신에게 말할 수 없는 일!

이 의혹을 떨쳐 버리기 위해서라도 그녀는 조사에 착수해야 했다. 사건을 철저히 파헤쳐 진상을 규명해야만 무거운 마음이 풀릴 것 같았다.

그러나 예상하고 각오했던 대로 쉽지만은 않은 일이었다.

"일단 비류연 그 사람인가?"

아무래도 비류연이라는 이질적인 존재가 쭉 그녀의 마음에 걸렸던 것이다. 아직 그 정확한 이유는 은설란 자신도 모르고 있었다. 게다가 며칠 전에 있었던 일이 더욱더 그녀의 의혹을 부채질하고 있었다.

공공의 대로를 자유롭게 걸어갈 수 있는 것은 사람이라면 누구나 가지고 있는 일반 보편적인 권리이다. 공공도로란 한 개인의 돈을 처발라 만든 개인적인 공간이 절대로 아니기 때문이다. 그런데 지금 은설란은 이 신성한 개인의 권리와 자유를 타의에 의해 침범받고 있었다.

"찝찝하군요!"

은설란이 조용히 말했다. 다시 한 번 생각해 봐도 확실히 찝찝했다.

"누가 돈이라도 흘린 걸까요?"

은설란이 비류연을 보고 말했다.

"예? 아니 어떤 놈이 감히!"

누가 그런 천인공노할 짓을 했느냐는 심각 무쌍한 얼굴로 비류연이 버럭 소리를 지르며 반문했다. 질문한 은설란이 오히려 깜짝 놀랄 정도였다. 의외의 과격 반응에 은설란의 얼굴에 식은땀이 삐질 흘러내렸다.

"호호! 아뇨, 누군가 자꾸 흘리지도 않은 돈을 주우려고 하는 것 같아서요."

은설란의 시선이 살짝 뒤를 향했다. 그제야 비류연은 은설란이 뜻하는 바를 명확히 알 수 있었다.

"아아~ 그 사람이요! 열심이긴 한데 어제 그 사람보다는 실력이 떨어지네요. 저렇게 미행이 미숙해서야… 거울도 아닌데 이리도 적나라하게 훤히 보이네요, 훤히… 쯧쯧쯧!"

비류연이 혀를 찼다. 그리고 그 내용은 은설란의 눈을 놀란 비둘기처럼 동그랗게 만들었다.

"그럼 어제도 미행자가 있었다는 이야긴가요?"

어제는 등 뒤에서 아무런 기척도 느낄 수 없었다. 방심하던 사이에 완전히 뒤를 밟히고 만 것이다.

"물론이죠! 뭐 그게 대단한 비밀이라고 사실을 숨기겠어요. 아실지 모르지만 은 소저는 밀정들 사이에서 요즘 꽤나 인기라구요. 실질적으로 진정한 혼자가 된 적이 한 번도 없으니까요."

은설란은 비류연의 설명에 기가 막혔다. 농담이라 치부하기에는 그 안에 담긴 내용들이 너무 의미심장했다.

"이제 어쩌면 좋죠?"

"일단 지그시 밟고 시작하죠. 물론, 원하신다면요!"

비류연이 싱긋 웃었다.

"원해요!"

은설란이 고개를 끄덕였다.

"그럼 분부하신 대로!"

앞으로 걸어가던 비류연의 발걸음이 우뚝 정지했다. 비류연이 몸을 꼿꼿이 편 채 발끝으로 지면을 톡 찼다.

쉬이이익!

동시에 비류연의 신형이 뒤로 쭈욱 늘어났다.


일단 타작이 시작되었다. 대화에 앞서 주먹과 폭력으로 무작정 해결하려고 하는 것은 무척이나 나쁜 버릇이다. 그러나 모순되게도 대부분의 나쁜 방법들은 매우 효과적이거나 매우 편리하다는 공통적인 특징이 있었다.

그러나 매우 효과적이라고 자타가 공인하는 이 방법에 걸린 비영각 소속 대원 십비대원(十秘隊員) 팔비(八秘)는 죽을 맛이었다.

"꾸에에에에에엑!"

자신의 임무에 항상 충실하던 팔비는 업무 중 사고를 뛰어넘어 지금 이 순간 순직의 위기에 처해 있었다. 그러나 도움의 손길을 요청할 창구는 모두가 다 막혀 있었다.

위기감이 엄습해 왔다. 아직은 창창한 나이에 순직해서 집안에 위로금을 안겨 주고 싶지는 않았다. 그렇게 생각하니 입이 시키지도 않았는데 혼자서 나불거려졌다.

"끄아아아악! 아니에요! 아니에요! 난 아니라니깐요."

팔비의 비명성이 높다란 가을 하늘에 메아리쳤다.


"뭐라구요?"

은설란이 고개를 갸우뚱거렸다.

"그렇습니다. 그러니 오해를 푸십시오."

팔비의 얼굴은 업무 중 상해로 말이 아니었다. 치료비나 제대로 청구할 수 있을지 걱정이 앞서는 팔비였다.

"그러니깐 노리는 게 내가 아니었다 그거죠?"

질문한 사람은 은설란이었다. 자신을 미행한 줄 알았던 미행자의 목표가 자신이 아니었다는 사실은 아무래도 의혹을 불러일으킬 수밖에 없는 일이었던 것이다. 팔비는 남아서 대기 중에 있는 주먹이 날아오기 전에 얼른 말했다.

"네! 물론입니다. 그래도 의심이 가신다면 제 신분을 증명할 수도 있습니다."

허리춤에서 꺼낸 패(牌)는 분명 천무학관 비영각 소속임을 나타내고 있었다. 분명 팔비의 행동은 첩자로서는 실격이었다. 부끄러운 노릇이었다. 그러나 그 행동의 결과는 즉효였다.

"그럼 누굴 미행한 거죠?"

가장 선결되어야 할 문제였다.

"저… 저 사람이요."

은설란과 나예린, 그리고 모용휘의 눈이 크게 떠졌다. 팔비의 손가락이 가리키는 끝에는 비류연이 있었다.

"그럼 누구에게 부탁받은 거죠?"

"그건 말씀드릴 수 없습니다. 죽어도!"

그나마 비선(秘線)다운 모습을 한 번 보여주는 팔비였지만, 점수는 이미 완전히 잃어버린 지 오래였다.

은설란의 시선이 비류연을 향했다. 그 시선은 의혹으로 가득 도배되어 있었다.

'이 남자에게 뒤를 밟을 만큼의 중요성이 있었단 말인가?'

확실히 특이하고 독특한 유형의 인물이긴 했다.

'이 남자가 열쇠가 될지도 모른다.'

그러고 보니 무당산 사건 중 여전히 은막에 감추어져 있는 것은 비류연뿐이다. 그 사건에서 비류연이 맡은 역할만이 명확하게 드러난 바가 없었다.

이때부터 최초로 은설란은 비류연의 존재가치에 대해 신경을 쓰게 되었다.

'좀더 알아볼 필요성이 있겠군.'

아무리 봐도 석연치 않은 점이 너무 많았다. 주변을 좀더 캐볼 필요성이 확실히 있었다.


가을은 천고마비(天高馬肥)의 계절이라고 했던가?

하늘은 무척 높고 새파랬다.

나예린은 조용히 가을 하늘을 바라보았다.

요즘 왠지 모를 이유 때문에 주위가 너무 소란스러운 듯한 느낌이었다. 애초에 계획에도 없던 호위 역을 덥석 맡아 버린 자신, 암습자들의 습격, 또다시 빼앗겨 버린 입술! 마하령과의 만남! 사건이 꼬리에 꼬리를 물고 계속해서 이어졌다. 왠지 운명의 흐름에 휩쓸려 가는 듯한 느낌이었다.

그녀에게 있어 요즘처럼 마음이 심란한 적은 없었다. 그녀의 머리와 가슴은 명경지수처럼 맑고 차갑고 잔잔했다. 잡생각이나 사념은 어디에도 그녀를 침범하지 못했었다. 그런데 요즘 왠지 생각이 많아졌다는 것을 절실히 느끼는 나예린이었다. 그것은 부정한다고 해결될 일이 아니었다.

원인은 그녀도 알고 있었다. 그녀의 마음에 파문을 일으키고, 혼란을 야기하고 있는 장본인, 그 사람은 바로 비류연이었다. 왜 이렇게까지 자신의 마음을 혼란스럽게 만드는지는 그녀의 영역 밖이었다.

한 쌍의 새가 지저귀며 하늘에서 노닐고 있었다.

'난 혼자야.'

그녀는 속으로 조용히 말했다.

'남자 따위……'

짐승하고 그 경계와 구분이 모호할 뿐이었다. 두 발로 서 있다는 것 이외에는… 최소한 그녀에게는 그러했다.

그녀 주위에 그 누구도 남자에 대해 긍정적인 시각으로 바라보는 사람이 없었다. 물론 어처구니없고, 때때로 철없고, 굉장히 수시로 파괴적인 남자에게서 어떤 장점을 찾아낼 수 있을지는 의문이지만…….

과거의 안 좋았던 경험이 더욱더 그녀의 심란함을 부채질하고 있었다.


'으으으으!'

사내의 으스러질 듯 쥐어진 손이 분노로 부르르 떨렸다. 심혼을 태울 듯한 분노가 그의 전신을 전소시키고 있었다. 그는 바로 청성파의 기대주이자 빙봉영화수호대의 대주 선풍검룡(旋風劍龍) 위지천이었다. 그는 오늘도 끈질기게 나예린의 곁을 떠나지 않고 지척에서 그녀를 지켜보고 있었다. 물론 그의 주관적인 신념에 관계없이 나예린에게는 도움은커녕 막대한 민폐가 되는 행위였다.

"이노오옴!"

빠드득!

위지천은 치아가 으스러질 정도로 이를 갈았다.

항상 곁에서 나예린을 지켜본 그는 나예린의 변화를 눈치 채고 있는 몇 안 되는 사람 중 하나였다. 누구에게도 발설하지 않았지만 인식하기 싫어도 어쩔 수 없이 뼈저리게 인식할 수밖에 없었다. 요즘 나예린의 상태가 전과 같지 않다는 사실을! 그리고 어떤 원인으로 인해 그녀에게 변화가 찾아오고 있다는 사실을 그는 싫어도 느껴야만 했고 끔찍스럽지만 보아야만 했다.

더욱 참을 수 없는 사실은 자신이 그놈과 같은 흑검조 소속이라는 사실이었다. 물론 흑검조에 나예린이 소속되어 있다는 사실은 황홀할 만큼 기쁜 일이었지만, 눈엣가시 같은 존재인 비류연이 그 황홀한 기쁨을 반에 반으로 반감시키고 있었다.

'저놈만 이 세상에 없다면!'

하루에 수십 번씩 같은 생각을 반복해서 떠올리는 위지천이었다.

요즘 나예린은 혼란에 빠져 있는 듯했다. 확실히 예전에 보여주던 인간 외적인 모습이 많이 사라지고 있었다. 확실히 두껍게 쌓아 올린 벽을 조금씩 허물고 현실에 가까워지고 있는 나예린이었지만 위지천은 전혀 기뻐할 수 없었다. 그 변화의 원인이 바로 비류연이라는 망할 놈의 인간이라는 거의 확고한 심증을 그는 지니고 있었기 때문이다.

자신이 품고 있는 영원한 마음속의 우상이자 선녀인 그녀의 입술을 빼앗아 간 천하의 도둑놈! 개새끼! 인간 말종! 그 빌어먹을 자식의 이름은 바로 비류연이었다. 그 망할 놈의 자식은 자신이 꿈에서도 감히 엄두도 내지 못한 황홀한 붉은 보석을 겁대가리 없이 냘름 취했고, 지금은 미인 조사관의 수신 호위라는 명목으로 나예린과 착 달라붙어 있었다. 현실에서 그녀와 자신과의 거리는 5장(약15m)이 넘는데 비해 비류연과 나예린 사이의 거리는 다섯 자(약 165cm)도 되지 않으니 울화통이 안 터질래야 안 터질 수가 없었다.

차가운 달빛을 깎아 놓은 듯했던 나예린의 얼굴에 하나씩 둘씩 표정이 늘어갈 때마다 위지천은 마음이 갈기갈기 찢겨져 나가는 듯했다. 비류연의 혀를 뽑아 토막을 친 다음 육회로 떠버리겠다던 그날의 맹세를 지키지 못하고 있는 자신이 너무나 부끄러웠다.

"후우……."

다시 나예린의 고운 입에서 한숨이 터져 나왔다. 보는 이의 가슴을 슬픔에 잠기게 할 만큼 애잔한 한숨이었다. 예전의 그녀에게서는 결코 볼 수 없었던 모습이었다. 나예린은 혼자가 되더라도 조각 같은 무표정을 유지했었다. 그놈, 비류연이 나타나기 전까지는 말이다.

"야호! 나 소저!"

운향정의 청아한 적막을 단번에 때려 부수는 생기 넘치는 목소리였다. 그러자 나예린의 차갑던 얼굴에 더욱 풍부한 표정이 떠올랐다. 위지천은 이를 악 물었다.

'크으으으으!'

그 소리는 위지천이 죽어도 잊지 못하는 바로 그 몹쓸 놈의 목소리였다.

"빨랑 가죠! 거기서 뭐해요? 다른 사람들이 모두 기다려요! 빨리요!"

감히 남들은 부담스러워 말도 제대로 못 거는 나예린에게 주위의 시선에도 아랑곳하지 않고 소리치는 비류연이었다.

"지금 갑니다."

나예린이 대답했다.

"빨리요! 저 목 빠져요."

비류연이 엄살을 부리는 소리가 다시 들렸다.

"네!"

다시 나예린이 대답했다. 비류연의 재촉이 그렇게 싫지는 않은 모양이었다.

흘깃 지긋한 눈으로 하늘을 바라보던 나예린은 이윽고 몸을 돌려 운향정을 빠져나갔다. 고요와 적막이 가득한 공간에 위지천만이 홀로 남게 되었다.

"죽일 테다. 이놈… 반드시 죽일 테다. 비… 류… 연!"

빠드득!

그놈은 쓰레기 같은 녀석이었다. 암적인 존재였다. 종기 같은 존재였다. 주체할 수 없는 분노의 불길이 그의 온몸을 휘감았다.

"이… 쓰레기 같은 놈! 이 망할 놈의 구더기 자식!"

마음속으로 피눈물을 흘리며 증오를 불태웠다. 누군가 자신의 마음에 응답해 주기라도 바라면서… 그리고 응답이 왔다.

"그렇게 분한가? 그렇게 증오스러운가? 그렇다면 망설이지 마라!"

"누… 누구냐?"

기척도 없이 자신의 등 뒤로 다가온 정체불명의 목소리에 놀란 위지천이 화들짝 놀라며 소리쳤다.

"다… 당신은!"

 위지천의 눈이 부릅떠졌다.

"힘을 원하는가?"

 그 사람이 씨익 웃으며 말했다.

# 태극의 인재를 찾아라!
## - 빙검 관철수

은설란이 비류연에 대해 조사하고 있다는
소문이 학관 내에 나돌자 대부분의 관도들은 코웃음을 치는 데
그들의 내공의 거의 전부를 소진시켰다.
몇몇은 은설란이 '헛수고한다' 고 서슴지 않고
말하는 사람들도 있었다.

　　그러나 은설란은 그들의 말에 귀를 기울이지 않았다. 일단 자신의
눈과 귀로 보고 들은 것에 대한 판단이 최우선이었다. 그리고 여기에
는 여자의 직감도 크게 작용하고 있었다.

　　은설란이 비류연에 대해 조사하면 조사할수록 그녀는 점점 자신이
미궁으로 빠져드는 듯한 느낌이었다. 그만큼 비류연에 대한 정보는
알려고 하면 할수록 점점 더 모르게 되기 일쑤였다. 사람들의 의견이
나 동일 사건에 대한 증언이 너무나 차이가 많이 나고 있었다. 게다
가 무당산 일에 관해서는 대답을 회피하거나 두루뭉술 얼버무리는
사람들도 많았다. 무엇이 껄끄러운지 알 수는 없지만 분명 그들은 비
류연에 대해 대답을 회피하고 있었다. 그것만은 여인의 자존심을 걸
고 맹세할 수 있었다.

조사하면 조사할수록 은설란의 의욕은 점점 더 고조되어 갔다.

"비 공자는 어떤 사람이죠?"

이번 질문의 대상자는 나예린이었다.

"언제나 소란스런 사람이죠."

나예린은 망설이지 않고 대답했다. 물론 비류연과 함께 한 이후 그의 주위가 조용했던 적은 단 한 번도 없었다. 그러나 은설란에게는 맥이 빠지는 대답이었다. 그녀에게만은 좀더 다른 대답을 원했는지도 모른다. 남들이 입을 모아 이야기하는 사실 따위는 그녀에게 무용지물이었다.

"그것 말고 다른 할 말은 없나요?"

은설란은 좀더 색다른 정보를 듣고 싶었다.

"그가 소란스럽다는 것 이외에 무슨 다른 표현이 있을까요?"

"음!"

이진설이 그녀의 말에 동조하듯 옆에서 고개를 주억거렸다.

"처음에는 군웅회주 철옥잠 마하령, 두 번째는 구정회주 창천룡 용천명! 정말 화려한 전적을 자랑하는 사람이로군요. 정말 대단해! 정말……"

이진설은 비류연이 저지른 큰 사건들을 손가락으로 꼽으며 말했다.

"이번엔 또 무슨 일을 저지를지 걱정이로구나!"

나예린이 근심 섞인 목소리로 이진설의 말에 화답했다.

"호호호! 나 소저는 비 공자의 안위가 매우 걱정스러운 모양이지요?"

은설란은 기회를 놓치지 않았다. 나예린은 은설란의 갑작스런 질문이 무척이나 당황스러웠다.

"그런 의미는 아니었습니다. 불필요한 오해의 소지를 확대시키는 일은 삼가 주세요."

"호호! 그렇게 정색하며 말할 필요까지 있을까요? 그렇다고 비 공자가 싫은 건 아니잖아요?"

은설란이 넌지시 나예린을 떠보았다.

"무… 물론 싫어하는 것은 아니에요. 그렇다고 좋아하는 것도 아니지만요."

"호호호! 꼭 그렇게 뒷말을 강조할 필요는 없어요. 제가 원한 답변은 앞부분이지, 불필요한 뒷부분이 아니거든요. 묻지 않은 질문에 대한 답까지 주시다니 나 소저답지 않군요."

"그… 그건……."

은설란은 회심의 미소를 지었다. 이런 방면으로는 도가 튼 그녀였다. 연애 무경험자인 나예린은 은설란의 상대가 될 수 없었다. 나예린은 혼란스러웠다.

'여기까지만 할까?'

더 이상은 나예린에게 역효과를 가져다 줄 수 있었다. 세상과 벽을 쌓고 있는 그녀에게는 한 발짝 한 발짝씩 점진적으로 접근해 가는 것이 더욱 효과적이었다.

"그것보다 그 소란스런 분이 이번엔 무슨 일을 벌일까요?"

은설란은 재빨리 화제를 돌렸다.

"이번에는 냉엄하기로 소문난 총 노사 빙검 노상과 싸우는 것 아닐까요? 저기 왜 염도 노사랑도 싸워 이겼다는 소문도 돌고 있잖아요?"

이진설이 웃으며 말했다. 웃고 즐기자는 목적 하에 한 가벼운 말이었다. 하지만 비류연이 염도와 싸웠다는 소문이 도는 것은 사실이었다. 심지어는 이진설의 말대로 싸워 이겼다는 소문까지도 돌고 있었다. 그러나 비류연이 전신에 상처 하나 없이 멀쩡했기 때문에 그 소문을 곧이곧대로 믿는 사람은 아무도 없었다.

"또, 쓸데없는 소리! 말도 안 되는 소리를 하는구나! 그런 일이 일어날 리가 없지 않느냐! 실없는 소리 그만 하고 수련에 정진하도록 하거라!"

"헤헤… 네!"

혀를 삐죽 내밀며 이진설이 웃었다. 그러나 약간 억지가 섞인 그런 웃음이었다. 아직은 안면 조절이 완전치 않은 모양이었다. 이진설은 다른 일이 신경 쓰여 죽겠지만 감히 두려워 말을 걸지 못하고 있었다. 그날의 진상을 물어보기에는 용기가 너무 부족했다. 그래서 그녀는 은설란과 제대로 시선을 맞출 수가 없었다.


"부탁하네!"

검존이 빙검을 쳐다보며 말했다.

"맡겨 주십시오!"

빙검이 공손히 대답했다.

"자네의 눈이 이 천무학관에 있는 그 누구의 눈보다 정확하다고 나는 믿고 있네! 자네가 보고 판단한 것을 그대로 나에게 전해 주도록 하게!"

그렇지 않아도 요즘 눈엣가시 같은 염도의 행보가 수상하던 터였다. 수하의 보고에 의하면 마치 사부와 제자처럼 두 사람이 붙어 다닌다는 믿을 수 없는 보고였다.

'염도와 같은 사회 부적응자에게 그런 일이 가능하단 말인가?'

순전한 농담으로 치부하기에는 유사한 보고가 너무 많았다.

'비류연이라고?'

어쨌든 신경 쓰이는 존재가 아닐 수 없었다.


사부는 온몸에 거미줄처럼 미세한 상처를 안은 채 조용히 좌정하고 있었다.

무림에서 신(神)으로 추앙받던 사부가 어느 날 갑자기 상처를 입고 돌아왔을 때, 빙검과 염도는 사부가 농기(弄氣)가 동해 장난이라도 치는 줄 알았었다. 만일 현 무림에서 사부에게 이런 상처를 입힐 수 있는 존재가 있다면, 그것은 80년 전에 전 무림을 피의 도가니로 몰아넣었던 공포 그 자체인 '그' 뿐이었다. 그러나 '그'는 이미 80년 전 자신의 사부 태극신군 무신 혁월린과 천무삼성, 그리고 무신마 갈중혁의 합공을 받고는 생사도 판명나지 않은 채 행방불명된 상태였다. 그로부터 80년이 지난 지금 갑자기 다시 등장할 리가 없었다. 만일 그런 일이 발생했다면 이미 전 무림이 발칵 뒤집혔을 것이다. 그러나 그런 것치고 무림은 권태로울 정도로 평화 그 자체였다.

그런데 이런 평화로운 무림에서 감히 무신(武神)에게 치명상을 입힐 수 있는 존재가 있다는 사실이 믿어지지 않았다.

"곽아!"

"예, 사부님!"

20년 전 그때부터 염도의 여성 이름 열등감은 버젓이 존재하고 있었다. 그러나 이때만 해도 지금처럼 폭급한 성격은 아니었다. 오히려 믿겨지지 않겠지만 현재의 모습과 대조해 보면 절대로 상상할 수 없을 정도로 조용한 성격의 소유자였다. 그 일이 있기 전까지는……

"너는 태양의 기운을 이어받은 건양지기(乾陽之氣)의 소유자다. 알고 있겠지?"

사부의 자상한 목소리에 참았던 눈물이 쏟아질 것 같았다. 이때만 해도 그는 착실하고 성실한 좋은 제자 그 자체였다.

"예! 잘 알고 있습니다. 제가 검염기(劍焰氣)를 익히기에 적합한 체질이라 말씀하셨습니다."

"그래! 너는 건양지체(乾陽之體)라 화령신공을 익히기에 적합한 체질이다. 그러나 너무 극양(極陽)으로 그 기운이 치우쳐 있어 빙령지기를 받아들이기에는 적합하지가 않다. 너희 둘 모두 기운이 어느 한쪽으로 치우친 경향이 있는 점이 아쉽구나. 그리고… 관아!"

이번에는 혁월린이 빙검을 쳐다보았다.

"예! 사부님!"

빙검이 깍듯하게 대답했다.

"허허허, 너는 항상 흐트러짐이 없구나! 곽아가 태양의 기운을 이어받았듯 너는 달의 기운을 이어받은 곤음지기(坤陰之氣)의 소유자다."

"잘 알고 있습니다."

"그래, 잘 알고 있겠지! 너는 항상 모든 일이 완벽해서 그다지 걱정을 크게 끼치는 일이 없었다. 그러나 너무 싸늘한 점이 문제구나! 좀 더 사람과 가까이 하도록 노력하도록 해라.

알다시피 너는 곤음지체(坤陰之體)라 빙백신공을 익히는 데 적합하다. 그러나 너 역시 극음(極陰)으로 기운이 심하게 치우치는 것을 잘 알고 있을 것이다. 음과 양은 원래 하나에서 파생된 하나인 법! 너희들이 힘을 합치면 이 세상에서 너희를 대적할 수 있는 이는 많지 않을 것이다."

무척이나 자상 자애한 목소리였다.

"사부님……."

'그런 일은 절대 없을 겁니다. 이딴 녀석과 힘을 합치라니요. 그런 심한 말씀 하지 마십시오!' 라는 뒷말을 두 사람 모두 차마 잇지 못했던 것이다. 곧 선경에 드실 사부였다. 그런 사부 앞에서 못난 모습 보이고 싶지 않다는 데 서로 암묵적인 합의를 보았던 것이다. 그것이 제자로서 그들이 할 수 있는 최소한의 도리일 것이다. 그러나 그들의 사부는 그 명성답게 그리 호락호락하지 않았다.

"너희들은 여전히 사이가 좋지 않구나! 후우… 당장 사이가 좋아지라고 해봤자 미봉책에 불과할 뿐이겠지. 그렇게 티격태격 다투기만 해서야 어찌 내가 창안한 건곤일월합격진(乾坤日月合擊陣)을 펼칠 수 있겠느냐!'

빙검과 염도 모두 양심의 가책 때문에 찔끔할 수밖에 없었다. 사부의 청정한 눈이 그들의 가식을 단번에 꿰뚫어 보았던 것이다. 안타까운 마음에 잠시 말을 멈춘 사부 혁월린은 두 사람을 번갈아 바라본 후 조용히 입을 열었다. 이제 시간이 없었다.

"관아! 곽아!"

"예, 사부님! 하명하십시오."

"잘 들어라! 너희들에게 나의 마지막 심득(心得)과 유언을 전하겠다."

"마… 마지막 심득이라니요?"

두 사람 모두 처음 듣는 소리였다.

"하산(下山)해서 강호에 나가거든 절대 나의 죽음을 발설하지 말거라! 무림에서는 천겁령의 핵심 세력이 모두 사라지고 그 잔당들만 남았다고 생각하나 나의 생각은 다르다. 그들은 아직 사라지지 않았다. 겨울잠을 자는 곰처럼 잠시 동면에 들어가 있을 뿐이다. 아직 완벽하게 당시의 세를 부활시키지 못한 그들에게 나는 엄청난 걸림돌이겠지. 무신마 갈중혁이 생생히 살아 있고 나의 죽음이 확실해지지 않는 이상 그들도 함부로 모습을 드러낼 생각은 못 할 것이다. 절대 나의 죽음을 발설하지 마라! 그리고 너희들이 나의 제자들이라는 사실도 될 수 있으면 숨기도록 하여라."

"사부님… 안 됩니다. 돌아가시면 안 됩니다. 무림을 위해서라도 아직 돌아가시면 안 됩니다."

"이것은 거역할 수 없는 천명(天命)이다. 이제 나의 유지(有志)는 너희들을 통해 이어질 것이다."

스윽!

사부는 품속에서 물건 하나를 꺼냈다. 흰 비단 포에 소중히 싸여 있는 물건! 이것이 그가 후대에 남겨야 할 마지막 물건이었다. 이제 남은 것은 견원지간이라서 불안하기 짝이 없는 제자 둘뿐이었다. 일말의 불안감이 없는 것은 아니지만, 이미 대안은 남아 있지 않았다.

꿀꺽!

마른침이 두 사람의 목젖을 타고 뒤로 넘어갔다. 느닷없는 흥분에 가슴이 두근두근 뛰었다.

"내 너희에게 이것을 전하마!"

사락사락! 비단 천이 벗겨지자 상서로운 광채가 비단 보자기 안에서부터 뿜어져 나왔다.

"이… 이것은!!!"

두 사람의 눈이 경악으로 부릅떠졌다.


"확실히 기억했느냐?"

"네… 사부님! 흑흑흑"

두 사람의 눈에서 눈물이 떨어졌다. 지금 두 사람은 흐느끼고 있었다.

"염백(炎魄)과 빙혼(氷魂)! 정(正)과 반(反)을 한데 아우를 수 있는 자를 찾도록 해라! 신도 홍염(紅焰)과 신검 빙루(氷淚)가 길을 인도할 것이다. 그 자가 바로 태극을 하나로 합칠 인재이다. 성신(星辰), 별의 기운을 가진 자를 찾아라!"

사부의 마지막 유언이자 충고였다.

"태극의 인재! 그 인재를 찾으면 서로 협력하여 태극을 합일시킬 수 있도록 노력해라! 나는 너희들을 믿는다. 너희들의 손에서 무림의 구성이 나오길 저승에서 기원하마. 나와 너희의 인연은 여기까지구나!"

온몸에 거미줄처럼 미세하게 나 있는 상처를 입은 사부였지만, 좌정한 채 흐트러짐을 보이지는 않았다. 하지만 자신의 생명이 얼마나 남았는지는 충분히 예지하고 있었다. 염도와 빙검, 모두 눈물을 흘렸다. 그들은 북받치는 슬픔을 참아낼 수 없었다.

"사부님! 원수를 알려주십시오! 저희들이 반드시 사부님의 원수를 갚아 드리겠습니다."

"흉수를 알려주십시오!"

염도와 빙검 모두 이구동성으로 외쳤다. 그러나 그들의 사부이자 천겁혈세 때 무림의 구성이었던 태극신군 무신 혁월린은 조용히 미소지으며 고개를 가로저었다.

"그것은 너희들이 상관할 바가 아니다. 이 승부에 나는 한 점의 후회도 없다. 미련이 남았다면 승부에서 승리하지 못한 것, 그것 하나뿐이다. 너희들의 실력으로는 어림도 없는 일! 태극의 인재를 찾아 태극을 합일시킬 때까지는 다른 생각은 절대 품지 말도록 해라!"

"사부님! 흉수를 알려주십시오!"

다시 한 번 염도와 빙검이 무신에게 부탁했다. 그러나 태극신군은 꿈쩍도 하지 않았다.

"너희들에게는 너무나 벅찬 짐! 나는 그런 무거움 짐을 떠넘기고 너희를 떠날 수는 없구나. 대신 혁소운, 그 아이를 부탁한다. 그 아이도 자신의 운명은 자신이 결정할 것이라 믿지만 너희들이 도와주었으면 좋겠구나."

"예, 사부님!"

하염없는 눈물이 두 사람의 눈에서 쏟아져 나왔다.

"사람은 언젠가 죽는 법! 무인이 되어 검을 잡았을 때부터 이미 각오한 바이다. 너희들은 너무 슬퍼하지 말거라. 그럼! 후사를 부탁한다."

그리고 무신은 그 영광스런 이름을 무림 역사에 찬란히 남긴 채 조용히 눈을 감았다. 무림의 거성이 유성이 되어 떨어져 내리는 순간이었다. 그러나 그 이름은 전설이 되어 영원히 이어질 것이다.

"사부님……."

빙검은 왼손을 자신의 품에 가져다 댔다. 그때 이후로 한시도 몸에서 뗀 적이 없는 물건이었다. 염도와 함께 나누어 받은 사부님의 생명과 같은 물건이었다. 목숨을 걸고 지켜야만 하는 물건이었다.

잠시 과거를 회상하던 빙검의 시선이 다시 현실로 돌아왔다.

# 빙겸 관철수 대 비류연

나날이 도전과 시비가 반복과 반복을 거듭하는 날들이었다.
이제는 지겹다 못해 한숨부터 먼저 나왔다.
"받아라! 웬수!"
"또야?"
심드렁한 비류연의 반응! 이 짓도 한두 번이 아니다 보니
만성이 되는 느낌이었다.


빠바박!

한 차례 요란스런 격타 소리와 푸르딩딩하게 부은 채 시체처럼 널 브러진 습격자! 상황은 언제나 그걸로 종결된다.

최근 들어 비류연을 노리는 무리들이 너무 많아졌다. 그러다 보니 암습자들의 영업시간이 겹치는 때가 한두 번이 아니었다. 게다가 서로 오해도 많았고, 그러다 보니 사고도 생길 뻔했다.

하루는 같은 시각에 비류연을 습격하겠다는 꿈을 품고 비류연의 기숙사 창문 앞에 마주 선 두 사람의 관도가 창문을 향해 돌입할 생각도 하지 못한 채 서로 도둑인 줄 알고 검을 부딪쳐 크게 싸우다 추락한 일도 있었다. 다행히 중상은 면했지만, 허허 웃으며 넘어갈 가벼운 상처도 아니었다.

날이면 날마다 찢고 태우고 묻어도 비류연의 사물함에는 매번 결투장이 다발째 들어 있었다. 그러나 그 어떤 결투장에도 비류연은 코웃음으로 대할 뿐 조금도 신경 쓰려 하지 않았다.

"우리를 모욕하는 것이냐? 당장 검을 들어라! 결투다!"

라고 소리 높여 외쳐도 그것은 대답 없는, 소리 없는 아우성일 뿐이었다. 돌아오지 않는 메아리. 그것만큼 비참한 것도 없었다.

비류연은 단 한마디만 할 뿐이었다.

"난 돈이 안 되는 일엔 관여 안 해요. 무익한 노동, 대가 없는 노동은 강호의 악입니다."

한 치도 굽히지 않는 비류연의 주장이었다.

"저하고 만일 싸우고 싶다면 거액의 대전료를 걸어요. 그러기 전에는 어림도 없습니다."

금전적 손해를 보면서까지, 교칙을 어기고 점수를 깎이면서까지―이미 더 깎일 평판도 없지만―결투에 응하고 싶은 생각은 비류연도 없었다.

"아참! 그리고 나하고 싸우려면 적어도 염도 노사 정도는 이길 실력을 가지고 덤벼요! 그 전에는 돈만 날릴 테니까요! 물론 나야 좋지만!"

"뭐어어어?"

듣는 이의 정신을 혼미하게 만드는 우주 광오의 극치를 달리는 말이었다. 그러나 비류연에게 기습적으로 덤볐다 쥐어터진 관도들은 반박할 말도 찾지 못한 채 퉁퉁 부은 얼굴을 붙잡고 쓸쓸히 자리를 떠날 수밖에 없었다.

그렇게 해서 '싸우려면 돈 내라!'라는 비류연의 말이 학관 전체로 퍼져 나갔다. 그리고 염도를 이길 만한 실력이 아니면 감히 덤비지도 말라고 호언장담했다는 소문에 돈 내라는 말과 함께 순식간에 학관 전체로 퍼져 나갔다.

이 소문은 너무나 어처구니없고 우주 광오한 소리였기 때문에 신빙성을 얻기가 힘들었다. 그래서 여전히 비류연의 존재는 수수께끼로 남아 있었다. 다들 그 진의에 대해 고개를 내저었기 때문이다.

그러나 그렇다고 해서 소문이 잠잠해진 것은 아니었다. 소문은 그 내용이 황당한 만큼 점점 사람들의 입에 자주 오르내리며 눈덩이처럼 불어나 마침내 염도와 세불양립의 철천지 원수지간인 빙검의 귀에까지 들어가기에 이르렀다.

다른 사람은 이 소문에 코웃음을 치고 비류연을 미친놈 취급하며 안 보이는 데서 몰래 손가락질을 했지만, 빙검은 이 소문을 단지 헛소문으로 치부하며 한쪽에 제쳐둘 수가 없었다.

확실히 염도 그 인간 자체는 마음에 들지 않지만, 그의 명예가 실추되면 그 여파가 자신에게까지 미칠 수 있기 때문이었다. 왜냐하면 그 둘은 자타가 공인하는 경쟁 상대였던 것이다. 때문에 만일 상대의 명예에 흠집을 가하는 헛소문이 돌면 기분은 찝찝하지만 처리할 수밖에 없었다. 괜히 도매금으로 함께 넘어가고 싶지는 않았기 때문이다.

"사부님!"

빙검은 그 누구보다도 존경하던 하늘같은 사부의 얼굴을 떠올렸다. 무신(武神)이라고까지 불리며 추앙받던 사부였다. 감히 자신은 그 발끝조차 따라가지 못할 정도로 위대한 분이었다. 자신이 사부의 제자로 발탁된 것 자체가 더할 나위 없는 영광이자 인생 최고의 행운이었다. 자질이 미치지 못하여 그 진전을 반밖에 잇지 못했다는 것이 아쉬울 뿐이었다. 그런데 요즘 학관에서는 이상한 소문이 나돌고 있었다.

그것은 바로 비류연이 염도를 이겼다는 터무니없는 소문이었다.

염도 곽영희!

죽을 때까지 절대 그의 뇌리에서 지워지지 않을 이름이었다. 한때는 동문이자 친구였으나 지금은 서로 이를 가는 숙명적인 경쟁 관계였다. 아직 그와는 제대로 결판을 내지 못하고 있었다. 아직 결착(決着:완전한 결말)을 낼 만큼 둘의 실력차가 벌어지지 않은 상태였다.

건(乾)과 곤(坤)! 염(炎)과 빙(氷)! 극과 극의 공부였다.

서로 비등비등한 실력을 지닌 두 사람이 온전하게 승부를 내기란 불가능했다. 그래서 아직 정면으로 맞붙지는 않았지만 언젠가 결착을 내야만 하는 상대였다. 그런데 그런 염도가 이름도 출신도 없는 애송이에게 졌다는 헛소문이 돌고 있으니 빙검이 달가울 리가 없었다.

'비류연이라…….'

분명 들어본 이름이었다. 그 이름이 있는 곳은 항상 모든 소동의 중심이었다. 소동이 없었던 곳에 그의 이름이 있었던 적은 단 한 번도 없었다. 굳이 있었다면 삼성무제의 우승자에 불명예스런 경로로 오른 것 정도라 할 수 있었다.

"그래도 역시 확인은 해봐야겠지……."

한때의 연적이자 영원한 경쟁자인 염도를 눌렀다는 소문은 빙검으로서도 달갑지 않은 것이었다. 때문에 그는 그 소문을 잠식시킬 필요가 있었다.

'훗! 만일 소문이 사실이라면 그런 자야말로 태극을 하나로 만들 수 있는 인재인지도 모르지.'

그러나 그는 곧 고개를 저었다.

"훗! 설마 그럴 리는 없겠지."

20년 동안 그 어떤 실마리도 찾지 못한 상태였다. 이제 와서 태극의 인재가 덜컥 나타난다는 게 우스운 일이었다. 하지만⋯⋯.

"시험해 볼 필요가 있으려나⋯⋯."

드디어 빙검이 움직이기 시작했다.


"대전료만 내면 싸울 수 있다는데, 그게 사실인가?"

평상시처럼 은설란의 호위를 맡아 그녀의 뒤에서 수행하며 나예린과의 대화를 시도하던 비류연은 등 뒤에서 들리는 목소리에 고개를 돌려 뒤를 쳐다보았다.

"아! 물론이⋯⋯."

비류연은 말을 끝까지 잇지 못했다. 분명 예전에 만난데다 자신의 기억 속에 꽤나 선명하게 박혀 있는 인물이었던 것이다. 독특한 청은색의 눈썹과 수염, 그리고 푸른빛 감도는 머리카락은 차가운 얼음조각을 연상케 했다.

'얼음땡이!'

확실히 안면이 있는 사람이었다. 비류연은 일말의 당황도 내비치지 않은 채 말했다.

"예전에 어딘가에서 뵌 적이 있는 분 같군요! 만일 저의 기억이 틀리지 않다면 말입니다."

비류연은 싱긋이 미소지었다. 그제야 경악에서 겨우 벗어나 정신을 수습한 나예린과 모용휘가 외쳤다.

"총 노사님!"

북풍한설을 자연스레 연상시키는 기도! 싸늘할 정도로 차가운 표정! 비류연을 불러 세워 대전료를 운운한 이는 다름 아닌 천무학관 총 노사 빙검 관철수였다.

"허락해 줄 텐가?"

"원하시는 대로! 하지만 대노사님 같은 분과 싸우려면 위험부담이 너무 커서 돈으로 환산이 안 되는군요."

"거절인가?"

"아닙니다. 조건만 맞는다면 상관없죠."

"조건?"

"네! 조건!"

비류연이 미소지으며 고개를 끄덕였다.

"내가 만일 명령하면 자네는 두말없이 나랑 검을 겨루어야 한다는 사실을 알고 있나?"

살을 에는 듯한 차가운 목소리였다.

"아마… 그렇겠죠?"

"미안하지만 자네에게는 거부권이 없네. 그런데도 나에게 조건을 운운하는 것인가?"

"예! 물론이죠!"

순간의 망설임도 없이 비류연이 대답했다.

"류연!"

"비 공자!"

"비 소협!"

은설란과 모용휘와 나예린이 동시에 비류연을 불렀다. 어떻게든 그의 무모해 보이는 행동을 저지하고 싶었던 것이다. 그러나 비류연은 귀를 잠시 신체에서 이탈시키는 재주를 익혔는지 들은 척 만 척이었다.

"……."

비류연의 망설임 없는 대답에 빙검이 침묵했다.

그의 침묵은 세상을 얼어붙게 만드는 그런 종류의 침묵이었다. 주위 사람들을 으슬으슬 떨게 만들 정도의 기세가 그의 몸에서 뿜어져 나왔다.

그리고 마침내 얼어붙었던 그의 입이 갈라졌다.

"들어 볼까?"

북해빙설처럼 차가운 말이었지만 확실히 승낙의 뜻이었다.

"돈으로는 아무래도 안 되겠고… 그렇다면 이렇게 하는 게 어떨까요?"

비류연이 한 가지 제안을 내놓았다.

"말해보게!"

"제가 만일에 이기면 나중에 두 가지 부탁을 들어주는 걸로요."

"과연 자네가 날 이길 수 있다는 건가?"

싸우는 그 자체가 아닌 이기는 데 조건을 걸다니… 어처구니가 없는 빙검이었다.

"그러니깐 만일이라는 거죠. 하늘의 변덕이 하도 죽 끓듯 해서 세상 일이란 모르는 거잖아요."

비류연은 주위를 아연실색하게 만들 만큼 자신만만해 보였다. 지켜보는 사람들 모두 비류연의 무모한 행동에 경악을 금치 못했다.

"…나는 지킬 수 없는 약속은 하지 않는다. 대신 내가 들어줄 수 있는 부탁이라면 들어주지!"

그것은 승낙의 말이었다. 빙검이 비류연의 조건을 받아들인 것이다.

"그걸로 충분합니다."

비류연이 고개를 끄덕였다. 이걸로 협상은 타결되었다.

"그럼 언제 하실 겁니까?"

비류연이 물었다.

"지금 바로일세!"

빙검의 대답에는 전혀 망설임이 없었다.

비무(比武)─남들이 보기에는 차마 비무라 부를 수 없는─에 합의를 본 비류연과 빙검은 주위 사람의 시선이 미치지 않는 곳으로 자리를 옮겼다. 빙검의 요청에 따른 것이었다.

"그날 보고 처음인가요? 한 1년 반이 넘은 것 같습니다."

먼저 말을 건 이는 비류연이었다. 그냥 잠자코 있다가는 빙검의 입에서 먼저 말이 나오길 기대하는 게 거의 불가능하다고 느껴졌기 때문이다.

"그렇군! 호아장에서 보고 처음인 것 같군!"

처음부터 염도와 함께 호아장에 나타났을 때부터 빙검은 비류연의 존재가 신경 쓰였다. 게다가 그 후로 염도와 둘이 찰떡같이 붙어 다닌다는 소리를 들었을 때 얼마나 황당했던가?

'불륜이라도 저지르고 낳은 사생아라도 되는 건가? 그 천하의 독불장군이 어린애 한 명과 아교를 칠한 듯 붙어 다니다니⋯⋯.'

그런 의혹까지 들었던 것도 무리가 아니었다. 그만큼 염도는 남과 함께 다니는 것을 진저리나게 싫어했다. 그래서 더욱더 비류연이란 존재가 궁금했다.

'이제 확인해 보면 되겠지!'

빙검의 눈이 차갑게 식어 가며 푸른빛을 띠기 시작했다. 그가 한빙지기(寒氷之氣)를 일으킬 때 나타나는 현상이었다.

비류연은 그날 이후 처음이었지만 빙검은 여러 차례 비류연의 모습을 목격한 바 있었다. 그러나 대화를 나눌 정도로 가까운 거리에서 만난 것은 처음이었다.

시리도록 차가운 한기를 내뿜는 푸른 신검!

찰칵!

빙검이 자신의 애검 빙루(氷淚)를 살짝 검집에서 빼냈다.

스오오오오오!

그 간단한 한 동작만으로도 극음의 검기가 폭풍처럼 일어나기 시작했다. 그의 은청색 무복이 바람도 일지 않는 하늘 아래에서 펄럭이기 시작했다.

"빙령수혼(氷靈守魂)!"

빙검이 검을 휘두르자 수십 줄기의 검한기가 검극에서부터 사방으로 뻗어 나왔다.

분명 관설지가 삼성무제 검후전에서 썼던 기술이지만 그녀와는 기술의 격이 하늘과 땅만큼 현격히 차이가 났다. 검 끝에서 뻗어 나가는 한빙지기가 격이 다른 위력으로 비류연을 위협했다.

비류연도 그에 상응하는 무공을 준비해야만 했다. 그것이 바로 무인에 대한 예의라 할 수 있었다.

'경제적으로 싸운다!'

그 정신에 따라 강한 힘에 정면으로 부딪치는 무식한 행동을 되도록 피한다는 게 비뢰문의 가르침이었다. 비류연은 굳이 질풍노도(疾風怒濤)의 사춘기 시절도 아닌데 쓸데없는 반항심으로 가르침을 어기고 싶은 생각은 없었다.

'강한 공격일수록 실패로 돌아갔을 때 나타나는 빈틈이 큰 법!'

기술이 크면 그에 상응하는 위협을 무릅써야 했다. 그 빈틈을 인위적으로 만드는 것이야말로 비뢰문 독문운신법 봉황무(鳳凰舞)의 진정한 역할이었다.


비뢰문(飛雷門) 독문운신보법식 비기(秘技)

봉황무(鳳凰舞)

무형무흔(無形無痕)의 장(章)

무은(無隱)


갑자기 비류연의 신형이 땅으로 꺼지듯 사라졌다. 어떤 강대한 기술이든 맞지 않으면 소용이 없는 것이다.

"응? 이… 이런!"

이 갑작스런 돌발 상황에 빙검은 당황하고 말았다. 그러나 당장에 비류연의 종적을 찾는 것은 불가능했다.

콰과과쾅!

조금 전 비류연이 머물렀던 그 자리에 시리도록 차가운 극음의 검기가 작열했다. 쓸데없이 진기를 소모해 버리고 만 것이다.


"시원하네요!"

빙검의 검과 한번 부딪쳐 본 비류연의 품평이었다. 빙검은 기가 막혔다.

'저 연배 중에서 내 앞에서 이렇게 당당한 사람이 있었던가?'

빙검은 솔직히 놀랄 수밖에 없었다.

그들은 항상 자신의 기도에 압도당해 주눅이 들어 있었다. 그러나 비류연은 마치 아무 일도 없었다는 듯 태연자약하기만 했다.

"무엇을 믿고 그리도 까부는 것이냐?"

차가운 목소리로 빙검이 물었다.

"나의 주먹과 나의 다리와 나의 무공을 믿고요!"

"광오하구나!"

건방짐이 하늘을 찌르는 녀석이었다. 불쾌한 게 당연했다.

"과찬의 말씀!"

비류연이 호기롭게 소리쳤다.

"과연 나의 다음 공격을 받고도 여유를 부릴 수 있을지 궁금하구

나?'

빙검이 검을 고쳐 잡았다. 여태껏 펼친 검초는 모두 수비식을 공격식으로 변환시킨 것들이었다. 그러니 당연히 공격력이 떨어질 수밖에 없는 것들이었다. 그러나 지금부터 자신이 펼치려는 것은 수비검학의 극치인 빙령수류검 중에서도 오로지 공격만을 위해 만들어진 극강의 초식들이었다. 지금 빙검은 진심으로 그 초식들을 사용하려 하고 있는 것이다.

"백빙신침(白氷神針)!"

싸늘한 냉기가 수만 개의 바늘로 화하여 날카롭게 변해 쏘아져 나갔다.


봉황무(鳳凰舞) 오의(奧義)

회천봉익비상(回天鳳翼飛上)


순간 비류연의 몸이 눈에 보이지 않을 정도의 속도로 맹렬히 돌아가며 그 주위로 용권풍을 형성시켰다. 빙검이 쏘아 보낸 냉기의 바늘은 이 용권풍에 휘말려 주변으로 하염없이 흩어지고 말았다.

'이럴 수가!'

빙검은 믿을 수가 없었다.

"백빙신정(白氷神丁)!"

그의 검에 어려 있는 푸르스름한 냉기가 좀 전의 바늘보다는 두껍고 큰 수천 개의 빙정(釘:못)이 되어 비류연을 향해 쏘아져 나갔다.

분명 생명을 빼앗을 생각이 없는 데에 쓴 초식치고는 너무나 살기가 지나친 것이었다. 첫번째로 펼쳤던 회심의 초식인 백빙신침이 빗나간 데 대해 너무 흥분했던 모양이었다.

"이런! 이런!"

비류연은 좀더 빨리 움직여야 될 필요성을 절실히 느껴야만 했다. 신속하게 움직여야겠다고 결심한 그 순간, 비류연의 몸이 흐릿해졌다.

콰과과과과!

다시 한 번 빙검의 절초가 대지를 유린했다. 그 충격으로 대지가 들썩이고 자욱한 먼지가 일어나 시야를 가렸다.


"이런! 내가 너무 심했나?"

요란하게 검기를 쏟아 붓고 난 후에야 빙검은 자신이 손속에 사정을 두는 것을 깜빡했다는 사실을 알았다. 검에 들어가는 힘 조절에 실패하다니… 근래 들어 처음 있는 일이었다.

불안한 마음으로 비류연이 있던 자리를 바라보던 빙검은 이내 가슴을 쓸어내릴 수 있었다. 자욱한 먼지가 걷히고 비류연이 멀쩡하게 서 있음이 확인된 것이다. 빙검은 애매한 감정이었다.

"이제야 좀 춥군요!"

뼛속은 물론 영혼까지 얼린다는 검한기를 받아본 비류연의 가벼운 품평이었다. 물론 이를 제대로 된 평가라고 생각하는 이는 아무도 없을 것이다.

'완벽한 초식 전개였거늘……'

놀랍게도 비류연은 빙검이 펼친 빙정(氷丁:얼음못)의 포위 섬멸 공격을 용케도 피해냈던 것이다. 이것으로 빙검은 비류연이 애송이라는 사전 지식에 전면적인 칼질을 가할 수밖에 없었다. 그의 검초 중에서도 비기라 칭할 수 있는 백빙신정의 1초는 개나 소나 피할 수 있는 그런 시시한 초식이 아니었다.

"놀라운 놈이로구나! 나의 검을 받고도 여기까지 버티다니……."

최근 몇 년간은 5초 이상 펼쳐본 기억이 가물가물한 빙검이었다. 그런데 제대로 이름도 세우지 못한 애송이가 자신의 검을 5초 이상 받아낸 것이다.

"이 정도는 기본으로 해야죠!"

천하오검수의 일좌인 빙검의 극음지기가 가득 실린 검초를 받고도 냉동되지 않은 비류연은 아직 여유가 있어 보였다. 빙검은 새삼스런 눈으로 비류연을 쳐다보았다.

과연 자신 앞에서 이 정도로 당당한 이가 과연 몇 명이나 있을 것이며, 그 사람들 중에 또한 자신의 검을 이 정도까지 받아낼 수 있는 이가 과연 몇이나 될까?

염도를 이겼다고 거짓부렁을 치고 다닌 것은 못마땅했지만 그래도 범상한 놈은 아니었다. 소문과 다르게 큰 소리 치고 다닐 만한 자격이 있었다.

'어린 나이에 이 정도 성취를 보이다니? 그게 과연 가능하단 말인가? 그렇지 않다면 특이한 체질인가. 서… 설마…….'

갑자기 사부의 얼굴이 눈앞에 떠오르는 빙검이었다.

'과연 네가 그것의 주인이 될 자격이 있는 자인가?'

빙검은 인정할 수 없었다.

'그렇다면…….'

빙검을 중심으로 뻗어 나오는 기세와 한기가 한층 더 강해졌다. 좀 전의 기세에 비할 바가 못 되었다.

"역시 봐주려고 했었군요?"

비류연이 그것을 보고 한마디 했다.

"어린애를 상대로 전력을 다할 만큼 어리석지는 않다!"

싸늘하기 그지없는 빙검의 대답이었다. 어린애라는 말에 비류연의 검미가 살짝 꿈틀거렸다.

"마지막으로 한 가지만 묻겠다!"

"예! 얼마든지요!"

비류연이 선선히 대답했다.

"네 녀석은 어느 문하에서 사사했느냐?"

비류연이 구사하는 초식은 견문이 넓은 빙검으로서도 생전 처음 접해 보는 것이었다.

"옛날 옛날에 어느 외딴 산골 깊숙한 곳에 아주 심술궂고 얄미운 사부 한 명이 살았죠. 그 사부한테 배웠죠. 정말 힘든 나날이었어요. 맨날 사부를 부양해야 했고, 문파를 먹여 살려야 했고… 고난과 고행의 연속이었죠."

갑자기 아득해지는 시선으로 비류연이 말했다. 그에게 있어 과거는 결코 좋은 추억이 아니었다.

"사부를 모시는 것은 제자의 당연한 도리다!"

빙검이 차가운 목소리로 말했다.

"사부랑 똑같은 말을 하시는군요. 우리 사부도 날 부려먹을 땐 항상 그 말을 했죠."

다시 생각해 봐도 회상하기 싫을 정도로 고난의 연속이었다.

"그런 것은 어찌되어도 좋다. 그래서 사문의 이름은 무엇이냐?"

빙검이 재차 물었다. 과연 어떤 은거고인이 저따위 괴물 녀석을 만들어 냈는지 그로서도 궁금증을 참아 내기 힘들었기 때문이다.

"글쎄요… 사부하고 제자 단둘밖에 없는 조촐한 문파라 알아도 별반 소용이 없을 겁니다."

"더 이상은 말하기 싫다는 것이냐?"

"숨기고 싶은 사문을 캐는 것은 강호의 도의가 아닌 것으로 알고 있는데요?"

확실히 그러했다. 그것은 원래 강호의 예의가 아니었다. 강호의 분쟁을 떠나 몸을 숨기고 조용히 은거하며 유일하게 하나의 맥을 남기는 이들이 강호에는 의외로 많았다. 때문에 고인들의 청경을 흐트러뜨릴 수 있다 해서 어지간해서는 추궁하거나 캐묻는 법이 없었다.

"예외란 언제나 존재하는 법! 신원이 확실하지 않은 사람을 천무학관에 들여놓을 수는 없다."

조금은 억지가 가미된 말이었지만 사실이었다.

빙검의 뇌리에 갑자기 검존 공손일취의 말이 떠올랐다.


"그 비류연이라는 아이를 알고 계시나?"

검존의 질문에 빙검은 잠시 기억을 더듬어야 했다.

"아, 예! 삼성무제에서 운 좋게 우승했다던 바로 그 아이 아닙니까?"

"그 아이에게서 주의를 늦추지 마시게나!"

그것은 분명히 주의이자 경고였다.

"그게 무슨?"

빙검은 의문스러웠다. 도대체 누가 감히 검존 공손일취에게 이토록 조심스러운 말을 할 수 있게 만든단 말인가? 확실한 건 그 비류연이란 녀석이 근본적 원인은 아니라는 점이었다.

"허허… 그냥 신경을 항상 늦추지 말게. 그는 터무니없는 것을 등에 업고 있을지도 모른다는 생각이 문득 들어서 말일세. 그냥 예감이긴 하지만 총 노사도 주의를 해서 나쁠 건 없지 않겠나? 허허허, 그냥 근심 많은 노인의 기우라고 생각하시게나."

분명히 그냥 흘려들을 수 없는 말들이었다. 이때 검존은 비류연이 삼성무제 삼성대전 결승전에서 보여준 마지막 초식을 아직도 잊지 않고 있었다. 그것은 이미 그의 뇌리에 각인되어 버린 이후였다. 그 각인이 자꾸만 그의 아픈 과거를 들쑤시고 있었다. 때문에 노파심에서 빙검에게 주의를 주었던 것이다.

"예에……."

그때는 참으로 의아했었다. 거의 무명에 가깝다가 갑자기 삼성무제에서 두각을 나타내기 시작한 청년에게 검존 정도의 거물이 관심을 쏟는다는 게 의아스러웠던 것이다.

"신원 보증만 확실하면 되는 것 아닌가요?"

비류연이 빙검을 바라보며 물었다.

"너에게 너의 신원을 보증할 만한 신원 보증인이라도 있단 말이냐?"

"물론이죠. 이거, 이거, 사람을 너무 무시하는 거 아닙니까? 아무리

미확인 강호인이라고 해도 저도 신원 보증인 한 명 정도는 있다구
요."

비류연이 항의했다.

"그렇다면 당장 내 앞에 대면시켜 봐라!"

"무척이나 불쾌하실 텐데요?"

"너의 신원 보증인을 만나는데 본인이 불쾌감을 느껴야 할 정당성
은 어디에도 없다!"

빙검이 딱 잘라 대답했다.

"보고서는 화부터 낼지 몰라요. 그래도 괜찮나요?"

"상관없다!"

"싸울지도 모르는데요?"

"그런 일은 있을 수 없다. 걱정 마라!"

빙검이 다시 한 번 단호하게 대답했다.

"그렇다면……."

비류연이 뭔가 말을 이으려고 하던 그때였다.

"잠깐! 멈춰!"

장내가 쩌렁쩌렁 울리는 목소리! 어디서 많이 듣던 목소리에 두 사
람의 움직임이 우뚝 멈췄다. 빙검의 애검 빙백이 '지이잉' 공명음(共
鳴音)을 내며 울기 시작했다.

"오! 마침 잘 왔어요."

비류연은 환하게 웃으며 뒤를 돌아보았다.

바로 염도의 등장이었다. 용케도 이 장소를 알고 찾아온 것이다.
비류연이 활짝 웃으며 말했다.

"소개하죠! 제 신원 보증인인 염도 노사님입니다."

비류연의 당당한 말에 빙검은 아연실색할 수밖에 없었다.

"자… 자네가 이 아이의 신원 보증인이라는 게 확실한가?"

빙검의 완벽한 냉정함에 금이 가고 있었다.

"무슨 잘못된 일이라도 있나? 사실일세!"

퉁명스런 어조로 염도가 대답했다. 의외의 일격을 당한 듯한 느낌에 염도는 뒷골이 땡겨 왔다.

"이제 만족하시나요?"

비류연의 싱글벙글한 낯짝을 보고도 더 이상 반박할 말이 없었다.

"그래, 만족한다! 그러나 아직 정리할 건 남아 있겠지?"

빙검은 아직도 검을 거두지 않고 있었다. 그가 말하고자 하는 바는 명확했다. 하다가 멈춘 결판을 내자는 이야기였다.

"물론이죠! 아직 정리할 건 확실히 남아 있죠. 아까 한 약속 잊지 마세요!"

"할 수 있다면!"

빙검이 짤막하게 대답했다. 약속을 지키게 만들려면 이기고 나서 하라는 이야기였다.

"이 빌어먹을 자식! 무슨 속셈이냐?"

염도는 빙검을 보자마자 화부터 버럭 냈다. 빙검의 대꾸는 차가웠다.

"상관하지 마라! 나는 내가 해야 할 일을 할 뿐이다!"

"뭐라구?"

염도가 발끈했다. 역시 언제 봐도, 언제 떠올려도, 언제 만나도 불쾌하기 그지없는 녀석이었다.

"저기요……?"

비류연이 험악한 분위기 속에 있는 빙검에게 조심스럽게 말을 꺼냈다.

"자자, 싸우지 마세요! 다 큰 어른들이 좋은 주먹 놔두고 왜 말로 싸웁니까? 같은 등급으로 해드리죠. 저번에 불꽃덩어리를 상대했을 때는 오른다리였으니 이번엔 오른팔 정도면 되겠죠?"

보는 사람을 왠지 모르게 불안하게 만드는 특유의 미소와 함께 비류연이 오른팔에 차고 있는 묵룡환을 벗어 버렸다.

쿵!

묵룡환이 대지를 때리는 소리가 묵직하게 울렸다. 빙검의 푸른빛 도는 날카로운 백미가 꿈틀거렸다.

'이놈? 뭐하는 놈이지? 이 녀석의 정체가 무엇이기에?'

아무래도 직접 부딪치기 전에는 결판이 나지 않을 듯했다.

스으윽!

빙검의 애검 빙령으로부터 눈부신 백광과 얼음꽃의 결정이 흩날리기 시작했다. 염도는 저 자세가 무엇의 기수식(起手式)인지 잘 알고 있었다. 하지만 자신도 저 기수식과 정면으로 마주해 본 적은 거의 없었다.

'저… 저놈이 그것마저 쓸 작정인가? 무슨 억하심정으로?'

웬만한 일이 아니고서는 쓰지 않는 비장절초 중 하나였다. 또한 그에게 천하오검수로서의 이름을 올리게 만들어 준 초식이기도 했다.

"좋다! 네놈이 과연 태극을 하나로 합칠 인재인지 내 친히 이번 검초로 확인해 보겠다!"

빙검의 말에 염도의 눈이 부릅떠졌다. 찢어질 듯 부릅떠진 그 시선은 다시 비류연을 향했다.

"태… 태극의 인재!"

염도의 눈이 튀어나올 듯 부릅떠졌다.

"난 그런 사람 아니라니깐 그러네요!"

파바밧!

비류연도 지지 않고 빙검의 오의에 정면으로 부딪쳐 나갔다.

콰쾅!

천지를 집어삼킬 듯한 새하얀 빛이 터져 나왔다.

〈『비뢰도』 10권에서 계속〉

검류혼 신무협판타지소설

飛雷刀

01.8 켈리슈

## 비류연과 그 일당들의 좌담회

[으아아아악! 원고가 모자랄지도 몰라!]

작가들은 이번 『비뢰도』 9권처럼 원고의 분량이 적을 경우 어떻게든 그 갭을 메워야 할 필요성과 투철한 사명감을 느끼게 됩니다. 그래서 어쩔 수 없이 여러 가지 잔머리들을 굴리게 됩니다.

그것은 생존을 위한 몸부림이죠.

뭐! 이럴 경우 움치고 뛰려 해도 욕을 먹게 되는 경우가 대부분이지만—아무리 노력한다 하더라도—그래도 선택의 여지는 없습니다. 세상은 이런 곳에서 절대 타협의 손길을 내밀어 주지 않으니까요. 자신이 저지른 일은 자신이 책임질 수밖에 없습니다.

텅 빈 공간, 텅 빈 원고지. 소설의 원고지는 수묵화가 아니기에 여백의 미 따위는 존재하지 않습니다. 원고지의 여백은 작가의 불성실

성과 용량 미달에 대한 증거자료일 뿐입니다. 거기엔 어떠한 낭만도 기대할 수 없습니다. 악몽이라면 기대할 수 있겠군요.

그럼 작가는 삽질을 각오해야만 합니다. 불같이 화내는 독사같이 사나운 편집장님과 서슬 퍼런 눈을 부릅뜨고 째려보고 있는 독자들이 있기 때문입니다.

작가는 울고 싶습니다. 그러나 너무 마감에 혹사당하다 보니 눈물도 말라 버렸습니다. 과잉 노동이지만 어디다 신고할 데도 없습니다. 정말 억울합니다. 그러나 이런 하소연은 법원에서도 거부해 버립니다. 그럼 어디에도 호소하러 갈 곳이 없습니다.

작가가 왜 이런저런 넋두리를 늘어놓고 있는지 혹시 눈치 채신 분이 계십니까? 만일 계시면 그분은 매우 똑똑한 분이시로군요. 흐흐흐!

네? 손바닥으로 하늘을 가리지 말라구요? 그래도 혹시나 빈 원고지 몇 매 정도를 가릴 수 있지 않을까 하는 심정으로 이 글을 적어 보는 거 아니겠습니까(그래! 던져요! 마감 시한 벅벅거리다 이런 글 쓴다고, 재미없다고 생각하시는 분이 있다면 짱돌 던져요, 던져! 흑흑!). 작가란 참 힘든 직업입니다. 특히 소설 작가는 혼자서 묵묵히 이 길을 걸어가지 않으면 안 됩니다. 물론 주변에서 도와주는 분들도 있지만 결국 최종적으로는 혼자입니다. 그러니 절대 긴장을 늦춰서는 안 됩니다. 자기 자신과 타협해서도 안 됩니다. 자기 자신과 타협해 버리고 긴장을 늦추는 순간 어떻게 되느냐고요?

다 봐놓고 무슨 질문을 그렇게 하십니까? 당연히 『비뢰도』 9권처럼 되죠! 그러니 절대 그런 작가는 본받지 마세요.

저는 뒤를 돌아보며 제 등 뒤에서 칼을 들고 으스스하게 웃고 있는 편집장님을 바라봅니다.

"부장님? 아직도 더 써야 하나요?"

"알아서 하세요!"

정확한 분량을 말해주지도 않고 두루뭉술하게 알아서 하라고 하십니다. 전 그런 주관적 평가가 너무 싫습니다. 그러나 어쩌겠습니까? 그래도 별수 없이 해야죠. 작가는 하는 수 없이 자신의 주변과, 자신의 신상과, 자신의 과거를 살살이 들춰 봅니다. 혹시나 지면을 채울 만한 소재가 나오지 않을까 하는 일말의 기대감을 품고서 말입니다.

이렇게 신세 한탄조로 말을 주저리주저리 이어 가면서도 작가는 입가에 악마 같은 미소를 짓고 있습니다. 왜냐하면 이런 식 저런 식 요런 식으로 다양하게 주절주절하다 보면 그것이 한탄이든 기쁨이든 일절 상관없이 지면이 어떻게든 채워진다는 사실을 알고 있기 때문이죠. 논지? 그런 건 개에게나 줘버리라고 작가는 속으로 생각합니다. 물론 겉으로는 내색하지 않죠. 무슨 꼴을 당하려고 그런 말을 입 밖에 내겠어요? 그냥 속으로 조용히 궁시렁거리고 마는 거죠.

참으로 불쌍하지 않으십니까? 혹시라도, 약간이라도 그런 느낌이 드는 분이 계시다면 너무 욕은 하지 말아주세요. 자기 자신이 잘못한 건 알아도 욕을 먹으면 작은 새 같은 작가의 어린 가슴—물론 해부학적으로 확인된 바는 없습니다만—은 찢어질 듯 아파 옵니다. 흑흑흑! 끝으로 저의 거짓 눈물이 여러분의 동정심을 불러일으키는 데 조금이나마 도움이 되었으면 하는 바람입니다.

그럼 작가를 대신한 저의 잡담은 이것으로 끝내고 다음 권에 다시 뵙겠습니다(안녕⋯⋯!).

장홍 & 효룡 : 이봐! 이봐! 류연! 이번의 우리 등장은 어쩌고? 우린
　　　　　　이번에 등장 기회도 잡지 못했다고! 너무한 거 아닌가?

비류연 : 아참, 깜빡 잊고 있었네!

장　　홍 : 깜빡 잊을 일이 따로 있지! 친구를 배신해 놓고 깜빡 잊었
　　　　　으니 나의 건망증에 사형신고를 내라고 말할 참인가? 애
　　　　　꿎은 건망증에게 책임 전가하지 말게!

비류연 : 그런가? 그런 면에서는 사과하겠네! 하지만 이번 회에 자
　　　　　네들의 등장은 별 의미가 없을 것 같지 않나? 이제 지면도
　　　　　웬만큼 채워졌겠다, 독자들도 나의 거짓 눈물에 속아넘어
　　　　　갔겠다, 자네들의 출연과 활약이 없어도 되게 됐다는 것
　　　　　이지!

효　　룡 : 그건 작가의 전횡이자 횡포이자 독재가 아닌가? 난 그런
　　　　　독재 작가를 강력히 규탄하는 바이네!

비류연 : 마음껏 규탄하게! 별로 막을 생각도 없네! 하지만 사실은
　　　　　사실인 걸 어쩌겠나.

효　　룡 : 그럼 우리에겐 이제 기회가 없단 말인가?

비류연 : 한 가지 기회가 남아 있네!

장　　홍 : 무엇이 남았는가?

비류연 : 언제나 하는 그림 소개지! 이번에는 특별히 내가 양보하
　　　　　지! 이거 엄청나게 선심 쓴 거라네!

효　　룡 : 그럼 누구에게 양보한 건가? 나에겐가 아니면 장홍 아저

씨에겐가?

비류연 : 이미 내 손을 떠난 이상 나는 모르네. 알아서들 결정하게!

효룡 & 장홍 : 그렇다면……. (번쩍!)

쿠콰콰콰콰쾅! 와장창! 으라라라라차차차! 빠쉬빠쉬빠쉬!

장　홍 : 장유유서(長幼有序)! 우이햐!

효　룡 : 끄아아아아아… 악!

휘오오오오오오!

비류연 : …으음, 결정난 건가?

장　홍 : 쿨럭쿨럭, 이… 이번엔 내가 하게 되었다네!

비류연 : 오오! 그럼 효룡은……?

장　홍 : 조용히 묻어 주었다네. 아마 후환은 없을 것이네!

비류연 : 어흠! 그럼 마무리를 멋지게 장식하시죠! 머리에 난 상처
　　　　가 멋진데요!

장　홍 : 고맙구만! 효룡이 녀석 작품이지! 요즘 슬럼프에 빠진 녀
　　　　석 주제에 감히 덤비다니… 나에게 개기기엔 아직 10년은
　　　　일러! 어흠!
　　　　그럼 발표하겠습니다. 이번 9권에 실린 그림은 8권과 마
　　　　찬가지로 다음 비뢰도 카페(cafe.daum.net/TGSNOSF)의 두
　　　　문불출님께서 보내주신 그림입니다. 두문불출님께는 언
　　　　제나 그랬던 것처럼 작가의 사인북을 보내 드리겠습니다.
　　　　으음… 그건 그렇고 다른 건 다 좋은데 여태껏 제 그림이
　　　　없다는 건 무척이나 애석한 일이군요. 그것만 갖추어지면
　　　　완벽할 텐데 말이죠.

비류연 : 쳇, 누가 아저씨 그림 따위… 취향이 아니라구요.

장　홍 : 무… 무슨 소릴 하는 건가! 자네는 로맨스 그레이도 모르
　　　　나? 이제는 장년이 세상과 강호를 휩쓰는 시대야!

비류연 : 그래 봐야 원조 교제밖에 더하겠어요?

장　홍 : 무… 무… 무슨 벌 받을 소리! 그런 짓 했다가는 난 우리
　　　　사모님한테… 끼익… 목숨도 없어!!!

비류연 : 오홋! 그렇다면 역시!!!

장　홍 : (아차!!!) … 험험험!! 그런 자질구레한 주변 상황은 그만 넘
　　　　어가도록 하지! 이제 그만 이 밉살스런 얼굴들을 인사하
　　　　고 치우자고!

비류연 : 누가 밉살스러운 얼굴인지 난 모르겠네요?

비류연 & 장홍 : 그럼 독자 여러분! 다음 10권에서 뵙겠습니다. 물
　　　　론 언제나처럼 작가가 무사히 글을 쓸 수 있다는 전제 하
　　　　에서 말입니다. 그럼 다음 편까지 안녕히 계세요.

효　룡 : ……┿


비류연 : 10권 예고! 과연 효룡의 부활은 있을 것인가? 다음 권을 기
　　　　대해 주세요.

　　　　아! 그리고 문의하신 사항을 적어 드립니다. 어느 분이 쓸
　　　　데없는 걸 문의하셨더군요.

　　　　작가의 E-mail 주소는 ragnadan@hanmail.net입니다.